우리말
도덕경

KB192048

우리말 도덕경

발행일	2024년 10월 2일		
지은이	노자	해설	김광택
펴낸이	손형국		
펴낸곳	(주)북랩		
편집인	선일영	편집	김은수, 배진용, 김현아, 김부경, 김다빈
디자인	이현수, 김민하, 임진형, 안유경	제작	박기성, 구성우, 이창영, 배상진
마케팅	김회란, 박진관		
출판등록	2004. 12. 1(제2012-000051호)		
주소	서울특별시 금천구 가산디지털 1로 168, 우림라이온스밸리 B동 B111호, B113~115호		
홈페이지	www.book.co.kr		
전화번호	(02)2026-5777	팩스	(02)3159-9637
ISBN	979-11-7224-280-0 03800 (종이책)		979-11-7224-281-7 05800 (전자책)

(주)북랩 성공출판의 파트너

북랩 홈페이지와 패밀리 사이트에서 다양한 출판 솔루션을 만나 보세요!

홈페이지 book.co.kr • **블로그** blog.naver.com/essaybook • **출판문의** text@book.co.kr

작가 연락처 문의 ▸ ask.book.co.kr

작가 연락처는 개인정보이므로 북랩에서 알려드릴 수 없습니다.

젊은이들을 위한
노자의 지혜

우리말
도덕경

노자 지음 | 김광택 해설

이 외로움이 어찌 사람 없음 때문이랴
이 열등감이 어찌 내 소심함 때문이랴
이 두려움이 어찌 재물 없음 때문이랴

북랩

젊은이들을 위한 책

　요즘 젊은이들은 빛의 속도로 변화하는 디지털 세상에 살고 있다. 스마트폰과 소셜 미디어는 그들 일상 속으로 깊숙이 스며들고 있다. 그래서 현실과 자아를 직시하지 못하는 어려움을 겪고 있다. 『도덕경』은 젊은이들이 겪고 있는 고독, 불안, 자아 정체성의 혼란 등에 대한 자기개발서로 읽힐 만하다.

　요즘 젊은이들이 『도덕경』을 가까이하지 못하는 이유 중의 하나는 언어 문제에 있다. 함축적이고 은유적인 표현들, 그리고 도, 덕, 무위 등의 개념은 현대인들에게 낯선 개념들이다. 또한 『도덕경』은 깊이 있는 사고와 명상을 요구하는데, 빠른 정보 소비에 익숙한 젊은이들에게 부담이 되는 것도 사실이다. 그래서 실용성에 대한 의문이 제기되기도 한다.

　러시아의 대문호 '톨스토이'도 『도덕경』에 깊은 관심을 가졌고, 실제로 번역까지 했다. 그 말을 전해 들으면서 그는 어떤 책자를 참고로 했을까 하는 호기심이 일었다.

그의 러시아어 번역본은 그의 명성과 지혜가 더해져서 당시 사회에서 인기가 꽤 있었던 모양이다. 당시 러시아에서 노자 사상이 주목받았다는 말은 사실처럼 들린다. 왜냐하면 비슷한 시기에 청나라로 건너와서 기독교를 포교하던 선교사들이 『도덕경』을 접하고는 놀랐다고 한다. 왜냐하면 노자의 도 사상이 자신들 믿음의 원형과 닮았기 때문이다.

그 외에도 『도덕경』을 읽고 영감을 받았다는 사상가, 철학자, 과학자들이 많이 있다. 하이데거, 사르트르, 아인슈타인, 카프라 등은 잘 알려진 유명 인사들이다.

나와 『도덕경』과의 인연은 중년의 나이에 '도올 김용옥' 선생의 EBS 강의를 들으면서 시작되었다. 이후 30여 년간, 『도덕경』과 관련한 책들을 두루 읽게 되었다. 여러 책을 읽으면서 느낀 점은 책을 쓰는 사람도, 그 책을 읽는 사람도 똑같이 내용상의 한문 한 자, 한 자에 집착한다는 것이었다.

서양인들은 책의 사상적 주제를 따져 읽는데, 우리는 글자를 따져가며 읽는다는 생각이 들었다. 어쩌면 우리는 한문 몇 자 아는 실력으로, 까마득히 먼 옛 고전을 정확히 이해해야 한다는 허망한 기대를 하는 것은 아닐까?

그래서 원문 번역에 문맥이 꼬이고, 주제가 실종된 풀이를 하게 된다. 그러나 책마다 해석이 조금씩 다른들 대수인가? 그 자체가 노자 사상의 다양성과 포용성을 더하는 지혜라는 생각이 든다. 해인사 팔만대장경이 그토록 방대한 것은 부처님 말씀에 대한 해설이 다양하고 방대하기 때문이다.

원문을 번역하면서 노자의 철학적 주제를 뚜렷하게 드러내서 읽기 쉽게 한다면 요즘 젊은이들에게도 어필할 수 있다는 생각이다. 그래서 이 책에는 평소 내가 가지고 있던 아쉬움의 일단을 담았다. 그간 『도덕경』을 곁에 두고 읽은 시간을 정리한다는 생각에 엄두를 내보았다. 모쪼록 이 책이 노자의 지혜를 젊은이들에게 전하는 데 보탬이 되기를 바랄 뿐이다.

2024년 8월 25일
포항의료원에서
김광택

노자와 왕필

노자

　　　　　　　노자는 중국 고대 철학의 대표적 인물로,
도가사상의 창시자로 알려져 있다. 그의 생애와 실존에 대해서는
많은 논란이 있으나, 그의 사상은 『도덕경』이라는 책을 통해 후세
에 전해지고 있다.

　전통적으로 노자의 이름은 '이담'이라고 전해진다. 노자라는 호
칭은 '늙은 선생'이라는 뜻으로, 그의 연륜과 지혜를 나타내는 존
칭으로 볼 수 있다. 그의 출생 시기에 대해서는 여러 설이 있지만,
대체로 기원전 6세기 말에서 5세기 초로 추정된다.

　노자의 생애에 대한 가장 유명한 기록은 사마천의 『사기』에서
찾아볼 수 있다. 사마천은 '노자한비열전'에서 노자를 다음과 같이
소개한다. "노자는 초나라 고현 사람으로, 성은 이씨, 이름은 담,
자는 백양이며, 시호는 단이다." 또한 그는 주나라의 수도인 낙읍

에서 오랫동안 국가 문서를 관리하는 주사로 일했다고 전한다.

사마천의 기록에 따르면, 노자는 말년에 세상의 쇠퇴를 한탄하며 서쪽으로 떠나기로 결심했다. 국경 지역 성문 함곡관에 이르렀을 때, 관리인 '윤희'가 그의 지혜를 알아보고 기록으로 남겨 줄 것을 청했다고 한다. 이에 노자가 5천여 자의 글을 남겼는데, 이것이 바로 『도덕경』의 시초가 되었다고 한다.

노자와 공자의 관계에 대해서도 사마천은 흥미로운 일화를 전한다. 공자가 노자를 찾아가서 예에 대해 물었다고 한다. 이 만남에서 노자는 공자에게 "당신이 말하는 선현들은 모두 이미 죽어 뼈만 남았소. 다만 그들의 말만이 남아 있을 뿐이오."라고 말했다고 한다. 이는 과거의 예법에 얽매이지 말고 시대에 맞는 새로운 사상을 펼칠 것을 조언한 것이다.

노자 사상은 중국 철학사에서 매우 중요한 위치를 차지한다. 『도덕경』에 담긴 그의 사상은 도와 덕의 개념을 중심으로 전개된다. 노자는 만물의 근원인 도를 중시하며, 자연스러움과 무위자연의 삶을 강조했다. 그의 사상은 후대에 '장자'를 비롯한 여러 사상가들에 의해 계승되고 발전되었으며, 중국 문화의 중요한 한 축을 이루게 되었다.

노자의 사상은 단순히 철학적 영역에 머무르지 않고, 정치, 윤리, 예술 등 다양한 분야에 영향을 미쳤다. 특히 그의 무위자연의 사상은 후대의 정치철학에 큰 영향을 주었으며, 도교의 형성에도 중요한 역할을 했다. 또한 노자의 사상은 동아시아를 넘어 서양에까지 전해져, 현대에 이르기까지 많은 사람에게 영감을 주고 있다.

왕필

　　　　　왕필(226-249)은 중국 위·진 시대의 저명한 철학자이자 문학가였다. 그는 매우 짧은 생애 동안 중국 사상사에 지대한 영향을 미쳤으며, 특히 노자의 『도덕경』과 『주역』에 대한 그의 해설은 후대에 큰 반향을 일으켰다.

　7세에 이미 『주역』을 읽었다고 전해지는 왕필은 어린 나이부터 비범한 재능을 보였다. 18살에 이미 '노자주'를 지었다고 하고 22살에 '주역주'를 지었다고 한다. 그는 『도덕경』에 대한 새로운 해석을 제시했다. 왕필은 노자 사상을 형이상학적으로 재해석하여, 무의 개념을 중심으로 철학 체계를 구축했다.

　왕필의 '노자주'는 도가 사상을 유가적 관점에서 재해석했다는 점에서 독특하다. 그는 노자의 무위를 적극적인 통치 원리로 해석하며, 도가와 유가의 조화를 모색했다. 이러한 접근은 후대 중국 철학의 발전에 큰 영향을 미쳤다.

　'노자지략'은 '노자미지례략'을 줄여 부르는 제목이다. 왕필 자신이 주석을 달았던 『도덕경』을 개괄적으로 요약 정리한 글이다. 노자 철학을 쉽게 이해할 수 있도록 도와주는 자료로, 원문을 직접 인용하지 않고, 『도덕경』을 정리된 주제별로 해설하고 있다.

도와 빅뱅의 조우

우주의 기원과 본질에 관한 인간의 탐구는 고대부터 현대에 이르기까지 끊임없이 이어져 왔다. 과학의 발전으로 우리는 우주의 거대한 스케일과 그 작동 원리에 대해 더 많은 것을 알게 되었지만, 동시에 더 깊은 철학적 질문들에 직면하게 되었다. 때로는 현대 물리학의 발견이 노자 철학의 지혜와 유사성을 보인다. 그래서 과학과 철학, 그리고 종교의 경계를 넘어 우주의 본질을 새롭게 바라보게 한다.

현대 우주론에 따르면, 우리가 살고 있는 우주는 지금, 이 순간에도 빛의 속도보다 더 빠르게 팽창하고 있다고 한다. 이는 단순히 이론상의 개념이 아니라, 과학자들에 의해 실제로 관측되고 있는 현상이다. 과학자들은 밤하늘 별들 사이의 거리가 점점 멀어지고 있고, 일부 별들은 우주의 팽창으로 인해 우리의 관측 가능한 영역을 벗어나고 있다고 한다.

그렇다면 시간을 거슬러 올라가면, 우주의 크기는 점점 작아지고, 결국에는 상상할 수 없을 만큼 작은 점으로 수렴하게 된다. 이 지점이 바로 우리가 '빅뱅'이라고 부르는 우주의 시작점이다. 이 지점은 단순한 물리적 개념을 넘어서는 철학적, 존재론적 의미까지도 지닌다.

우리가 알고 있는 우주는 3차원의 공간과 1차원의 시간으로 이루어진 4차원의 시공간 연속체다. 그러나 빅뱅의 순간, 즉 우주가 무한히 작은 점으로 수렴하는 그 순간에는 우리가 알고 있는 시간과 공간의 개념이 무의미해진다. 이 지점을 물리학에서는 '특이점'이라고 부른다. 특이점에서는 우리가 알고 있는 물리 법칙들이 더 이상 적용되지 않으며, 시간과 공간의 개념 자체가 존재하지 않는다.

이러한 특이점 개념은 양자역학의 '중첩 상태' 개념과 유사성을 가진다. 양자역학에서 중첩 상태란 입자가 동시에 여러 가능한 상태를 포함하는 것을 뜻한다. 특이점에서의 상태 역시 우리의 일반적인 이해를 벗어나는, 모든 가능성이 공존하는 상태로 볼 수 있다.

이러한 과학적 개념들은 노자의 도 개념과 흥미로운 유사성을 보인다. 노자는 도를 만물의 근원이자 우주의 근본 원리로 설명한다. 도는 형체가 없고 이름을 붙일 수 없으며, 만물을 포함하면서도 그 자체로는 포착할 수 없는 무엇이다. 이는 특이점의 개념과 놀랍도록 유사하다. 도 역시 특이점처럼 우리가 알고 있는 물리 법칙으로는 설명할 수 없고, 시공간의 개념이 무의미해지는 어디에 있기 때문이다.

더 나아가, 이러한 개념들은 종교적 창조론과도 연결될 수 있다. 기독교 성경 창세기에서 말하는 '태초에' 혹은 요한복음의 '태초에 말씀이 있었다'라는 문장은 우주의 시작점, 즉 특이점과 연관 지어 생각해 볼 수 있다. 여기서 말하는 말씀, 즉 로고스는 단순한 음성이 아닌 우주의 근본 원리, 이성, 질서를 의미한다. 이는 '스토아 학파'의 이성 개념과도 연결되며, 노자의 도 개념과도 맥을 같이한다.

우리는 빅뱅의 원인을 알지 못하고, 도의 본질을 이해하지 못하고, 양자역학을 온전히 이해하지 못하고, 신의 존재를 증명하지 못한다. 이들은 모두 인간의 인식 범위를 넘어서는 영역에 있기 때문이다. 그래서 노자는 도를 아득하고 가물하다고 하는 것이다.

과학자들은 특이점이라는 추상적 개념으로 설명하며, 종교는 신비와 믿음의 영역에서 창조의 순간을 논한다. 이러한 관점들은 서로 다른 언어와 방식을 사용하지만, 결국 같은 질문을 다루고 있다. 우주의 기원은 무엇이며, 그 근본 원리는 무엇인가? 과학, 철학, 종교는 각각의 방식으로 이 질문에 접근하는 과정 중에, 때로는 놀랄만한 접점을 발견한다.

그 접점을 통해 우주의 신비와 우리 존재의 의미에 대해 상상력을 발휘하게 된다. 비록 완전한 답을 얻지 못할지라도, 이러한 사고 과정 자체가 우리의 지적, 영적 성장에 중요한 역할을 한다. 우주의 오묘함과 거대함, 그리고 복잡성 앞에서 우리 지식의 한계를 인정하면서도, 끊임없이 탐구하고 질문하는 것이 인간의 본질적인 특성이자 아름다움일 것이다.

차
례

덕경

도경

도는 말로 표현할 수 없는 절대적 실재로,

모든 존재의 근원이자 법칙이다

1장

도라고 말할 수 있는 도는

어떤 말로 하든, 도라고 말할 수 있는 도는 항상된 도가 아니다. 어떤 이름으로 불리든, 부를 수 있는 이름은 항상된 이름이 아니다.

무명은 무이니 천지의 시작이고, 유명은 유이니 만물의 어머니다.
그러므로 언제나 마음을 비우면 오묘함을 보게 되고, 언제나 욕심을 부리면 그 현상만을 보게 된다.

유와 무는 같은 도에서 나왔지만 이름이 다르다. 이를 가물하다고 한다. 가물하고 또 가물함이니, 모든 묘함이 나오는 문이다.

『도덕경』첫 장에는 다른 동양철학서들이 그렇듯이 노자 철학을 관통하는 핵심이 담겨 있다. 도와 이름의 개념으로 시작하여 실재와 인식, 존재와 비존재 사이의 관계를 탐구한다.

도는 우주의 근본 원리를 상징한다. 그러나 노자는 도를 정의하거나 명명할 수 없다고 말한다. 이는 궁극적인 진리는 언어로 온전히 표현할 수 없다는 뜻이다. 이름도 마찬가지다. 만물은 끊임없이 변화하기 때문에 우리가 사물에 붙이는 이름은 일시적일 뿐이다. 이는 만물의 유동성과 우리 인식의 한계를 드러낸다.

'비트겐슈타인'은 "말할 수 있는 것은 명확하게 말하고, 말할 수 없는 것에는 침묵해야 한다"라고 했다. 이는 언어의 한계를 인식하고 그 한계 내에서 정확성을 위해 노력해야 한다는 뜻이다. 그는 또한 "내 언어의 한계는 곧 내 세계의 한계"라고 말했다. 우리는 언어를 통해 세상을 생각하고 이해하기 때문에 언어의 한계는 곧 우리 사고와 인식의 한계라는 뜻이다. 즉, 궁극적인 실체인 도를 언어라는 한정된 그릇에 담을 수 없다는 뜻이다.

이름 없음과 이름 있음의 대비는 형이상학적인 무의 세계와 현상적인 유의 세계 사이의 관계로 연결된다. 이름 없는 상태는 하늘과 땅의 출발점인 우주의 근원적 상태를 뜻한다. 반면에 이름이 붙여진 상태는 우리가 지각하고 경험하는 현상 세계를 뜻한다. 따라서 무의 세계는 만물의 근원이라는 의미에서 만물의 어머니로 묘사한 것이다.

마음 비움은 선입견과 고정 관념을 지운다는 뜻이다. 이를 통해 사물의 본질, 즉 사물의 오묘함을 볼 수 있게 된다. 반대로 욕심을 부리면 만물의 겉껍데기인 현상만을 보게 된다. 이는 동양의 무위 자연 사상과 서양의 현상학 대비로 생각해 볼 수 있다. 마음을 비우는 것은 선입견을 배제하고 현상의 본질에 다가가려는 노력이다. 반면 욕심을 일으키면 개인의 주관을 투영하여 실재를 왜곡시킬 위험이 있다. 또 오묘함은 일어나는 창조의 의미가 있고, 현상은 사라지는 소멸의 의미가 있다.

이는 현대 물리학에서 주목받고 있는 양자역학 실험으로 입증할 수 있다. 양자역학의 '이중 슬릿 실험'에서는 관찰자의 존재가 관찰 대상에 영향을 미친다는 것이 입증되었다. 이 실험을 통해서 우리는 인간의 마음가짐이 우주의 현상계에 영향을 줄 수 있다는 결론에 이르게 된다.

유와 무의 개념은 존재와 비존재를 나타낸다. 노자는 유와 무가 같은 근원에서 비롯됐지만 다른 이름을 가지고 있다고 말한다. 이는 이원론적 사고를 넘어서는 통합적 관점을 제시한다. 현은 가물하다는 표현으로, 모호함과 깊이를 나타낸다. 단순한 논리로는 파악할 수 없는 심오한 진리라는 뜻이다.

불교의 중국 전래와 함께 노자 사상은 새로운 해석을 얻게 된다. 특히 선불교는 노자의 마음 비움과 유사한 개념을 발전시켰다. 이를 무심이라고 하는데, 이 상태를 통해서 깨달음에 이르는 방법을 제시한다. 한편, 송대의 신유학자들은 노자 사상을 비판적인 입장에서 수용했다. 주희는 태극이라는 개념을 통해 노자의 도를 재해석했다. 이는 유교적 세계관 안에서 도가적 원리를 수용하려는 시도였다.

이중 슬릿 실험

양자역학의 '이중 슬릿 실험'은 현대 물리학에서 매우 중요하게 생각하는 실험이다. 이 실험은 입자와 파동의 이중성을 보여 주는 대표적인 실험이다. 이 실험 설정은 간단하다.

광원에서 나온 빛이 두 개의 좁은 슬릿을 통과한 후 스크린에 도달하게 된다. 고전 물리학에서는 빛을 입자라고 가정하기 때문에, 스크린에 두 개의 막대무늬만 나타날 것으로 예상했다.

그러나 실제 실험 결과는 매우 흥미롭게 진행되었다. 스크린에는 짙고 옅은 여러 개의 막대무늬가 나타나는 간섭무늬를 관찰할 수 있었기 때문이다. 이는 빛이 입자가 아니라 파동의 성질을 가지고 있음을 보여 주는 현상이다.

더욱 놀라운 점은 이 실험이 관측할 때와 관측하지 않을 때가 다른 현상을 나타낸다는 것이다. 관측하려고 시도하면 입자 형태를 보이고, 관측하지 않은 상태로 실험하면 파동 형태를 보인다는 점이다.

관측 여부에 따라 결과물이 다르다는 것은 "마음을 비우면 오묘함을 보게 되고, 욕심을 부리면 그 현상만을 보게 된다."라는 문장을 이해하게 만드는 실험이다.

선함이 선한 것은

세상 사람들 모두가 아름다워서 아름다운 것이라고 알고 있는데, 이는 이미 추함을 인식하기 때문이다.
세상 사람들 모두가 선해서 선한 것이라고 알고 있는데, 이는 이미 불선을 인식하기 때문이다.

그러므로 있음과 없음이 서로를 낳고, 어려움과 쉬움이 서로를 이루며, 길고 짧음이 서로 견준다.
높고 낮음이 서로를 기울게 하고, 음과 소리가 서로 어우러지고, 앞과 뒤가 서로를 따른다.

그러므로 성인은 무위의 일을 행하고, 말 없는 가르침을 행한다. 만물이 생겨나도 거부하지 않고, 낳아주되 소유하지 않으며, 일을 한 후에도 자랑하지 않고, 공을 이루어도 거기에 머물지 않는다. 오직 머물지 않기에 공이 떠나지 않는 것이다.

아름다움과 추함, 선과 불선은 서로를 정의하고 인식하게 하는 상호의존적인 개념이다. 이같이 상반된 개념들은 독립적으로 존재하는 것이 아니라 서로를 정의하고 의미를 부여하는 관계에 있다는 것의 증명이다. 이러한 상호의존적 세계관은 우리를 고통의 굴레에서 벗어나게 해준다.

이원론적 사고는 복잡한 현실을 단순화하고 이해하는 데 도움이 된다. 그리고 인간의 가장 기본적이고 강력한 인지 도구 중 하나다. 이원론적 사고는 세상을 두 개의 대립하는 범주로 나누어 이해하는 방식이다. 선과 악, 빛과 어둠, 남성과 여성, 정신과 물질 등이 그 예이다. 명확한 구분은 빠른 판단과 결정을 가능하게 하며, 세상을 체계적으로 분류하고 조직화하는 데 유용하다.

이원론적 접근 방식은 과학적 사고의 발달에 중요한 역할을 한다. 그러나 이는 분명히 제한된 사고방식이다. 현실은 흑백으로 구분되는 경우가 드물고 그사이에는 수많은 회색 영역이 존재한다. 지나치게 단순화된 이분법은 복잡한 현상을 왜곡하거나 미묘한 차이를 간과할 수 있다.

이원론적 사고는 또한 극단적인 반대를 조장하여 갈등을 악화시킬 위험이 있다. 이분법적 사고는 어떤 상황이나 대상을 '전적으로 좋은 것' 또는 '전적으로 나쁜 것'으로 특징짓는 경향이 있다. 이러한 흑백 논리는 현실의 복잡성과 다양성을 무시하고 균형 잡힌 시각을 갖기 어렵게 만든다.

또 무심코 하는 실수 중에 이런 경우가 있다. 어느 텔레비전 프로그램에서 두 여자 배우를 한자리에서 마주하고 인터뷰했다. 그런데 사회자가 한 여배우에게만 이쁘다고 호들갑을 떨며 인사했다. 그러면 옆에 앉은 다른 여배우는 이쁘지 않은 게 된다. 이런 류의 실수를 주변에서 자주 목격한다.

고통은 종종 이분법적 인식에서 비롯된다. 예를 들어, 누군가를 완전히 나쁜 사람으로 치부하면 증오심이 일어난다. 반대로 어떤 대상을 반드시 획득해야 하는 좋은 것으로 인정하면 집착과 욕망의 번뇌가 일으킨다. 이는 정서적 양극화의 주요 원인이며, 마음의 평화를 해친다.

이원론적 사고는 또한 자아와 타자를 명확하게 구분하는 경향이 있다. 나와 타인을 분리된 것으로 인식하면 이기심과 차별의식이 생겨 질투, 시기, 우월감으로 이어진다. 그래서 만물의 상호연결성을 보지 못하게 된다. 현상의 다면성을 인정하고 극단적인 판단을 자제하며 만물의 상호의존성을 받아들여야 한다.

이를 통해 우리는 균형 잡힌 세계관을 가질 수 있으며, 이는 결국 생활 속의 고통을 줄일 수 있다. 상호의존성은 있음과 없음, 어려움과 쉬움, 길고 짧음 등과 같은 개념으로 확장된다. 이들은 단순히 반대되는 개념이 아니라 서로를 창조하고 정의하는 상호 보완적인 관계임을 인식하는 것이 중요하다.

마찬가지로 높고 낮음, 음과 양, 앞과 뒤는 서로 필요하며 함께 존재한다. 만물은 서로 연결되어 있어서, 이 세상에 독립적으로 존재할 수 있는 것은 없다. 이는 현대 물리학의 양자 얽힘 개념과도 연결된다. 양자역학에서 입자는 서로 얽혀 있어서 한 입자의 상태가 다른 입자의 상태에 즉각적인 영향을 미치는데, 이는 도와 자연의 상호의존적 개념과도 유사하다.

이러한 지혜를 바탕으로, 노자는 성인의 행동 방식을 제시한다. '무사지사'와 '무언지교', 즉 일없음으로 일을 하고 말없이 교화한다는 것은 자연의 흐름에 순응하고 인위적인 개입을 최소화하는 태도다. 일없는 일은 인위적이거나 강제적인 행동을 하지 않는 것을 의미한다. 그러나 이것은 단순히 아무것도 하지 않는 게으름을 뜻하는 것이 아니다. 오히려 자연의 흐름에 순응하면서 작위하지 않는다는 뜻이다.

말없는 가르침은 언어를 초월한 깨달음의 전달 방식이다. 말로 표현할 수 없는 진리를 직접적인 경험과 깨달음을 통해 전하는 방식이다. 이는 선불교의 '불립문자'라는 개념과도 연결된다. 이는 진정한 가르침은 말이나 글로 전해지는 것이 아니라 스승의 행동과 제자의 직접적인 체험을 통해 이루어진다는 것이다.

이 두 개념 모두 작위하지 않는다는 의미가 있다. 무엇을 이루려는 억지 행동과 의도가 담긴 말을 줄이고 본성을 따라가라는 조언이다. 그래서 만물이 생겨나도 거부하지 않고, 낳아주되 소유하지 않으며, 일을 한 후에도 자랑하지 않고, 공을 이루어도 거기에 머물지 않는 태도는 집착과 욕심에서 벗어난 초연한 자세를 보여 준다.

염화시중의 미소

부처님이 영취산에서 팔만 대중들에게 설법하면서 말씀 대신 연꽃 한 송이를 들어 보였다. 대중들은 아무 반응이 없었는데 가섭 존자만이 미소 지어 보였다.

이때 가섭의 미소를 염화시중의 미소라고 한다. 이는 단순한 표정 이상의 의미로, 진리의 본질을 꿰뚫어 본 자의 내적 기쁨과 평화를 나타낸다. 이 미소는 말로 표현할 수 없는 깊은 이해와 깨달음의 순간을 표현한 것이다. 가섭의 미소는 부처님 가르침을 온전히 받아들이고 이해했음을 나타내는 무언의 확인이다.

이심전심은 말을 하지 않아도 서로의 마음을 이해하고 통하는 상태다. 염화시중의 순간에 부처님과 가섭 사이에 일어난 것이 바로 이심전심이다. 이는 언어의 한계를 넘어서는 깊은 정신적 교감이다. 이심전심의 상태는 오랜 시간 동안 함께 수행하고 교감해 온 사람들 사이에서 가능한 특별한 연결이다. 스승과 제자, 오랜 친구들, 또는 가족들, 깊은 사랑을 나누는 연인들 사이에서 이러한 이심전심의 순간을 경험할 수 있다.

빠르게 변화하는 세상에서 우리는 종종 소통의 부재를 경험한다. 소통의 전제 조건은 마음의 온기를 먼저 전하는 것이다. 마음의 온기가 신실한 믿음이 되고, 신실한 믿음이 지혜의 눈을 밝힌다. 지혜의 눈으로 보는 사람들 간에는 말하지 않고도 마음이 전달되니, 이심전심이란 말의 뜻이 바로 그것이다.

무위의 다스림이란

현명하고 능력 있는 사람을 높이 받들지 않으면, 백성들이 서로 다투지 않는다. 얻기 어려운 금은보화를 귀하게 여기지 않으면, 백성들이 도둑질하지 않는다. 욕망을 자극하는 것들을 보여주지 않으면, 백성들의 마음이 혼란스럽게 되지 않는다.

그러므로 성인의 다스림은 백성들 스스로 욕구를 다스려 마음을 비우게 하고, 건강한 생활을 하게 한다. 또 백성들이 욕망으로 향하는 뜻을 약하게 하고, 양심의 심지를 굳건하게 한다.

항상 백성에게 지모도 욕심도 없게 하고, 지모 있는 자들이 순진한 백성들을 상대로 감히 사특한 짓을 못 하게 한다. 이처럼 무위로 다스리면 다스리지 못할 것이 없다.

"억지로 도모하지 않는다."라는 개념은 서양 철학의 결정론적 세계관을 닮았지만, 동양 자연주의의 독특한 표현이다. 인간의 의지와 행동이 자연의 흐름을 방해해서는 안 된다는 생각을 담고 있다.

현명하고 유능한 사람을 높이 평가하지 말라는 것은 지식과 능력을 과대평가하는 것에 대한 경고다. 현대 사회의 능력주의에 대한 강력한 비판으로 볼 수 있다. 이는 사회의 경쟁과 갈등을 줄이려는 방안으로 제시된다. 과도한 경쟁은 사회적 조화를 저해하고 개인 간의 불화를 조장한다. 대신 모든 사람의 고유한 가치를 인정하고 존중하는 문화를 조성하는 것이 중요하다.

얻기 어려운 재화에 대한 집착을 줄이라는 조언은 물질주의의 위험성을 지적한다. 물질에 대한 지나친 욕망은 불법적인 행동이나 부정적으로 이어질 수 있다. 이는 개인의 도덕성 문제일 뿐만 아니라 사회 전체의 가치관과도 연결된다. 물질적 풍요보다는 정신적 성취를 위해 노력하는 것이 더 나은 사회를 만드는 길이다.

욕망을 자극하는 것들을 멀리하라는 것은 끊임없이 새로운 욕망을 만들어 내는 광고와 미디어의 영향력이 커지고 있는 현대 사회에서 특히 중요한 메시지다. 욕망에 휘둘리지 않는 평온한 마음을 유지하는 것은 개인과 사회의 안정을 위해 필수적이다. 고대 그리스 철학자 에피쿠로스의 '아타락시아', 즉 평정심이 떠오른다.

성인의 통치, 즉 이상적인 통치는 사람들의 자발적인 절제와 자기 통제를 바탕으로 한다. 마음을 비운다는 것은 불필요한 욕심과 집착을 버리고 타고난 순수성을 회복하는 것이다. 욕망의 의지를 약화하고 양심적인 마음의 의지를 강화하는 것이다. 여기서 양심은 개인의 도덕적 나침반 역할을 하며, 양심을 강화하는 것이 또한 사회 윤리의 기초가 된다.

지모와 탐욕에서 벗어난다는 것은 순수함과 단순함의 가치를 구현하는 것이다. 지나친 지혜는 오히려 해로울 수 있다는 역설적인 주장이다. "학문을 익히면 날마다 걱정이 더해지지만, 도를 익히면 날마다 걱정이 덜어진다"라는 말을 곱씹어 볼 필요가 있다. 학문을 익히는 사람은 소유 지향적인 삶을 살고자 하는 부류에 속한다. 반면 도를 익히고자 하는 사람은 존재 지향적인 삶을 살고자 하는 부류에 속한다.

또한 순진한 백성들을 보호하는 것은 통치자의 책임이다. 여기에는 신체적 보호뿐만 아니라 정신적, 도덕적 보호도 포함된다. 권력자나 지식인이 자신의 권력을 남용하지 않도록 하는 것도 중요하다. 이는 현대 사회에서 정보의 비대칭성과 권력 남용이 만연하기 때문이다.

'무위정치'는 무위 개념을 정치에 적용한 것이다. 아무것도 하지 않는 것이 아니라 자연의 흐름을 거스르지 않고 최소한의 개입으로 최대의 효과를 거두는 통치 방식을 의미한다. 최상의 통치자는 백성들이 단지 그가 있다는 것만 알 뿐이라고 했다. 이것이 무위정치의 표본이다.

소유냐 존재냐

독일 사회심리학자 '에리히 프롬'의 『소

유냐, 존재냐』는 현대 사회의 가치관과 삶의 방식에 대해 깊이 있게 분석한 철학서다. 이 책에서 프롬은 두 가지 근본적으로 다른 삶의 방식을 제시한다. 학문을 익히는 것은 소유 지향적 삶을 뜻하고, 도를 익히는 것은 존재 지향적 삶을 뜻한다. 이 둘의 차이점을 살펴보자.

'소유 지향적 삶'은 물질적 소유와 통제에 집중하는 삶의 방식이다. 프롬은 이러한 삶이 현대 산업사회에서 지배적이라고 봤다. 소유 지향적인 사람들은 재산, 명성, 권력 등을 통해 자신의 가치를 정의하려고 한다.

'존재 지향적 삶'은 내적 성장, 관계, 경험에 중점을 두는 삶의 방식이다. 존재 지향적인 사람들은 자기 잠재력을 실현하고, 타인과 깊은 관계를 맺으며, 세상과 조화롭게 어울린다.

프롬은 현대 사회가 소유 지향적 삶을 과도하게 강조하고 있다고 비판한다. 그는 이러한 경향이 개인의 소외, 불안, 공허감을 초래한다고 주장한다. 반면 존재 지향적 삶은 더 큰 만족감과 의미를 가져다준다고 했다.

비움의 쓰임새는

도는 빔을 쓰임으로 삼으니, 혹시라도 채워져서 빔이 없어지는 일이 없다. 깊고 또 깊어서 만물의 근원인 것만 같다.

그 날카로움을 꺾고, 그 어지러움을 풀어내며, 그 빛을 부드럽게 하고, 그 티끌과 하나가 된다.

깊고 깊은 거기에 무엇인가 존재하는 듯하나, 나는 그 실체가 누구로부터 비롯된 것인지 알지 못한다. 아마도 하늘의 신보다 먼저 있었던 것만 같다.

도는 우주의 근본 원리이자 만물의 근원이다. 그것은 비움과 채움의 역설적인 공존을 통해 설명된다. 빔은 단순히 비어있는 것이 아니라, 무한한 가능성의 상태다. 빔은 만물이 생성되고 소멸하는 채움과 비움의 끊임없는 순환 속에 있다.

도의 깊이는 헤아릴 수 없다. 그것은 인간의 인식 범위를 넘어서는 초월적인 차원이다. 만물의 근원인 도는 만물의 시작이자 끝이다. 이는 노자 철학의 핵심 개념인 본체와 연결된다. 본체는 현상계를 넘어선 궁극의 실재이며, 도는 이 본체의 작동 원리다. 이는 하이데거의 '존재와 존재자'에서 존재에 해당한다.

도는 상반되는 요소들 사이의 조화를 추구한다. 날카로움을 날카롭게 하고 어지러움을 풀어주는 과정은 음과 양의 균형을 맞추는 것과 같다. 이는 우주의 모든 현상이 상반된 힘들의 상호작용으로 이루어진다는 노자 사상의 기본 관점을 보여 준다. 빛을 부드럽게 한다는 문구는 극단을 피하고 중용의 태도를 의미한다.

티끌과 하나가 된다는 문장은 인위적인 일을 하지 않고 자연의 흐름에 따르는 태도를 말한다. 물리학의 관점에서 보면 '자연의 흐름'은 '엔트로피 증가' 법칙과 유사한 개념이다. 동시에 모든 존재는 근본적으로 하나라는 '만물일체'의 사상을 내포하고 있다. 즉, 먼지 한 톨만큼 작은 것일지라도 우주의 근본 원리인 도와 분리될 수 없다는 뜻이다.

도의 존재 방식은 신비롭고 모호하다. 분명 존재하지만, 그 본질이 정의되거나 파악되지 않는다. 이는 도가 논리와 언어의 한계를 초월한다는 뜻이다. 노자는 "도를 도라고 말한다면 그것은 영원한 도가 아니다"라고 말했는데, 이는 도의 본질이 개념화나 언어화를 거스른다는 뜻이다.

도의 기원에 대한 이러한 불확실성은 노자 철학의 또 다른 특징이다. 서양 철학은 종종 궁극적인 원인이나 선구자를 찾으려고 노력하는 반면, 노자의 철학은 그러한 시도의 한계를 인정하는 경향이 있다. 도가 하늘의 신들보다 먼저 존재했을 것이라는 가정은 도가 초월적이고 절대적임을 인정하는 것이다.

도에 대한 이러한 개념은 단순히 형이상학적인 추측에 그치지 않는다. 도를 이해하고 도에 따라 사는 것이 개인의 수양과 사회의 조화로운 운영에 필수적이다. 통치자는 도를 따름으로써 세상을 다스릴 수 있고, 개인은 도에 순응함으로써 자신의 진정한 자아를 실현할 수 있다.

도의 원리는 무위다. 노자는 "성인은 무위하므로 패하지 않고, 무소유이므로 잃지 않는다"라고 말한다. 이는 인위적인 욕심과 행위를 버리고 도의 자연스러운 흐름에 맡기는 삶의 태도를 권장한다. 이는 도교의 발전에 핵심적인 역할을 했으며, 불교와 유교에도 영향을 주어 동양 사상에 다양성과 깊이를 더했다.

마지막 문장, '나는 누구의 자식인지 모르겠다. 하늘의 신보다 먼저 있었던 것 같다.'라는 문장은 도의 초월적이고 영원한 본질을 암시한다.

양자의 빔

양자 진공상태는 일반적인 상식과는 다소 동떨어진 개념이다. 우리가 생각하는 진공은 보통 아무것도 없는, 비어있는 공간을 의미한다. 하지만 양자역학의 세계에서 진공은 전혀 비어있지 않다.

양자 진공상태는 가장 낮은 에너지 상태를 가리킨다. 이 상태에서도 양자장의 요동이 끊임없이 일어난다. 이러한 요동으로 인해 입자와 반입자의 쌍이 순간적으로 생성되었다가 소멸하는 현상이 발생한다. 이를 '가상 입자'라고 부른다. 이는 우리가 알고 있던 '빔'의 개념을 완전히 뒤집는 발견이다.

양자 진공상태의 이해는 현대 물리학의 바탕을 이루는 중요한 개념이다. 이는 우주의 시작과 끝, 그리고 그 사이의 만물을 이해하는 데 필수적인 요소가 된다. 우리가 보는 세상, 심지어 아무것도 없어 보이는 공간조차도 끊임없는 에너지의 바다라는 사실이다.

이러한 개념은 우리의 일상적 경험과는 거리가 멀지만, 우주의 근본적인 작동 원리를 이해하는 데 중요한 열쇠가 된다. 양자 진공상태는 우리가 알고 있던 '없음'의 개념을 완전히 새롭게 정의하며, 우주의 신비로운 면모를 보여 주는 훌륭한 예시다.

천지는 편애하지 않으니

하늘과 땅은 편애하지 않으니, 만물을 '지푸라기 개'처럼 여긴다. 성인도 편애하지 않으니, 백성을 '지푸라기 개'로 여긴다.

천지 사이는 마치 풀무를 닮았다. 비어있지만 굽어지지 않고, 움직일수록 더 많은 것들이 생겨난다.

그러나 사람은 말을 많이 하면 자주 궁해지니, 마음을 비운 채로 두느니만 못하다.

천지와 성인은 만물을 평등하게 대한다. 이는 '지푸라기 개'의 비유를 통해 표현된다. 이 비유는 모든 존재는 본질적으로 평등하며 인위적인 가치 판단은 무의미하다는 것을 보여 준다.

한문 원문에 나오는 '천지불인'을 '하늘은 인간을 사랑하지 않는다'라고 풀이하는 것에는 오해의 여지가 있다. 도의 보편성과 고정성을 부정하는 말로 오해할 수 있기 때문이다. 이 경우에는 '편애하지 않는다'라는 표현이 적당하다.

이 부분에서 '사르트르'의 실존론을 떠올리게 한다. 그에 의하면 인간은 아무 의미도 없이, 신의 기대도 없이, 그냥 지구상에 던져졌다고 표현했기 때문이다. 그의 철학은 인간의 자유와 책임에 중점을 둔다. 사르트르는 "실존은 본질에 앞선다"라고 했다. 이는 우리가 미리 정해진 본질이나 의미도 없이 이 세상에 던져졌다는 뜻이다. 한문 표현인 '피투성'은 그냥 던져졌다는 뜻이다.

피투성이란 말은 신이 인간만을 특별히 취급하지 않는다는 말의 다른 표현이다. 인간은 그저 돌멩이처럼, 들판의 동물처럼, 땅속의 미물처럼, 그렇게 아무 의미도 없이 세상에 던져지듯이 태어난다는 말이다. 그렇게 아무 의미도 없이 태어났기 때문에, 인간은 오히려 자유로울 수 있다고 말한다.

그래서 우리는 우리 생에 모든 부분을 스스로 선택해야 한다. 선택하지 않는 것조차 하나의 선택이다. 우리는 자유롭게 선택하고 행동함으로써 스스로 본질을 만들어 가야 한다. 이러한 자유는 우리에게 무한한 가능성을 제공하지만, 동시에 무거운 책임을 스스로 감당해야 하는 부담과 고독감을 안겨준다.

그래서 무한한 자유는 축복인 동시에 저주다. 우리는 자기 삶에 대해 전적인 책임을 져야 하며, 이는 때로 불안과 절망을 초래한다. 사르트르는 이를 '실존적 불안'이라 불렀다. 이는 자신의 홀로 됨, 인생의 무의미, 죽음에 대한 깨달음에서 오는 불안을 말한다.

그러나 사르트르는 이 불안을 극복하고 진정한 자아를 찾아야 한다고 주장한다. 그러기 위해서 우리는 적극적인 삶을 살아야 한다. 즉, 사회적 압력이나 관습에 굴하지 않고 자신의 선택에 책임을 지며 살아야 한다는 뜻이다.

또 자연의 순환 작용을 풀무의 반복 작용에 비유한다. 빈 공간에서는 끊임없는 변화와 창조가 일어난다. 이는 우주가 정적인 실체가 아니라 끊임없는 변화의 과정임을 나타낸다. 이는 양자역학의 세계에서 입증된 것이다. 진공은 전혀 비어있는 상태가 아니라는 것이다. 아무것도 없어 보이는 공간이 사실은 끊임없는 에너지의 바다였다는 것이다.

비움은 노자 철학의 또 다른 핵심 개념이다. 비어있지만 구부러지지 않는다는 것은 유연하면서도 강하다는 것을 의미한다. 물은 만물을 포용하고 어떤 형태로든 변화할 수 있지만 그 본질은 변하지 않는 가장 유연하고 강인한 존재다.

움직임과 생성의 관계는 우주의 끊임없는 변화와 창조를 상징한다. 이것은 주역에서 말하는 역의 개념으로 연결될 수 있다. 노자 철학의 핵심 사상 중 하나는 변화이며, 이를 통해 새로운 것이 생겨난다는 것이다. 이는 현대 과학의 '엔트로피 증가' 개념과 일맥상통한다.

많은 말을 하지 말라는 경고는 불필요한 인위적인 개입을 피하라는 의미로 해석된다. 이는 노자의 '과유불급' 개념과도 연결된다. 지나침은 미치지 못함만 못하다는 이 개념은 중용의 중요성을 강조한다. 말을 많이 하는 것은 자연의 순리를 거스르는 행위로 볼 수 있으며, 이는 결국 자신을 궁지에 몰아넣게 된다는 것이다.

마음을 비우는 것은 노자 철학의 핵심 실천 중 하나다. 이는 불교의 공 사상과도 연결된다. 마음을 비운다는 것은 선입견, 욕심, 편견을 버리고 사물을 있는 그대로 바라보는 것을 의미한다. 이렇게 하면 사물의 자연스러운 질서에 더 가까이 다가갈 수 있기 때문이다.

실존적 불안

프랑스 철학자 '사르트르'는 실존적 불안이 인간 조건의 핵심이라고 했다. 이는 단순한 두려움이나 걱정과는 다른 차원의 것으로, 인간 존재의 본질적 특성에서 비롯된다는 뜻이다.

실존적 불안은 우리가 세상에 던져진 존재라는 인식에서 시작된다. 우리는 선택의 여지 없이 이 세상에 태어났고, 그 순간부터 무한한 가능성과 선택의 자유를 마주하게 된다. 이러한 자유는 축복인 동시에 저주다. 우리는 자신의 삶을 스스로 만들어 가야 하며, 그에 따른 책임을 져야 한다.

사르트르는 "실존은 본질에 선행한다"라고 말했다. 이는 우리가 먼저 존재하고, 그 후에 우리 자신을 정의한다는 뜻이다. 미리 정해진 본질이나 운명은 없으며, 우리의 선택과 행동을 통해 자신을 만들어 간다. 이런 자유와 책임의 무게는 때로 압도적일 수 있다.

실존적 불안은 또한 죽음에 대한 인식에서 비롯된다. 우리는 언젠가 죽는다는 사실을 알고 있으며, 이는 우리의 존재에 유한성을 부여한다. 이러한 인식은 삶의 의미를 찾고 우리의 시간을 어떻게 사용할지 결정해야 하는 압박감을 준다.

그러나 사르트르는 이러한 불안을 부정적인 것으로만 보지 않았다. 오히려 이를 통해 우리는 진정한 자유를 깨닫고, 삶의 의미를 창조할 기회를 얻는다고 보았다. 실존적 불안은 우리를 깨어있게 하고, 더 진실된 삶을 살도록 촉구한다.

결론적으로, 사르트르의 실존적 불안 개념은 우리가 자유롭고 책임 있는 존재임을 상기시키며, 동시에 그러한 자유와 책임이 주는 무게를 인식하게 한다. 실존적 불안을 통해 우리는 더 깊은 자아와 삶의 의미를 발견할 기회를 얻는다.

골짜기의 신령함은

골짜기의 신령함은 죽지 않으니, 이를 일러 '현빈'이라고 한다.

'현빈의 문', 이를 일러 '천지의 근원'이라고 한다.

면면히 이어지면서 존재하는 듯하고, 아무리 사용해도 다함이 없다.

'골짜기의 신령함'은 우주의 근본 원리를 상징한다. 이는 모든 생명과 존재의 근원이 되는, 형태는 없지만 항상 존재하는 힘을 의미한다. 이 힘은 불변하는 것으로 묘사되는데, 이는 우주의 영원한 본질을 의미한다.

현빈의 개념은 심오하고 신비로운 여성성을 의미한다. 우주의 창조적 에너지를 여성의 생산력에 비유하여 만물을 낳고 키우는 근원적인 힘을 상징한다. 현빈의 문은 모든 존재가 세상으로 들어오는 창조의 통로를 상징한다. 천지의 근원이라는 표현은 우주 만물의 출발점을 의미한다. 노자 철학에서 이 근원은 형태가 없고 이름할 수 없는 것으로 여겨진다. 만물의 시작이자 끝이며 절대로 변하지 않는 진리의 본질이다.

'면면히 이어지면서 존재하는 듯하다'라는 말은 이 근본적인 힘의 지속성을 의미한다. 끊임없이 흐르는 강물처럼 우주의 에너지는 절대로 멈추지 않는다는 것을 의미한다. 인위적인 노력 없이도 자연스럽게 흘러가는 우주의 순리를 강조하는 것이다.

'아무리 사용해도 다함이 없다'라는 표현은 이 우주의 근원적 힘이 무한하다는 것을 의미한다. 이는 노자 철학에서 말하는 도의 무한성과 연결된다. 도는 끝없이 사용할 수 있는 에너지원이며, 고갈되지 않는 지혜의 원천이다. 도가에서는 우주를 하나의 거대한 유기체로 보고, 존재하는 만물은 이 근본적인 힘에서 비롯된다고 본다.

노자 철학은 이러한 우주의 근본 원리를 이해하고 그에 따라 살아가는 것이 중요하다는 점을 강조한다. 이는 단순히 지적인 이해에 그치는 것이 아니라 실생활에서 이러한 원리를 구현하고 실천하는 것이다. 이를 통해 인간은 우주의 흐름과 조화를 이루며 살아갈 수 있다.

골짜기 이미지는 노자 철학에서 흔히 볼 수 있는 상징이다. 낮고 겸손한 자세, 그리고 만물을 받아들일 수 있는 비움과 포용력을 의미한다. 계곡에 물이 모이듯 도를 실천하는 사람은 모든 지혜와 덕을 모을 수 있다.

신령함이라는 표현은 도의 신비로운 측면을 가리킨다. 인간의 이성으로는 완전히 이해할 수 없는 초월적이고 신비한 힘을 의미한다. 그러나 그것은 현실과 동떨어진 힘이 아니라 우리의 일상에서 끊임없이 작용하는 힘이다. 그 힘을 인식하고 그 흐름을 따라 살아가는 것이 중요하다. 이는 자연의 법칙을 거스르지 않고, 있는 그대로 받아들이는 삶의 태도를 의미한다.

현빈의 개념은 음과 양의 조화를 의미하기도 한다. 음과 양은 서로 대립하는 것이 아니라 상호 보완적인 관계이며, 이 둘의 조화로운 균형이 우주의 질서를 형성한다. 현빈은 이러한 음양의 조화를 상징하며, 창조와 생성의 원리를 나타낸다.

여성성의 구원

프랑스 철학자인 '이리가레'는 서양 철학의 전통이 남성 중심적 사고에 기반하고 있다고 비판하며, 여성성에 대한 새로운 이해와 가치를 부여해야 한다고 주장했다.

이리가레는 여성적 언어와 여성적 사유의 필요성을 강조했다.

이는 단순히 여성만을 위한 것이 아니라, 모든 인간의 경험을 더 풍부하게 만들고 기존의 이분법적 사고를 넘어서는 방법이라고 했다.

여성성을 재평가하고 중요시하는 것은 단순히 여성의 지위 향상이 아닌, 인류 전체의 사고방식과 문화를 변화시키는 길이라고도 했다.

이러한 맥락에서 여성성에 대한 새로운 이해와 가치 부여가 현대 사회의 많은 문제를 해결할 수 있는 열쇠가 될 수 있다고 했다. 이는 경쟁과 지배보다는 협력과 돌봄, 수용의 가치를 중시하는 여성적 가치관이 더 나은 세상을 만들 수 있다는 믿음에서 나온 주장이다.

7장

천지가 영원한 것은

하늘과 땅은 영원토록 이어진다.

하늘과 땅이 길고 오래갈 수 있는 이유는 자신을 위해서 살지 않기 때문이다. 그래서 오래 살 수 있는 것이다.

이러한 이유로 성인은 자신을 뒤로 하지만 오히려 앞서게 되고, 자신을 버리지만 오히려 보존된다.

이는 사사로움이 없기 때문이 아니겠는가? 그래서 자기 뜻을 이룰 수 있는 것이다.

우주의 운행은 끊임없는 순환으로 이어진다. 하늘과 땅으로 대표되는 자연은 그 영속성을 통해 우리에게 중요한 교훈을 가르쳐 준다. 하늘과 땅의 장수 비결은 자기중심적이지 않은 태도에 있다. 자연은 자기 자신을 위해 존재하는 것이 아니라 이타적인 본성을 지니고 있다.

이 자연 법칙은 인간 사회와 개인의 삶에도 적용된다. 성인이라고 불리는 현명한 사람들은 자신을 뒤로 미루는 겸손한 태도를 가지고 있다. 하지만 역설적으로 이러한 태도가 그를 앞서게 한다. 자신을 내려놓는 행위는 궁극적으로 자신을 보존하는 길이 된다. 노자 사상은 이기심을 버리고 무아의 경지에 도달하는 것이 중요하다고 강조한다.

우리는 보통 나라는 존재가 변하지 않는 본질을 가지고 있다고 생각한다. 하지만 불교에서는 이런 생각이 환상에 불과하다고 본다. 우리의 몸과 마음은 끊임없이 변화하고 있으며, 다양한 조건과 인연에 의해 형성되는 일시적인 현상일 뿐이라고 가르친다. 다시 말해, 불가의 무아사상은 우리가 흔히 자아라고 부르는 고정불변의 실체가 존재하지 않는다는 깨달음에서 출발한다.

무아사상은 우리를 괴롭히는 집착과 욕망의 근원을 제거하는 데 중요한 역할을 한다. 나라고 하는 고정된 실체가 없다는 것을 깨닫게 되면, 우리는 자연스럽게 이기심에서 벗어나 타인과 세상에 대한 연민을 키울 수 있게 된다. 이는 허무주의나 자아 부정을 의미하지 않는다. 우리 존재의 본질을 더 깊이 이해하고, 자유롭고 평화로운 삶을 살아갈 수 있는 길을 제시한다.

무아를 깨달음으로써 고통에서 벗어나 진정 우리가 바라는 해탈의 경지에 이르게 된다. 또 천지가 영원한 것은 스스로 도모하는 이기적인 삶을 살지 않기 때문이다. 이기적인 욕망에서 벗어나야만 진정한 자아를 깨달을 수 있다. 이는 단순히 개인적인 욕망을 억제하라는 뜻이 아니다. 더 큰 조화와 균형을 위해서 자신을 내려놓으라는 뜻이다. 만물은 서로 연결되어 있고 독립적으로 존재할 수 없다는 불교의 업 이론과도 연결된다.

불교의 업 개념

불교에서 업의 개념은 우리의 행동과 그 결과 사이의 연결을 의미한다. 이는 우리의 행동과 그 결과 사이의 연결을 의미한다. 석가모니는 우리가 하는 모든 행동, 말, 생각이 결과를 낳는다고 가르쳤다. 이러한 결과는 현재의 삶뿐만 아니라 미래의 삶에도 영향을 미친다.

업의 법칙은 단순히 좋은 행동은 좋은 결과를 낳고, 나쁜 행동은 나쁜 결과를 낳는다는 것이 아니다. 이는 우주의 도덕적 질서를 나타내는 복잡한 원리다. 우리의 의도, 행동, 그리고 그 결과 사이의 미묘한 상호작용을 설명한다.

석가모니는 업이 우리 삶의 모든 측면에 영향을 미친다고 가르쳤다. 우리가 겪는 행복과 고통, 성공과 실패, 심지어 우리가 태어나는 환경까지도 과거 업의 결과로 본다. 그러나 이는 운명론적 관점이 아니다. 오히려 우리가 현재의 선택을 통해 미래를 형성할 힘이 있다는 희망적인 의미가 된다.

업의 개념은 또한 개인적 책임을 강조한다. 우리는 우리의 행동과 그 결과에 대해 책임져야 한다. 동시에 이는 우리가 변화하고 성장할 수 있는 능력이 있다는 희망을 제공한다. 불교에서 궁극적인 목표는 업의 순환에서 벗어나는 것이다. 이는 깨달음을 통해 달성되며, 욕망과 무지에서 벗어나는 열반을 의미한다.

최상의 선은

최상의 선은 물과 같은 것이다. 물은 만물을 이롭게 하면서도 다투지 않는다. 사람들이 싫어하는 낮은 곳에 머문다. 그러므로 물이 도에 가깝다는 것이다.

거처함에 있어서는 좋은 땅이 선이고, 마음은 깊은 연못 같음이 선이며, 베풂에 있어서는 인자함이 선이고, 말함에 있어서는 신의를 선으로 여긴다.

다스림에 있어서는 정의가 선이고, 일함에 있어서는 출중한 능력이 선이면, 행동함에는 적당한 때를 선으로 여긴다.

대저 위의 어떤 상황에서도 다투는 일이 없어야 허물을 남기지 않는 법이다.

고대 그리스 철학자 탈레스의 "물은 만물의 근원이다"라는 주장은 단순한 관찰을 넘어서는 철학적 의미를 담고 있다. 문장은 짧지만, 자연과 존재의 본질에 대해 생각하게 한다. 물은 고체, 액체, 기체 등 자유롭게 상태를 바꿀 수 있고 어떤 형태의 용기에도 적응할 수 있다. 물의 이러한 특성이 끊임없이 변화하는 세상에 대한 적응성을 상징한다.

물은 또한 생명의 필수 요소이다. 모든 생명체는 물 없이는 존재할 수 없으며, 지구 표면의 대부분은 물로 덮여 있다. 그는 이것이 물이 실제로 우리 세계의 물리적 원천임을 보여 주는 것으로 믿었다. 만물이 물에서 비롯되고 우리가 모두 연결되어 있다는 생각에 이르러서는 형이상학적인 하나의 근원을 찾지 않을 수 없었다.

이 장에서도 물은 인간이 추구해야 할 덕목의 본질을 설명하는 데 중요한 상징이 된다. 물은 만물을 이롭게 하며 만물과 경쟁하거나 다투지 않는다. 인간의 노력 없이 자연스럽게 흘러가는 삶의 태도를 강조하는 무위자연의 원리를 설명한다.

물은 항상 아래로 흐른다. 물은 겸손과 낮은 자세의 미덕을 상징한다. 노자는 이러한 물의 성질이 도에 가깝다고 말한다. 도에 따라 산다는 것은 물처럼 자연법칙을 따르고 그 법칙 안에서 겸손과 낮아짐을 실천하는 것이다.

『도덕경』은 계속해서 이상적인 인간상을 제시한다. 먼저, 살 곳을 선택할 때 좋은 땅을 선택하는 것이 중요하다고 말한다. 이는 단순히 물리적 공간뿐만 아니라 정신적으로 안정되고 조화로운 환경을 의미한다. 마음의 상태에 관해서는 깊은 연못의 비유를 사용한다. 깊은 연못은 표면이 잔잔하고 맑으며 깊이에 따라 쉽게 동요하지 않는다. 이는 내면의 평화와 안정, 깊은 사고를 강조한다.

베풂에 있어서는 인자함을 강조한다. 이는 공자의 인 개념과도 일맥상통한다. 인은 타인을 이해하고 배려하는 태도로, 사회 화합에 필수적인 요소이다. 또한 물의 이로운 성질과도 관련이 있다.

또 말의 신실함을 중시한다. 신실함은 약속을 지키고 진실을 말하는 것을 의미한다. 이는 공자가 강조한 믿음의 덕목과도 일맥상통한다. 신실한 말은 사회적 신뢰의 토대이며 인간관계를 강화하는 데 필수적이다.

통치에 관해서는 의를 추구하는 것이다. 이는 정의롭게 다스린다는 뜻으로, 법과 원칙에 따라 공정하게 다스리는 것을 의미한다. 올바른 통치는 백성의 신뢰를 얻고 사회에 안정을 가져오는 기반이 된다. 맹자는 일을 처리하는 능력의 중요성을 언급한다. 이는 단순한 기술적 숙련도를 넘어 상황에 적절히 대응하는 능력을 포함한다.

이 장은 마지막 문장에 핵심을 심어 놓았다. 위에 열거한 모든 상황에서 어떤 이유로든 다투지 말아야 한다는 것이다. 어떤 선행도 다툼을 정당화할 수 없다는 단호한 면을 보여 준다. 노자가 제시한 부쟁의 개념은 우리 사회에 절실히 필요한 지혜가 되었다.

다투지 않는다는 뜻은 단순히 수동적으로 대처한다는 것이 아닌, 더 적극적인 생활 철학의 의미를 담고 있다. 이 장의 의도를 헤아려서 다음과 같이 정리해 본다.

"거처함에는 좋은 땅으로 다투지 말아야 하고, 마음 씀에는 덕으로 다투지 말아야 하고, 베풂에는 인자함을 다투지 말아야 하고, 말함에는 신의로 다투지 말아야 한다." "다스림에는 정의로 다투지 말아야 하고, 일함에는 능력으로 다투지 말아야 하며, 행동함에는 때를 다투지 말아야 한다. 오로지 선이 선일 수 있는 근본은 다투지 않음에 있다."

물과 같이

'물과 같이'라는 표현은 여러 분야에서 의미를 지닌다. 이 말은 유연성, 적응력, 그리고 자연의 근본적인 흐름을 상징한다.

철학적 관점에서 물과 같다는 것은 도교 사상의 핵심이다. 물은 낮은 곳으로 흐르며, 만물을 받아들이고, 부드러우면서도 강인한 특성을 보인다. 이는 겸손, 포용력, 그리고 유연한 강인함을 상징하며, 이러한 덕목들은 인생에서 추구해야 할 가치들이다.

과학적 측면에서 물과 같다는 것은 물의 독특한 물리적, 화학적 특성을 반영한다. 물은 거의 모든 물질을 용해시키는 능력을 가지고 있어서 만능의 용매로 불린다. 이는 물의 적응력과 변화 가능성을 나타낸다. 또한 물은 고체, 액체, 기체 상태를 자유롭게 오갈 수 있어, 다양한 환경에 적응할 수 있는 능력을 보여 준다.

생물학적으로 물과 같다는 것은 생명의 근원을 의미한다. 모든 생명체는 물로 이루어져 있다. 물은 생명 유지에 필수적인 역할을 하며, 이는 우리가 자연과 얼마나 밀접하게 연결되어 있는지를 상기시켜 준다.

심리학적 관점에서 물과 같다는 것은 마음의 유연성과 회복력을 나타낸다. 물이 장애물을 만나면 그 주위를 돌아 흐르듯이, 삶이 힘들 때, 유연하게 대처하고 적응해 나가라는 가르침을 주는 듯하다.

채우고 또 채우면

이미 채워져 있는데 더 채우려고 하는 것은 제때 그만두느니만 못하다. 흘러넘치면 버려지기 때문이다.

이미 날카롭게 날을 세웠는데 더 연마하면, 그 날카로움을 오래 보존하지 못한다. 날이 꺾이기 때문이다.

금과 옥을 집안 가득 채우고 또 채우면 누구도 그것을 지켜낼 수 없다. 도둑이 집을 통째로 빼앗을 궁리를 하기 때문이다.

재물과 명성을 다 가진 자가 교만해지면 스스로 허물을 남길 뿐이다. 고로 공을 이루고 몸을 물리는 것은 '하늘의 도'다.

노자 철학에서 적당함은 단순한 행동 지침이 아니라 우주의 근본 원리와 연결되는 개념이다. 이는 자연의 순환과 조화를 인간의 삶에 적용하는 도의 작동 방식을 반영한다.

먼저 채움의 개념을 살펴보자. 물질적 풍요나 지식의 축적은 중요하지만 지나치면 오히려 해로울 수 있다. 컵에 물을 너무 많이 담으면 넘칠 수 있듯이, 인생의 어느 지점에 멈춰서 돌아보는 것도 중요하다. 이는 현실에서뿐만 아니라 정신 건강 면에서도 유효하다. 지나친 욕심이나 집착은 평정심을 해치고 스트레스를 유발한다.

다음으로 날카로움에 대한 비유를 보자. 칼날의 예를 들어 지나치게 날카롭게 하면 날이 꺾여서 오히려 역효과가 난다. 이는 인간 발달에도 적용된다. 끊임없는 자기 계발도 중요하지만, 휴식과 균형을 잃으면 탈진 현상이 일어난다. 지속 가능한 성장을 위해서는 적절한 휴식을 통해 회복할 시간을 가져야 한다.

금과 옥은 재물을 상징한다. 과도한 재물의 축적은 오히려 부를 지키는 데 어려움을 초래한다. 물질적 풍요를 추구하다 보면 가족, 건강, 내면의 평화와 같은 다른 중요한 가치를 놓칠 수 있다. 또한 과도한 부의 축적은 사회적 책임과 윤리적 문제를 동반할 수 있으며, 이는 개인과 사회 모두에 부정적인 영향을 미친다.

교만을 경계하는 것은 노자 철학의 또 다른 가르침이다. 겸손의 미덕을 잃으면 결국 자신의 발전을 저해하고 다른 사람과의 관계를 악화시킬 수 있다. 노자는 이를 스스로 허물을 남기는 것이라고 했다. 성공한 기업가나 정치인들이 교만으로 인해 몰락하는 사례를 흔히 볼 수 있다.

"채우려는 욕심은 내면적인 허영이다.", "날카로움은 남을 부리는 힘이다.", "재화는 외부의 나를 꾸미는 사치다." 이들은 모두 쾌락의 범주에 속한다. 쾌락은 인간의 가장 기본적인 감정 중 하나로, 삶의 즐거움과 만족감을 말한다. 쾌락은 단순히 육체적인 만족뿐만 아니라 정신적인 만족감도 쾌락에 포함된다.

우리 인간은 쾌락에 일정한 범위 안에서만 만족감을 느낀다. 이를 '쾌락 적응 현상'이라고 한다. 이는 인간의 심리적 특성 중 하나로, 즐거운 경험이나 상황에 대한 초기의 만족감이 시간이 지남에 따라 점차 감소하는 현상을 말한다. 이는 인간이 환경 변화에 적응하는 능력의 일환으로 볼 수 있다.

처음에는 새로운 경험이나 물질적 소유가 큰 기쁨과 만족을 주지만, 시간이 지나면서 그 효과가 줄어들고 일상적인 것으로 여겨지게 된다. 예를 들어, 새 차를 구매했을 때 느끼는 흥분과 기쁨은 처음에는 강렬하지만, 점차 새 차가 일상의 한 부분으로 자리 잡으면서 만족감은 사라진다.

이러한 현상은 인간의 행복에 큰 영향을 미친다. 지속적인 행복을 추구하기 위해 끊임없이 새로운 자극과 경험을 찾게 되며, 이는 때로 과도한 소비나 자극적인 변화 추구로 이어질 수 있다. 이미 가질 만큼 가졌는데도 더 가지려고 하고, 이미 누릴 만큼 누리고 있는데도 더 안달하는 것은 결핍과 권태가 무한 반복한다는 사실을 망각하는 데 기인하는 것이다.

멈추면 보이는 것들

멈출 줄 아는 자의 지혜는 현대 사회의 끊임없는 분주함과 경쟁 속에서 잃어가는 삶의 균형과 본질을 되찾는 방법이다. 이는 단순히 물리적으로 멈추는 것이 아니라, 내면의 소리에 귀 기울이고 삶의 방향을 재고하는 정신적인 멈춤을 의미한다.

멈추면 보이는 것들은 무엇일까? 우선, 자신의 진정한 모습이 보인다. 일상의 바쁜 일정과 타인의 기대에 맞추느라 잊고 있던 자신의 꿈, 가치관, 그리고 삶의 목적을 다시 마주하게 된다. 이는 마치 흐린 거울을 닦아내어 선명한 자기 모습을 보는 것과 같다.

또한 주변 세계가 새롭게 보인다. 평소에는 그냥 지나쳤던 작은 꽃의 아름다움, 바람의 상쾌함, 가족과 친구들의 소중함을 느낄 수 있다. 이는 마치 오랜만에 고향을 방문한 듯한 새로운 감동을 준다.

더불어, 삶의 진정한 우선순위가 보인다. 끊임없이 앞만 보고 달리다 보면, 정작 중요한 것들을 놓치기 쉽다. 멈추어 서서 돌아보면 건강, 관계, 자아실현 등 진정으로 가치 있는 것들이 무엇인지 깨닫게 된다.

나아가, 창의성과 새로운 아이디어가 떠오른다. 지속적인 스트레스와 압박감은 창의적 사고를 막는다. 그러나 멈추어 휴식을 취하면, 뇌는 이완되고 새로운 연결고리를 만들어 낸다. 이는 마치 비옥한 토양에서 싹이 트는 것과 같다.

마지막으로, 감사함이 보인다. 바쁜 일상에서는 당연하게 여겼던 것들의 소중함을 깨닫게 된다. 건강, 가족, 친구, 직업 등 일상적인 것들이 얼마나 감사한 것인지 새삼 느끼게 된다.

10장

영혼과 육신을 하나로

영혼과 육신을 하나로 끌어안고 서로 떠나지 않게 할 수 있겠는가? 숨을 부드럽게 다스려 갓난아이와 같이할 수 있겠는가?

넓고 깊은 도의 거울을 깨끗이 하여 티끌 하나 없이 할 수 있겠는가? 백성을 사랑하고 나라를 다스림에 있어 무지로 할 수 있겠는가?

하늘 문이 열리고 닫힘에 암컷처럼 할 수 있겠는가? 그 명철함이 사지 사방에 이르렀는데도 무위로 할 수 있겠는가?

도는 만물을 낳고 기르지만 소유하지 않고, 일을 이루지만 자랑하지 않고, 오래도록 기르지만 지배하지 않는다. 이를 일러 '현덕'이라고 한다.

"영혼과 육신을 하나로 끌어안고 서로 떠나지 않게 할 수 있겠는가?"라는 질문은 현대 사회에서 더욱 중요한 의미가 있다. 우리는 종종 몸과 마음을 별개의 개체로 인식하지만, 이는 인간 존재의 본질을 왜곡하는 실수다.

몸과 마음을 통합된 하나로 이해하는 것은 단순한 이론적 개념이 아니라 실제로 더 나은 삶으로 이어질 수 있다. 예를 들어, 스트레스의 신체적 증상과 신체 활동이 정신 건강에 미치는 영향은 정신과 신체가 불가분의 관계에 있음을 보여 준다.

"숨을 부드럽게 다스려 갓난아이와 같이 될 수 있겠는가?"라는 질문은 현대 과학의 에너지 개념과도 공명하지만, 이를 초월하는 인식의 깊이를 시사하기도 한다. 에너지는 단순한 물리적 에너지가 아니라 삶의 근본적인 생명력이다. 끊임없는 경쟁과 성과 중심의 사회 구조는 우리의 에너지를 고갈시키고 경직되게 만든다.

"백성을 사랑하고 나라를 다스림에 있어 무지로 할 수 있겠는가?"라는 질문은 현대 사회의 지식 중심주의에 대한 강력한 도전이다. 우리는 정보와 지식의 세계에 살고 있지만, 이것이 진정한 지혜로 이어지는 여부는 알 수 없다.

노자에게 무지는 단순한 무지가 아니라 모든 지식을 초월한 순수한 지혜를 말한다. 지식의 축적보다는 본질적인 통찰력을 키우고, 정보의 처리보다는 깊은 명상과 성찰을 통해 내면의 지혜를 개발하라는 뜻이다.

"하늘 문이 열리고 닫힘에 암컷처럼 할 수 있는가?"라는 우주의 원리에 대한 수용적 태도를 강조한다. 우리는 종종 자연을 정복의 대상으로 여기고, 우주의 원리를 완전히 이해하고 통제할 수 있다고 생각한다. 하지만 노자는 우리에게 겸손함과 경외심을 가지고 우주의 원리를 대할 것을 권한다.

"그 명철함이 사지 사방에 이르렀는데도 무위로 할 수 있겠는가?"라는 말은 현대 사회에서 특히 중요한 의미가 있다. 우리는 종종 자신의 지식과 능력을 과시하고 싶은 유혹을 받지만, 이는 더 큰 문제를 초래할 수 있다. 겸손하면서도 함부로 행동하지 않는 태도는 다른 사람과의 관계에서 불필요한 갈등을 줄이고 더 깊은 이해와 협력을 가능하게 한다.

갓난아이의 순수함을 이상적인 상태로 본 노자의 견해는 현대 사회의 복잡성과 통제에 대한 강력한 비판이다. 우리는 문명화 과정에서 많은 것을 얻었지만 본질적인 것을 잃기도 했다. 순수함으로의 회귀는 단순히 과거로의 회귀가 아니라 현대 사회의 복잡한 구조와 가치관 속에서 잃어버린 인간성을 회복하는 노력이다.

정신 변용론

독일 철학자 '니체'의 『차라투스트라는 이렇게 말했다』에서 소개된 '정신의 세 가지 변용'은 인간 정신의 성장과 해방 과정을 상징적으로 설명한다. 낙타, 사자, 그리고 어린아이로 표현되는 이 세 단계는 우리의 삶과 사고방식의 진화를 깊이 있게 조명한다.

첫째 단계인 낙타는 인내와 순응을 상징한다. 낙타는 무거운 짐을 지고 척박한 사막을 건너는 동물로, 사회의 규범과 전통, 도덕적 의무를 기꺼이 받아들이는 인간의 모습을 나타낸다.

이 단계에서 우리는 '해야 한다'라는 의무감에 사로잡혀 살아간다. 교육받고, 직업을 갖고, 가정을 이루는 등 사회가 기대하는 역할을 충실히 수행한다. 이는 필요한 과정이지만, 동시에 우리의 내면적 자유를 제한할 수 있다.

둘째 단계인 사자는 반항과 부정을 상징한다. 사자는 용맹하고 강력한 동물로, 기존의 가치관과 규범에 도전하는 정신을 대변한다. 이 단계에서 우리는 "나는 원한다"라고 외치며, 사회의 기대와 전통적 가치에 의문을 제기한다.

사자는 낙타가 짊어진 짐을 벗어 던지고, 자신만의 가치체계를 만들어 가기 시작한다. 이는 때로 고통스럽고 혼란스러운 과정일 수 있지만, 진정한 자아를 찾아가는 데 필수적인 단계다.

셋째 단계인 어린아이는 새로운 시작과 창조를 상징한다. 어린아이는 순수하고 자유로우며, 세상을 새로운 눈으로 바라본다. "나는 있다"라고 말하는 이 단계에서, 우리는 과거의 속박에서 완전히 벗어나 자유롭게 자신만의 가치를 창조한다.

어린아이는 편견 없이 세상을 받아들이고, 놀이하듯 삶을 살아간다. 이는 니체가 말하는 최고의 정신 상태로, 진정한 자유와 창조성을 실현하는 단계다.

이 세 단계의 의식 변용 과정은 나이가 들면서 밟게 되는 외형적 일방적 진행이 아니다. 우리는 삶의 여러 국면에서 이 세 가지 상태를 오가면서 성장한다. 때로는 사회의 기대에 순응하고, 때로는 그에 반발하며, 또 때로는 만물을 새롭게 바라보는 순수한 시각을 가진다.

서른 개의 바큇살이

서른 개의 바큇살이 가운데로 모이는데, 그 가운데 빈 곳이 있어야 수레의 쓰임이 있게 된다.

흙을 이겨 그릇을 만드는데, 그 속이 비어있어야 그릇의 쓰임이 있게 된다.

문과 창을 내어 방을 만드는데, 그 안이 비어 있어야 방의 쓰임이 있게 된다.

그러므로 유가 이롭게 되는 것은 무의 쓰임이 있기 때문이다.

비어 있음은 단순히 물리적인 공간을 의미하는 것이 아니라, 가능성과 잠재력의 공간을 표현한 것이다. 이 장에서는 수레의 바퀴, 그릇, 방과 같은 일상적인 예시를 통해 이 개념을 설명하고 있다.

바큇살의 구조를 살펴보면, 각각의 살들이 중심을 향해 모이는 형태가 그려진다. 그러나 이 바퀴의 진정한 기능은 중심부의 빈 곳에서 비롯된다. 이 공간이 바로 바퀴를 회전할 수 있게 하는 핵심이다. 이는 무위자연의 원리를 상징적으로 보여 준다. 인위적인 노력 없이도 스스로 작동하는 힘, 그것이 바로 도의 본질이다.

그릇의 예시로 넘어가면, 흙을 빚어 만든 용기의 가치는 그 내부의 빈 곳을 만든다. 그리고 그 빈 곳은 다양한 내용물을 담을 수 있는 잠재력을 지닌다. 이는 비운 마음, 즉 허심의 개념과 연결된다. 마음을 비워야 새로운 지식과 경험을 받아들일 수 있다.

방의 구조에서도 이러한 원리가 적용된다. 문과 창을 통해 만들어진 내부 공간이 방의 실질적인 기능을 결정한다. 형체와 작용의 관계에서, 비어 있음이 바로 실제적인 쓰임을 만들어 낸다는 말이다. 이러한 예시들은 모두 유와 무의 상호의존적 관계를 보여 준다. 있음의 가치는 없음의 존재로 인해 완성된다. 상반되는 두 요소가 서로를 보완하며 조화를 이루는 것이다.

노자 사상에서 도는 이름을 붙일 수 없고 형태가 없는 것으로 묘사된다. 그러나 이 무형의 도가 만물의 근원이 된다. 이는 현대 물리학의 관점에서 보면 흥미로운 유사성을 발견할 수 있다. 양자역학에서 말하는 진공상태는 완전히 빈 것이 아니라, 끊임없이 입자가 생성되고 소멸하는 활발한 장이다. 이처럼 없음은 단순한 부재가 아닌, 무한한 가능성의 장으로 이해될 수 있다.

노자 철학에서 비어 있음은 단순한 부재나 결핍이 아니다. 그것은 모든 가능성의 근원이며, 실제적인 기능과 가치를 창출하는 핵심 요소다. 이는 우리의 일상적인 삶에서부터 우주의 본질을 이해하는 데까지 폭넓게 적용될 수 있는 지혜다.

불교의 공 사상

불교의 핵심 개념 중 하나인 공 개념은 단순히 없음 또는 빔으로 해석되곤 하지만, 그 의미는 훨씬 깊고 복잡하다. 공의 본질은 모든 현상이 상호의존적이며, 고정된 실체가 없다는 것이다. 이는 우리가 경험하는 만물이 다른 조건들의 결과라는 의미다. 예를 들어, 꽃이 피는 것은 씨앗, 흙, 물, 햇빛 등 수많은 요소가 함께 작용한 결과라는 뜻이다.

이러한 관점에서 보면, 우리가 자신을 나라고 생각하는 것도 고정불변의 실체가 아니다. 우리의 정체성은 끊임없이 변화하는 육체적, 정신적 요소들의 집합체다. 이런 생각은 우리를 무력하게 만드는 것이 아니라, 오히려 변화와 성장의 가능성을 열어준다.

불가의 공 사상은 또한 우리의 집착을 버리는 데 도움을 준다. 만물이 변화하고 상호의존적이라면, 어떤 것에 지나치게 집착하는 것이 무의미해진다. 이는 우리를 고통으로부터 해방하고, 더 자유롭고 평화로운 삶으로 인도한다. 이는 단순한 지적 이해를 넘어, 깊은 명상과 실천을 통해 체득해야 하는 지혜다.

온갖 맛난 것들이

세상의 온갖 현란한 색깔들이 사람의 눈을 멀게 하고, 세상의 온갖 아름다운 소리가 사람의 귀를 먹게 하고, 세상의 온갖 맛난 것들이 사람의 혀를 상하게 한다.

말을 달리면서 하는 사냥질은 사람의 마음을 미치게 하고, 구하기 어려운 재화들이 사람으로서 마땅히 가야 할 길을 방해한다.

이런 까닭에 성인은 내 배를 위하고 남의 눈을 위하지 않는다. 남의 눈에 비쳐지는 피상적인 것을 버리고, 나 자신을 위한 내면의 본질을 취한다.

우리는 매일 수많은 자극에 둘러싸여 살아간다. 현란한 색채, 아름다운 선율, 입맛을 자극하는 음식들. 이런 감각적 자극들은 우리의 삶을 풍요롭게 만들지만, 동시에 우리를 혼란스럽게 하고 우리의 삶을 그 본질에서 멀어지게도 한다.

시각, 청각, 미각은 인간의 기본적인 감각이다. 이들은 우리가 세상을 인식하고 경험하는 주요 통로이지만, 때로는 이들을 통해서 전해지는 인식이 우리를 기만할 수 있다. 현란한 색채는 눈을 현혹하고, 아름다운 소리는 귀를 어지럽히며, 맛있는 음식은 우리의 판단을 흐리게 만든다. 이는 단순히 물리적인 현상을 넘어, 우리의 정신적 균형과 판단력에도 부정적이다.

더 나아가 노자는 격정적인 오락에 경계도 제시한다. 말을 타고 사냥하는 행위는 당시 귀족들의 대표적인 오락이었다. 이는 단순한 취미를 넘어 권력과 지위의 상징이기도 했다. 그러나 노자의 눈에는 이러한 취미 생활이 마음을 어지럽히는 요인으로 비쳤다. 사냥은 도박만큼이나 우리 마음을 격정의 끝으로 몰아가기 때문이다.

사냥에서 느끼는 격정은 먼저, 사냥감을 추적하는 과정에서 느끼는 긴장감과 기대감이 있다. 숨죽이며 먹이를 기다리는 순간, 모든 감각은 극도로 예민해지고 시간은 마치 멈춘 듯하다. 이어지는 추격의 순간, 아드레날린이 폭발하며 온몸에 전율이 흐른다.

또한 사냥은 인간의 원초적 본능을 일깨운다. 문명화된 삶 속에서 잊고 지내던 생존 본능이 되살아나며, 이는 일상에서 느낄 수 없는 강렬한 생동감을 안겨준다. 이런 경험은 현대 사회에서 점점 더 희귀해지고 있기에, 오히려 더 강렬하게 다가온다.

다음 문장은 얻기 어려운 재화에 대한 경구다. 희귀한 물건이나 재화를 소유하려는 욕망 역시 인간의 본질적인 길을 방해하는 요소다. 인간의 삶에서 물질적 풍요를 추구하는 것은 자연스러운 욕구다. 하지만 추구하는 과정에서 사람들은 때때로 중요한 가치들을 잃어버린다. 가족과의 소중한 시간, 친구와의 깊은 유대감, 자기 계발의 기회 등이 그것이다.

게다가 물질에 대한 과도한 집착은 정신을 혼란스럽게 한다. 나날이 더 많은 것을 원하게 되면 현재 가진 것에 대한 만족감을 느끼지 못한다. 이는 끊임없는 불안과 스트레스로 이어져 결국 삶의 질을 떨어뜨린다. 그래서 성인은 외적인 것보다 내적인 것에 집중한다.

'배를 위한다'라는 표현은 단순히 육체적 욕구를 채우는 것이 아니라, 자신의 본분과 위치를 돌아보고 내면을 충실히 하는 것을 의미한다. 반면 남의 눈은 외부의 시선, 즉 사회적 평가나 인정을 상징한다. 성인은 이러한 외부의 기준에 연연하지 않고 자기 내면을 충실하게 한다.

우리는 끊임없이 쏟아지는 정보와 자극 속에서 살아가고 있다. 소셜 미디어, 광고, 엔터테인먼트 등 다양한 매체들이 우리의 감각을 자극하고 욕망을 부추긴다. 이러한 환경 속에서 자신의 본질을 잃지 않고 내면의 소리에 귀 기울이는 것이 더 중요해졌다.

노자는 이러한 내면의 성찰을 통해 도에 이를 수 있다고 본다. 도는 우주의 근본 원리이자 인간이 따라야 할 길이다. 노자뿐만 아니라 공자, 맹자 등 많은 동양의 사상가들이 도를 추구했다. 그들은 각자의 방식으로 인간이 어떻게 살아야 하는지, 무엇이 진정한 가치인지를 탐구했다.

예를 들어 공자는 중용의 개념을 통해 극단에 치우치지 않는 균형 잡힌 삶의 중요성을 강조했다. 이는 노자가 말하는 과도한 감각적 자극이나 물질적 욕망을 경계하는 태도와 맥을 같이한다. 불교에서는 무아 사상을 주장하면서 고정된 자아에 대한 집착에서 벗어나야 한다고 가르친다.

나라고 할만한 것이 없는데, 탐욕을 부릴 이유가 없다. 또 욕심대로 이루어지지 않는다고 화를 내거나 누군가를 증오할 이유도 없다. 특별히 나라고 할만한 것이 없는데 남의 눈을 의식할 이유 또한 없다. 이는 남의 눈에 연연하지 않는 태도와 통한다.

헤도닉 트레드밀

'헤도닉 트레드밀'은 '쾌락의 쳇바퀴'라는 의미다. 이는 인간의 행복과 만족에 관한 흥미로운 심리학적 개념이다. 이 이론은 우리가 좋은 일이나 나쁜 일을 경험한 후에 일시적으로 행복이나 불행을 느끼지만, 결국 시간이 지나면 원래의 기분 상태로 돌아온다는 의미다.

우리는 종종 '만약 이것만 가지면 행복해질 거야'라고 생각한다. 새 차, 승진, 또는 로또 당첨 같은 것들이 그것이다. 그러나 헤도닉 트레드밀 이론에 따르면, 이러한 긍정적인 사건들은 단기적으로만 행복 수준을 높일 뿐이다. 시간이 지나고 나면 우리는 새로운 상황에 적응하고, 그것을 당연하게 여기게 돼서, 결국 우리의 행복 수준은 다시 원래의 상태로 돌아간다.

이는 부정적인 경험에도 마찬가지로 적용된다. 실직이나 이별 같은 불행한 사건을 겪으면 일시적으로 우리의 행복도가 떨어지지만, 대부분은 시간이 지나면 회복력을 발휘하여 원래의 행복 수준으로 돌아간다.

이러한 현상이 발생하는 이유는 무엇일까? 진화론적 관점에서 볼 때, 이는 우리가 새로운 도전에 계속 대응할 수 있도록 하는 적응 메커니즘일 수 있다. 만약 우리가 성공에 영원히 만족하거나 실패에 영원히 좌절한다면, 더 이상의 발전이나 생존을 위한 노력을 하지 않기 때문이다.

그렇다면 이 쾌락의 쳇바퀴에서 벗어나 지속적인 행복을 찾는 방법은 없을까? 연구에 따르면, 물질적인 성취보다는 의미 있는 관계, 개인적 성장, 그리고 타인을 돕는 활동 등이 더 지속적인 만족감을 줄 수 있다고 한다. 또한 현재 순간에 감사하는 마음을 갖고 작은 기쁨을 즐기는 것도 중요하다고 한다.

13장

총애를 받든 치욕을 당하든

총애받아도 모욕당해도 놀란 듯이 경계하라. 큰 근심을 제 몸처럼 귀하게 여겨라. 총애와 모욕을 놀란 듯이 여기라는 말은 무슨 뜻인가?

총애는 윗사람으로부터 판단 받는 것이니, 윗사람으로부터 총애받아도 놀라운 일이고, 총애를 잃어도 놀라운 일이다. 총애받든, 모욕당하든 누군가로부터 판단을 받는 것은 경계할 일이니, 반드시 놀란 듯이 경계하라.

큰 근심을 제 몸처럼 귀하게 여기라는 말은 무슨 뜻인가? 내게 큰 근심이 있는 이유는, 내게 몸이 있기 때문이다. 만약 내게 몸이 없다면, 무슨 근심이 있겠는가?

그러므로 제 몸을 천하처럼 귀하게 여기면, 천하를 의탁할 수 있고, 제 몸을 천하처럼 사랑하면, 천하를 맡길 수 있다.

인생의 여정에서 우리는 끊임없이 외부의 분별과 판단에 노출된다. 총애와 모욕, 이 두 극단은 우리의 정신적 균형을 위협하는 요소다. 노자 철학은 이러한 외부의 평가에 대해 놀란 듯이 경계하라고 조언한다. 이는 단순히 경계를 넘어 깊은 성찰을 요구하는 가르침이다.

총애는 달콤한 독과 같다. 그것은 일시적인 기쁨을 주지만, 동시에 우리를 타인의 기준에 종속시킨다. 반면 모욕은 쓴 약과 같아서, 당장은 고통스럽지만 우리를 성찰하게 만든다. 그러나 둘 다 외부에서 오는 판단이라는 점에서 본질적으로 같다. 이들에 대해 놀란 듯이 대하라는 것은 이러한 외부 평가의 실체를 살펴보라는 의미다.

'큰 근심을 제 몸처럼 귀하게 여기라'라는 문장은 더욱 심오한 의미를 담고 있다. 근심의 근원을 파악하라는 것이다. 우리의 근심은 대부분 육체적 존재, 즉 몸에서 비롯된다. 몸이 없다면 근심도 없을 것이다. 이는 단순히 육체를 부정하라는 뜻이 아니라, 우리의 존재 자체에 대한 깊은 성찰을 요구한다.

장자는 '제물론'에서 천지와 나는 함께 생겨났고, 만물과 나는 하나라고 했다. 이는 개인과 우주의 일체성을 강조한 것이다. 우리의 몸, 그리고 그에 따른 근심은 우주 일부분이며, 따라서 소중히 여겨야 할 대상이다. 근심을 통해 우리는 자신의 한계를 인식하고, 더 나은 존재로 성장할 수 있다.

'제 몸을 천하처럼 귀하게 여기면, 천하를 의탁할 수 있을 것'이라는 문장은 개인과 세계의 관계를 재정립한다. 이는 단순히 이기적인 자기애를 뜻하는 것이 아니다. 오히려 자신을 온전히 이해하고 사랑할 때, 비로소 타인과 세계를 진정으로 이해하고 사랑할 수 있다는 의미다.

'총애받아도 모욕당해도 놀란 듯이 경계하라'라는 경구는 현대 사회에서 특히 중요한 의미를 지닌다. 소셜 미디어와 즉각적인 피드백 문화 속에서 많은 이들이 외부의 인정과 비난에 지나치게 민감해지고 있다. 이에 자아 정체성의 혼란과 정신적 불안정을 겪는 경우가 많다.

칭찬에 도취하지 않고 비난에 낙담하지 않음으로써, 더 객관적이고 균형 잡힌 시각을 유지할 수 있다. 이는 자기 개선의 진정한 동기를 내면에서 찾게 하며, 타인과의 관계에서도 더 성숙하고 안정적인 태도를 가능케 한다.

동시에 우리는 자신의 존재 가치를 재평가해야 한다. 현대 사회는 끊임없이 효율성과 생산성을 강요한다. 그 과정에서 우리는 종종 자신의 가치를 잊고, 끊임없는 자기 비하와 열등감에 시달린다. 그러나 노자의 가르침은 우리 각자가 우주만큼이나 소중한 존재임을 일깨워 준다.

이러한 노자 철학은 단순한 처세술이 아니다. 그것은 우리의 존재 방식 자체에 대한 근본적인 물음이다. 우리는 누구이며, 어떻게 살아야 하는가? 외부의 평가와 내면의 가치 사이에서 우리는 어떻게 균형을 찾아야 하는가? 이 물음들에 대한 답을 찾는 과정이야말로 진정한 삶의 여정일 것이다.

아파테이아, 아타락시아

고대 그리스 철학의 양대 산맥인 스토아학파와 에피쿠로스학파는 이상적인 정신 상태에 대해 각자의 견해를 제시했는데, 이는 '아파테이아'와 '아타락시아'라는 개념이다.

스토아학파가 추구한 아파테이아는 열정이나 감정에 휘둘리지 않는 상태를 의미한다. 이는 단순한 무관심이 아니라 정념, 분노, 불안 등으로부터 자유로운 초연한 상태를 말한다. 스토아학파는 이성적이고 용기 있는 삶을 통해 이러한 상태에 도달할 수 있다고 믿었다. 그들에게 진정한 자유란 내면의 평화였다.

반면 에피쿠로스학파가 추구한 '아타락시아'는 마음의 평온 또는 동요가 없는 상태를 뜻한다. 에피쿠로스는 이를 육체적 고통과 정신적 동요로부터의 자유로 정의했다. 그들은 지적 탐구와 대화를 통해 이러한 상태에 도달할 수 있다고 보았다. 에피쿠로스학파에게 진정한 쾌락이란 순간적이고 감각적인 즐거움이 아닌, 지속적이고 평온한 마음의 상태를 의미한다.

두 개념 모두 내면의 평화와 안정을 추구한다는 점에서 공통점을 가진다. 그러나 이에 도달하는 방법에서는 차이를 보인다. 스토아학파가 이성과 의무를 강조했다면, 에피쿠로스학파는 올바른 쾌락의 추구를 통해 이를 달성하고자 했다.

아파테이아와 아타락시아의 차이는 그 실천 방식에서도 나타난다. 아파테이아는 모든 욕망을 끊어버리고 마음을 비우는 것에 가깝다. 반면 아타락시아는 욕망을 가지고 살아가면서도 그것에 휘둘리지 않는 깨어있는 마음의 상태를 추구한다.

형상 없는 형상의 황홀함

눈으로 보려고 해도 보이지 않으니 이름하여 '이'라고 한다. 귀기울여 들으려고 해도 들을 수 없으니 이름하여 '희'라고 한다. 손을 뻗어 잡으려고 해도 잡을 수 없으니 이름하여 '미'라 한다. 이 세 가지는 깊이 따져 물을 수 없으니, 뭉뚱그려 하나, 즉 도라고 한다.

도는 그 위라고 해도 밝지 않고 그 아래라고 해도 어둡지 않다. 끊임없이 이어져 이름 지을 수 없으니 다시 무의 세계로 돌아간다. 이를 일러 '모양 없는 모양'이라 하고 '사물 없는 형상'이라 한다. 이를 일러 그저 '황홀'이라고 한다.

도는 앞에서 맞이하려고 해도 그 머리를 볼 수 없고, 그 뒤를 따라가려고 해도 그 꼬리를 볼 수 없다. 처음과 끝도 없이 이어지고 있으니, 옛 도를 잡고 이로써 오늘의 일을 다스릴 수 있는 것이다. 옛 시작을 알 수 없으니 그저 '도의 실마리'라고 이를 뿐이다.

도는 우주의 근본 원리이자 만물의 근원이다. 이는 감각으로 파악할 수 없는 초월적 실체로, 이, 희, 미라는 세 가지 개념으로 표현된다. 이 세 가지는 각각 보이지 않고, 들리지 않고, 만질 수 없음을 의미하며, 도의 초감각적 특성을 보여 준다.

도의 이러한 특성은 우리의 일상적 인식 범위를 넘어서는 것이다. 그러나 이는 도가 존재하시 않음을 의미하는 것이 아니라, 오히려 그 존재가 너무나 근본적이고 포괄적이어서 우리의 제한된 감각으로는 파악할 수 없음을 뜻한다.

도는 또한 모순과 역설의 특성이 있다. '위로 밝지 않고 아래로 어둡지 않다'라는 표현은 도가 이분법적 사고나 극단적 개념으로 정의될 수 없음을 보여 준다. 이는 도가 모든 대립을 초월하는 통합적 원리임을 시사한다. 도는 밝음과 어두움, 높음과 낮음과 같이 이원론적 구분을 넘어서는 것이다.

이러한 특성은 도가 단순한 개념이나 정의로 포착될 수 없음을 의미한다. 도는 끊임없이 변화하고 흐르는 궁극의 실재로서 고정된 이름이나 형태로 규정될 수 없다. 이는 '무의 세계로 돌아간다'라는 표현에서 더욱 명확히 드러난다. 여기에서 무는 단순한 공허나 부재가 아니라, 모든 가능성을 내포한 충만한 공의 상태를 뜻한다.

도는 '모양 없는 모양', '사물 없는 형상'으로 묘사된다. 이는 도가 구체적인 형태나 모습을 갖지 않으면서도 모든 형태와 모습의 근원이 됨을 의미한다. 또 도가 현상 세계의 모든 존재를 가능케

하는 근본 원리임을 나타낸다. 황홀이라는 표현은 이러한 도의 신비롭고 형언할 수 없는 특성을 감탄의 어조로 표현한 것이다.

도는 시간의 제약을 받지 않는다. '앞에서 맞이해도 머리를 볼 수 없고, 뒤를 따라가도 꼬리를 볼 수 없다'라는 표현은 도가 시작과 끝이 없는 영원한 원리임을 나타낸다. 이는 도가 과거, 현재, 미래를 관통하는 불변의 진리임을 의미한다. 이는 도가 비현실적이거나 무의미함을 뜻하는 것이 아니라, 도의 절대성에서 기인하는 것이다.

철학적 관점에서 절대는 도처럼, 변화하지 않는 궁극의 실재나 진리의 본성을 의미한다. 플라톤의 '이데아', 칸트의 '물자체', 헤겔의 '절대정신' 등이 이러한 개념을 대표한다. 이들은 우리가 경험하는 상대적이고 가변적인 현상 세계 너머에 절대적 실재가 존재한다고 주장한다.

실제로, 현대 과학에서는 절대적 진리나 완전한 객관성이라는 개념 자체에 의문을 제기한다. 이는 우리가 절대라고 믿는 것조차 특정 관점이나 가정에 기반하고 있기 때문이다. 그렇다면 절대라는 개념은 우리에게 어떤 의미인가?

아마도 그것은 우리의 지식과 이해의 한계를 인식하면서도 끊임없이 진리를 추구하는 인간 정신의 표현일 것이다. 절대와 도는 도달할 수 없는 이상이지만, 동시에 우리를 더 깊은 탐구와 성찰로 이끄는 원동력이 된다.

황홀은 인간 경험의 정점에 있는 감정 상태로, 철학과 과학 양 분야에서 깊이 있게 탐구되고 있는 주제다. 이 복잡한 현상은 인간의 의식과 감정의 본질에 대한 근본적인 질문을 불러일으킨다.

황홀은 종종 초월적 경험으로 간주한다. 플라톤은 이를 이데아의 세계와의 접촉으로 보았고, 중세 신비주의자들은 신과의 합일로 해석했다. 현대 실존주의 철학자들은 황홀을 진정한 자아와 만나는 순간으로 보며, 일상의 가면을 벗어던지고 존재의 본질을 마주하는 경험으로 해석한다.

황홀의 경험은 개인과 문화에 따라 다양하게 나타난다. 예술가들은 이를 창조의 순간으로, 운동선수들은 몰입의 절정으로, 명상가들은 깨달음의 순간으로 묘사한다. 이러한 다양성은 황홀이 단순한 생물학적 현상을 넘어 인간 경험의 복잡성을 반영하는 것이다.

그러나 이러한 도의 영원성은 현재와 분리되지 않는다. '옛 도를 잡고 이로써 오늘의 일을 다스린다'라는 문장은 도의 영원한 원리가 현재의 삶에 적용될 수 있음을 보여 준다. 이는 도가 추상적인 철학적 개념에 그치는 것이 아니라, 실제 삶의 지침이 될 수 있는 실천적 원리임을 강조한다.

'옛 시작을 알 수 없다'라는 표현은 도의 근원이 인간의 지식과 이해의 범위를 벗어남을 인정하는 것이다. 이는 도에 대한 인식이 논리적 추론이나 경험적 관찰만으로는 불가능함을 시사한다. 대신 '도의 실마리'라는 말은 만물이 도로부터 점진적이고 직관적인 과정을 통해 이루어질 수 있음을 암시한다.

겨울 시내 건너듯이

예전 도를 잘 행하던 선비는 미묘하고 형통해서, 그 깊이를 알수 없었다. 그래서 단편적인 모습만으로 형용해 본다.

최상의 선비는 그 조심스러움이 겨울에 시내를 건너는 것 같고, 두려워함이 사방 이웃을 경계하는 것 같으며, 엄숙함이 마치 손님 대하는 것 같다.
녹아내림이 봄날 얼음이 막 녹으려는 것 같고, 순박함이 마치 아직 다듬지 않은 통나무 같고, 텅 비어있어 마치 골짜기 같으며, 혼탁함이 마치 흐린 물 같다.

누가 능히 혼탁함을 고요히 하여 서서히 맑게 할 수 있겠는가?
누가 능히 생기 잃은 것을 오래 움직여 서서히 생동하게 할 수 있겠는가?
도를 지키는 자는 가득 차기를 바라지 않는다. 오직 가득 채우지 않음으로 옛것을 패하지 않고 새롭게 이루는 것이다.

노자 철학에서 도를 행하는 선비의 모습은 깊이를 알 수 없는 미묘함과 형통함으로 묘사한다. 이는 도의 본질이 단순한 언어나 표면적 행동으로 파악하기 어려운 심오한 것이기 때문이다. 도를 체득한 이의 내면은 겉으로 드러나지 않으며, 오직 그 일부만이 은유적으로 표현될 수 있을 뿐이다.

최상의 선비가 지닌 덕목들은 자연의 모습과 일상의 행위에 비유된다. 조심스러움은 겨울철 시내를 건너는 모습에 비유되는데, 이는 매 순간 깨어있는 주의력과 신중함을 의미한다. 두려워함은 이웃을 경계하는 것과 같다고 하여, 항상 경계심을 늦추지 않는 자세를 강조한다. 이는 단순한 공포가 아닌, 세상의 변화와 위험에 대한 예민한 인식이다.

현인들의 조심성과 경계심은 단순한 두려움이나 소극성이 아닌, 세상의 변화무쌍함과 인간 행동의 복잡성에 대한 깊은 인식에서 비롯된다. 이는 '헤라클레이토스'의 '만물은 흐른다'라는 사상과도 연결되며, 끊임없이 변화하는 세계 속에서 균형을 잡으려는 지혜로운 몸가짐이다. 현대 사회에서도 이러한 태도는 불확실성이 증가하는 환경 속에서 중요한 덕목으로 여겨진다.

엄숙함을 손님 대하는 것에 비유한 것은 단순히 형식적인 예절이 아니다. 이는 모든 존재에 대한 존중과 경외심을 의미한다. 녹아내림을 봄날의 얼음에 비유한 것은 변화에 대한 유연성과 적응력을 상징한다. 순박함을 다듬지 않은 통나무에 비유한 것은 가공되지 않은 순수한 본성을 의미하며, 인위적이지 않은 자연 그대로 상태를 긍정적으로 평가한 것이다.

텅 비어 있음을 골짜기에 비유한 것은 선입견과 욕망을 비워 모든 가능성을 수용할 수 있는 상태를 뜻한다. 혼탁함을 흐린 물에 비유한 것은 세속의 혼란스러운 상태를 나타내지만, 동시에 이를 맑게 할 수 있는 잠재력도 함께 내포한다.

이어지는 수사적 질문들은 도를 실천하는 것이 쉽지 않음을 암시한다. 흐린 것을 맑게 하고, 생기 없는 상태에서 새로운 것을 생성하는 과정은 시간과 인내를 요구한다. 여기에서 편안하다는 의미의 글자 '안'을 의욕과 희망을 잃은 상태로 풀었다. 이는 생동의 반대 개념으로 적당하다고 생각했기 때문이다.

결론적으로, 이 장에서 묘사하는 이상적인 선비의 모습은 삶의 전반적인 태도와 신념을 담고 있다. 조심스러움, 경계심, 엄숙함, 유연성, 순박함, 비움, 그리고 변화에 대한 수용 등의 덕목들은 상호 연결되어 하나의 통합된 삶의 방식을 형성한다.

마음을 비우고 극진하게

마음 비우기를 극진히 하고 육신의 고요함을 도탑게 지키고 있으면, 만물이 더불어 무성하게 자라나지만, 나는 이들이 어딘가로 되돌아감을 본다.

무릇 만물은 무성하게 자라나지만, 각각 그 뿌리로 돌아간다. 뿌리로 돌아감을 고요함이라 하고 이를 일러 본성으로 돌아간다고 한다.

본성으로 돌아감을 항상됨이라고 하고, 항상됨을 아는 것을 밝음이라고 한다. 항상됨을 알지 못하면 망령되이 행동하게 되니 흉한 꼴을 당하게 된다.

만물이 되돌아가는 항상됨을 알면 만사를 포용하게 되고, 포용하면 곧 공평하게 되며, 공평하면 곧 왕처럼 귀하게 된다. 왕이 되면 곧 하늘과 같아지고 하늘은 곧 도와 같아지니, 도는 곧 영원함이다.
그래서 항상됨을 알면 죽는 날까지 위태롭지 않게 된다.

마음을 비워 극진하게 하고, 육신의 고요함을 돈독하게 한다고
한 말은 단순히 정신적, 육체적 안정을 의미하는 것이 아니다. 이
는 우주의 근본 원리와 조화를 이루는 상태를 표현한 것이다. 이러
한 상태에서 인간은 만물의 생성과 소멸 그리고 그 순환의 본질을
깨달을 수 있다. 이는 장자의 심재좌망의 개념과 연결된다.

심재는 마음의 모든 헛된 것들을 버리고 허의 상태에서 도와 일
체가 되는 것을 의미하고, 좌망은 세속적인 고통과 지혜에서 벗어
나 큰 도와 함께 되는 것을 말한다. 세상살이의 근심과 걱정을 떠
나서 무의 세계로 들어가는 수양법이다.

이는 천주교의 완덕 개념과 통한다. 천주교에서는 신과의 만남을
완전한 덕, 완덕이라고 한다. 천주교 성직자이면서 독일 철학자였
던 '에크하르트'는 완덕에 이르는 길에 세 가지 조건을 제시했다.

첫째, '버림'이다. 이는 단순히 물질적인 소유를 포기하는 것이
아니라, 자아에 대한 집착과 욕망을 내려놓는 것을 의미한다. 둘
째, '내적 고요'다. 에크하르트는 외부 세계의 소음과 혼란에서 벗
어나 내면의 평화를 찾아야 한다고 강조했다. 셋째, '무위'다. 이는
무언가를 이루려는 욕망에서 벗어나, 있는 그대로 현재에 머무는
것을 의미한다. 이러한 상태에서 신의 뜻에 순응하면, 진정한 자유
를 경험할 수 있다고 보았다.

만물의 생성과 소멸은 끊임없는 순환을 이룬다. 이는 자연의 섭
리이며, 밝게 드러나는 도의 모습이다. 모든 존재는 그 근원으로
돌아가는데, 이를 뿌리로 돌아간다고 한다. 이는 단순한 물리적 현

상이 아닌, 존재의 본질로의 회귀를 뜻한다. 이 과정에서 나타나는 고요함은 단순한 정적인 상태가 아니라, 우주의 근본 원리와 일치하는 역동적 평형 상태를 뜻한다.

본성으로 돌아감은 인위적인 것을 벗어나 자연의 본래 모습으로 회귀함을 뜻한다. '자사'의 중용에서는 '천명을 본성이라고 한다'라고 했다. 본성으로 돌아가는 상태를 항상됨이라고 하는데, 이는 변화 속에서도 변하지 않는 근본적인 원리를 깨닫는다는 것이다. 이를 인식하는 것이 밝음이며, 이는 단순한 지적 이해를 넘어선 철학적 깨달음이다.

만물이 뿌리로 돌아가는 항상됨을 알지 못하면 인간은 본질에서 벗어나 헛된 행동을 하게 된다. 이는 도와 어긋나는 삶을 살게 되어 결국 불행한 결과를 맞이하게 된다는 말이다. 반면, 항상됨을 아는 것은 우주의 근본 원리를 이해하는 것이다. 이러한 이해는 개인의 차원을 넘어 만물을 포용하는 넓은 시야를 갖게 된다.

포용은 단순히 관용을 베푸는 것이 아니라, 만물의 본질적 통일성을 인식하는 것이다. 이는 공평함으로 이어지는데, 이는 편견 없이 만물을 있는 그대로 바라보는 관점을 의미한다. 이러한 경지에 이른 사람은 왕과 같은 존재가 된다. 여기서 왕은 단순한 권력자가 아니라, 도의 원리를 체득하고 실천하는 이상적인 인간상이다.

하늘과 도는 노자 철학에서 최고의 경지를 상징한다. 왕이 하늘과 같아지고, 하늘이 도와 같아진다는 것은 인간이 궁극적으로 우주의 근본 원리와 하나가 될 수 있다는 것이다. 도는 영원하여 변하지 않는 진리다. 이를 깨달은 사람은 생의 마지막 순간까지 평화롭고 안전하게 살 수 있다.

[16장] 마음을 비우고 극진하게

심재와 좌망

장자의 심재와 좌망은 도가 철학의 핵심 개념으로, 인간의 정신적 수양과 깨달음의 경지를 뜻한다.

심재는 마음을 비우고 고요히 하는 것을 의미한다. 이는 외부 세계의 소음과 혼란에서 벗어나 내면의 평화를 찾는 과정이다. 마음을 맑은 거울처럼 만들어 사물의 본질을 있는 그대로 보여주려는 노력이다.

좌망은 망각의 경지를 이르는 것이다. 자아와 세상에 대한 모든 분별심을 잊고 우주와 하나가 되는 상태를 말한다. 이는 단순히 무지한 상태가 아니라, 오히려 깊은 지혜의 경지에 도달하는 것이다. 이 두 개념은 서로 밀접하게 연관되어 있다.

심재를 통해 마음을 비우고 고요히 함으로써 좌망의 상태에 이를 수 있다. 이는 도가에서 추구하는 이상적인 정신 상태로, 인위적인 환경에서 벗어나 자연의 흐름을 따라가는 무아지경이다.

심재와 좌망의 실천은 현대 사회의 복잡성과 스트레스에서 벗어나 내면의 평화를 찾고, 더 넓은 시각으로 세상을 바라볼 수 있게 해 주는 중요한 수양 방법이다. 이를 통해 우리는 진정한 자아를 발견하고, 더 조화롭고 의미 있는 삶을 살아갈 수 있게 된다.

가장 훌륭한 통치자는

가장 훌륭한 통치자는 백성들이 그의 존재만을 알뿐, 그가 백성들을 위해 무슨 일을 하는 지, 알지 못한다.

그다음 수준의 통치자는 베풀고 이해하는 모습을 보여서 백성들이 칭찬하고 받들어 모시는 통치자다.

그다음 수준의 통치자는 백성들의 생활에 간섭하고 강압적인 수단으로 다스리기 때문에 두려워하는 통치자다.

다음으로 가장 낮은 수준의 통치자는 백성들이 그를 가벼이 보고 조롱하는 통치자다. 이는 통치자에 대한 신뢰가 부족해서 불신이 생겨났기 때문이다.

현명한 통치자는 공을 이루고도 말을 아끼시는구나. 그래서 일이 성공적으로 이루어지면 백성들은 저들 스스로 해냈다고 생각한다.

이상적인 통치 방식은 스스로 그러함의 이치를 따라 다스리는 것이라고 했다. 그리고 그에서 멀어질수록 저급한 통치 방식이라고 했다.

첫 번째 최고의 통치자는 그 존재만이 알려질 뿐, 구체적인 통치 행위는 드러나지 않는다. 최상의 덕은 덕을 드러내지 않는 것이라는 노자 사상과 연결된다. 통치자가 자신의 업적을 과시하지 않고 은밀히 국정을 운영할 때, 백성들은 자연스럽게 그들의 삶에 몰두할 수 있다.

두 번째 단계의 통치자는 백성들에게 베풀고 이해하는 모습을 보인다. 이는 유교의 인 개념과 유사하다. 통치자의 덕성이 백성들에게 직접적으로 전달되어 신뢰와 존경을 받는 것이다. 이러한 통치 방식은 덕치라 불리며, 이는 법과 제도보다는 도덕적 감화를 통해 나라를 다스리는 방법이다.

세 번째 유형의 통치자는 강압과 간섭으로 백성을 다스린다. 이는 법가 사상으로 이어진다. 엄격한 법률과 처벌을 통해 질서를 유지하는 방식이다. 이런 통치하에서 백성들은 두려움을 느낀다. 이는 단기적으로는 효과적일 수 있으나 장기적으로는 민심을 잃을 수 있어서 위험한 통지방식이다.

네 번째 가장 낮은 수준의 통치자는 백성들의 신뢰를 잃고 조롱의 대상이 되는 것이다. 이는 맹자가 경계한 '폭정'의 형태와 유사하다. 통치자의 무능과 부도덕함이 극에 달해 백성들이 더 이상 존경심을 갖지 않는 상태를 말한다. 이러한 상황은 종종 혁명이나 왕조의 교체로 이어진다.

현명한 통치자의 특징 중 하나는 공을 이루고도 말을 아끼는 것이다. 이는 일을 성공적으로 완수하고도 자신의 공적을 내세우지 않는다는 말이다. 통치자가 자기가 했다고 하지 않으니 백성들 스스로 해냈다고 느끼게 된다. 이는 백성들의 자존감과 만족감을 높이는 효과적인 방법이다.

이러한 통치 철학은 단순히 정치적 기술을 넘어 우주의 근본 원리와 연결된다. 도의 관점에서 보면, 가장 이상적인 통치는 인위적인 간섭을 최소화하고 자연의 흐름에 따르는 것이다. 이는 마치 물이 낮은 곳으로 흐르듯, 자연스럽고 부드러우면서도 강인한 힘을 가진 통치 방식이다.

더 나아가, 이상적인 통치자는 개인적인 욕심이나 이익을 버리고 오직 백성의 안녕과 나라의 평화를 위해 헌신하는 것이다. 인간의 삶에서 이룬다는 의미의 공이란 무엇일까? 우리는 흔히 성취, 업적, 혹은 노력의 결과를 공이라 부른다.

그러나 '공이 있어도 제 것으로 하지 않는다'라는 말의 의미는 겸손의 미덕을 강조한 말이다. 모든 성취는 개인의 노력뿐만 아니라 주변 환경, 타인의 도움, 그리고 때로는 운이 복합적으로 작용한 결과다. 따라서 공에 머물지 않음으로써 이기적인 생각의 속박에서 해방될 수 있다.

'현명한 통치자는 공을 이루고도 말을 아끼시는구나. 그래서 일이 성공적으로 이루어지면 백성들은 저들 스스로 해냈다고 생각한다'라는 끝 문장에서 태평성대의 넉넉한 풍경이 그려진다. 통치자는 겸손하여 자랑하지 않고, 백성들은 저마다 스스로 해냈다면서 만족해하니 천하가 그저 평안하고 태평할 뿐이다.

[17장] 가장 훌륭한 통치자는

큰 도가 사라지니

세상에 큰 도가 사라지니 인과 의가 생겨나고, 세상을 지혜로
다스리니 큰 위선이 있게 된다.

가족 간에 불화하니 효와 자애가 있게 되고, 나라가 어지러워지
니 충신이 생겨나는 법이다.

도의 상실로 인해 나타나는 사회적 현상들은 인간 사회의 본질적인 모순을 드러낸다. 이는 자연의 순리를 벗어난 인위적인 질서 때문에 생겨나는 부작용이다.

큰 도가 사라졌다는 것은 우주의 근본 원리이자 자연의 섭리인 도를 인간이 망각했다는 말이다. 이는 인간이 자연과의 조화를 잃고 인위적인 규범과 제도를 만들기 시작했음을 뜻한다.

그 결과로 인과 의가 등장한다. 인은 어질고 자비로운 마음을, 의는 올바르고 정의로운 행동을 의미한다. 이 두 가치는 표면적으로는 긍정적으로 보이지만, 노자의 관점에서는 도의 상태에서 벗어났기 때문에 생겨나는 인위적인 덕목에 불과하다.

지혜로 세상을 다스린다는 것은 인간의 지적 능력을 이용해 사회를 통제하려는 시도를 말한다. 이는 자연의 순리를 따르는 것이 아니라 인간의 욕망과 이해관계에 따라 세상을 통제하려는 행위다. 이런 시도는 결국 위선을 낳게 된다. 지혜롭게 보이려 하지만 실상은 자신의 이익을 추구하는 행태가 만연한 사회 현상이다.

가족 간의 불화로 인해 효와 자애가 생겨난다는 것은 매우 역설적인 표현이다. 본래 가족 관계는 자연스러운 애정과 유대로 이루어져야 하지만, 그것이 깨졌을 때 비로소 효라는 덕목이 필요해진다는 것이다. 자애 역시 마찬가지다. 부모가 자식을 사랑하는 것은 당연한 일인데, 그것을 하나의 덕목으로 강조해야 할 정도로 가족 관계가 망가졌음을 보여 준다.

조선조 때 부모가 돌아가시면 산소 옆에 여막을 짓고 시묘살이

했다. 시묘는 부모를 돌아가시게 한 죄인으로서 3년간 고통스러운 생활을 해야 한다는 관념에서 생긴 유가의 예법이다. 시묘살이를 지속하면 운동 부족과 영양실조뿐만 아니라, 허약한 사람은 병까지 얻어서 상주가 죽은 부모를 따라가는 경우가 적지 않았다.

그래서 허약한 자식을 둔 부모는 임종을 앞두고 "나는 효자 자식 필요 없으니 시묘살이하지 마라."라고 유언하는 경우도 있었다고 한다. 도가 사라진 세상에서 횡행하는 덕치 사회의 풍경이다.

국가의 혼란은 충신의 출현으로 이어진다. 이 또한 역설적인 상황이다. 나라가 잘 다스려지고 있다면 굳이 충신이 두드러져 보일 이유가 없다. 충신의 등장은 오히려 국가가 위기에 처했음을 나타내는 증거다. 이는 사회 질서가 무너졌을 때 비로소 그것을 바로잡으려는 노력이 드러나는 현상이다.

임진왜란 때 의병을 일으켰던 의병장들은 대부분 선비 출신이었다. 유생, 진사, 훈련봉사, 생원, 전목사 등등 다채로운 신분이었다. 그들은 충신이기 이전에는 지방의 일개 선비였다. 승병을 일으켜서 충신으로 받들어지지만, 그들도 전란이 있기 전까지는 일개 승려였다. 도가 사라진 위기가 충신의 출현을 도운 것이다.

노자의 관점은 인위적인 도덕과 제도에 대한 회의를 담고 있다. 그가 보기에 이러한 덕목들은 이미 자연의 질서에서 벗어났기 때문에 생기는 사회의 병든 현상이라고 보았다. 진정한 도가 실현된다면 이런 인위적인 가치들은 필요하지 않을 것이다.

인 의 예 지

유가에서는 '인의예지'를 '사덕', '사단'이라고 불렀다. 이는 한국 유교의 핵심을 이루는 네 가지 덕목이다.

인은 '측은지심'이니 다른 사람의 불행을 안타깝게 여기는 마음이고, 의는 '수오지심'이니 잘못을 부끄러워하고 악을 미워하는 마음이고, 예는 '사양지심'이니 겸손하고 양보하는 미음이고, 지는 '시비지심'이니 옳고 그름을 분별하는 마음이다.

이 네 가지 덕목은 서로 밀접하게 연관되어 있다. 인간은 인의 마음으로 타인을 대하고, 의로써 올바른 행동을 하며, 예를 통해 조화로운 관계를 유지하고, 지를 바탕으로 현명한 판단을 내려야 한다고 가르친다.

현대 사회에서도 유가가 주장하는 사덕의 가치는 여전히 중요하다. 이는 개인의 도덕성 함양뿐만 아니라, 사회의 윤리적 기반을 형성하는 데 큰 역할을 하기 때문이다. 우리가 이 덕목들을 일상에서 실천한다면, 더 나은 세상이 될 것이다. 그러나 도가에서는 공자의 덕이 실현되는 사회는 노자의 도가 실현되는 사회보다는 못하다고 단정한다.

성스러움을 끊고

성스러움을 끊고 지혜를 버리면 백성에게 백배의 이익이 될 것이다.
유가의 인을 끊고 의를 버리면 백성이 다시 효도하고 자애롭게 될 것이다.
속임 술수를 끊고 이해관계를 버리면 도둑이 없어질 것이다.

이 세 가지는 글로써 다 표현하기에 부족하다. 그러므로 백성들에게 귀속되는 바가 있게 하면, 소박하고 단순하게 살면서, 사사로운 욕심을 적게 하라는 것이다.

이 장에서 말하는 성스러움은 인위적으로 만들어진 도덕규범이나 종교적 권위를 뜻한다. 지혜 역시 세속적인 지식이나 학문적 성취를 뜻한다. 이러한 요소들을 제거해야 백성들에게 이익이 된다는 주장은 매우 역설적이다. 그러나 이는 인간의 본성을 믿고, 복잡한 규칙이나 지식 체계 없이, 조화롭게 살 수 있다는 도가의 근본 사상을 반영한다.

다음으로 인과 의는 유교에서 강조하는 덕목이다. 인은 타인을 불쌍히 여기는 마음이며, 의는 부끄러움을 알고, 악을 미워하는 마음이다. 이러한 인위적인 도덕 감정을 제거하면 오히려 진정한 효도와 자애가 나타날 것이라고 주장한다. 이는 도가 사상에서 자연스러운 본성을 중시하는 관점을 잘 보여 준다. 인위적인 도덕규범이 없어도, 혹은 그것이 없을 때 오히려 사람들 사이의 관계가 더욱 순수하고 진실해질 수 있다는 것이다.

속임 술수와 이해관계는 인간 사회의 복잡성과 갈등의 원인을 상징한다. 이를 제거함으로써 도둑이 없어진다는 것은, 사회의 불평등과 부조리가 사라지면 범죄도 자연히 사라진다는 말이다. 이는 단순히 범죄 예방의 차원을 넘어, 사회 구조 자체의 근본적인 변화를 통해 조화로운 공동체를 만들 수 있다는 도가의 비전이다.

이 세 가지 주장은 모두 인위적인 것들을 제거함으로써 오히려 더 나은 상태에 도달할 수 있다는 역설을 담고 있다. 무위자연은 인위적인 행위를 하지 않고 자연의 흐름을 따르는 것을 의미한다. 이는 인간의 욕망과 인위적인 규범이 오히려 사회의 혼란을 가져온다고 보는 관점이다.

글의 마지막 부분은 이러한 사상을 실천하는 방법에 대해 언급한다. '귀속되는 바가 있게 한다'라고 하는 것은 사람들에게 안정감과 소속감을 제공하는 것을 의미한다. 이는 단순히 물질적인 안정만을 뜻하는 것이 아니라, 정신적인 귀의처를 제공하는 것이다. '소박하고 단순하게 살면서, 사사로운 욕심을 적게 한다'라는 것은 도가에서 이상적 삶의 방식이다.

물고기의 자비

　　　　　　　장자 '제물론'에 실렸고 잘 알려진 비유다. '샘이 마르자 물고기들이 땅 위 옹기종기 모여, 입김으로 서로를 축이고 침으로 서로를 적셔주었다.' 여기서 물고기들은 물이 없는 극단적인 상황에 내몰렸지만, 서로를 돕고 있다. 이 말은 종종 어려운 상황에서 연대와 협력의 중요성을 강조하는 데 인용된다. 하지만 이는 도가 아니다.

나라에 재난 상황이 닥쳤을 때, 개인이나 단체가 나서서 노력 봉사나 기부행위를 통해 지원하는 것을 나무랄 사람은 없다. 다만 이를 최상의 방책인 양, 선전하는 것은 온당치 못하다. 서로 뿜어 주는 입김에 의존한 물고기 식의 방책이 근본 대책일 수 없다. 그보다는 재난 구호 시스템을 정비해서 강물 속에 물고기처럼 살 수 있게 해야 한다.

인과 의라는 이름의 선행을 하지 않아도 되는, 그런 환경이 도가 실현된 사회다. 물고기가 물속에서 물의 고마움을 잊고 사는 도의 환경과 물 밖에 나온 물고기가 입의 물기를 서로의 몸에 적셔주는 덕의 환경이 비교된다. 이것이 도가와 유가의 차이를 드러낸 비유다.

학문을 그치면

학문을 그치면 근심이 없어진다. 옳고 그름 사이에 어떤 차이가 있는가? 선한 것과 악한 것은 무엇이 다른가? 사람들이 두려워하는 분별을 두려워하지 않을 수 없다. 아아, 우리의 분별에는 끝이 없구나.

사람들은 기뻐하고 즐거워하며, 마치 큰 잔치를 즐기는 것 같고, 봄날 누대에 오른 것 같다. 나 홀로 담담하여 아무 조짐도 없고, 마치 아직 웃지 못하는 어린아이 같다.
헤매기만 하니 돌아갈 곳이 없는 것 같고, 사람들은 다 여유가 있는데, 나 홀로 버려진 것 같다. 아, 내 마음이 어리석고 혼란스럽구나.

세상 사람들은 밝고 또 밝은데, 나 홀로 혼란스럽고 어둡다. 세상 사람들은 명철하고 또 명철한데, 나만이 답답하고 또 답답하다. 담담하여 마치 바다와 같고, 바람과 같이 그칠 줄 모른다. 사람들은 다 쓸모가 있는데, 나 홀로 완고하고 비루한 것 같다.
다만 내가 뭇사람들과 다른 것은, 만물을 길러주는 어머니, 도를 귀하게 여기는 것이다.

인간의 무한한 지식 추구와 분별 의식은 그 하나하나가 근심의 원천이 된다. 학문을 그치고 분별을 멈출 때 비로소 마음의 평화를 얻을 수 있다. 옳고 그름, 선과 악의 구분은 상대적이며, 이러한 이분법적 사고는 오히려 우리 삶 속에 혼란만 더할 뿐이다. 세상의 진리는 이분법적 구분을 넘어서는 것이기 때문이다.

대중은 표면적인 즐거움에 빠져 있다. 잔치를 즐기고 봄날의 누대에 오르는 것처럼 일시적인 기쁨에 도취해 있다. 그러나 이는 진정한 행복이 아니다. 그래서 참된 지혜를 깨달은 자는 이와 같은 세속의 즐거움에 휩쓸리지 않는다. 오히려 담담하고 순수한 상태를 유지한다. 마치 갓난아이와 같은 순수함을 간직한 채 세상을 바라본다.

지혜로운 자들은 오히려 세상 흐름에 거스르는 듯이 보인다. 주위 사람들은 모두 여유가 있고 안정된 것처럼 보이지만, 도를 추구하는 자는 마치 버려진 듯한 고독감을 느낀다. 이런 고독감은 세상의 가치관과 다른 길을 걷는 데서 오는 불가피한 현상이다. 그러나 이러한 고독과 혼란은 더 깊은 깨달음으로 가는 과정이다.

세상 사람들은 자신들이 밝고 명철하다고 여긴다. 그러나 진정한 지혜는 오히려 자신의 무지를 인정하는 데서 시작된다. 도를 추구하는 자는 세상의 기준으로 볼 때 어둡고 답답해 보일 수 있다. 그러나 이는 더 깊은 진리를 향한 겸손한 자세임을 알아야 한다.

도를 깨달은 자의 마음은 바다만큼이나 넓고 깊다. 끊임없이 불어오는 바람처럼 변화무쌍하면서도 그 본질은 변하지 않는다. 세상 사람들은 각자의 역할과 기능이 있다고 여기지만, 도를 추구하는 자는 그러한 세속적 기준에서 벗어나 있다. 오히려 완고하고 무용한 것처럼 보인다.

도를 추구하는 자의 진정한 가치는 만물의 근원, 즉 도를 인식하고 존중하는 데 있다. 도는 만물을 낳고 기르는 어머니와 같은 역할을 한다. 이를 깨달은 자는 세상의 표면적인 현상에 현혹되지 않고 근본적인 진리를 추구하는 데 진력한다.

진정한 지혜는 세상의 기준과 다를 수 있다. 노자는 "큰 지혜는 우매한 것 같다"라고 했다. 세상 사람들의 눈에는 어리석어 보일지라도, 도를 깨달은 자는 오히려 그 속에서 더 큰 지혜를 발견한다. 이는 공자가 말한 "아는 것을 안다고 하고, 모르는 것을 모른다고 하는 것이 참으로 아는 것이다"라는 말과도 맥을 같이한다. 내면을 살펴서 아는 것이 진정한 지혜라는 말이다.

도를 추구하는 삶은 고독하고 어려울 수 있다. 그러나 이는 더 높은 차원의 깨달음을 향한 여정이다. 장자는 이를 '혼돈'의 상태로 표현한다. 겉으로는 혼란스러워 보이지만, 그 속에는 무한한 가능성과 창조의 씨앗이 담겨 있다는 뜻이다.

결국 도를 깨닫는다는 것은 세상의 이분법적 구분과 표면적 현상을 초월하는 것이다. 옳고 그름, 선과 악의 구분을 넘어 만물이 하나로 연결되어 있음을 인식하는 것이다.

학문을 그치면

'학문을 그치면 걱정이 없다'라고 한 말은 우리의 지식 추구와 내면의 평화 사이의 관계를 지적한 것이다. 이 말은 얼핏 보면 무지를 옹호하는 것처럼 보인다. 하지만 실제로 노자가 전하고자 하는 메시지는 그보다 훨씬 심오하다. 노자는 끊임없는 지식 축적과 분석이 오히려 마음의 평화를 해칠 수 있다고 보았다.

우리는 흔히 더 많이 알수록, 더 많이 배울수록 행복해질 것으로 생각한다. 이는 큰 착각이다. 지식이 늘어날수록 오히려 걱정거리도 함께 늘어나는 경우가 많다. 새로운 정보를 접할 때마다 그것을 이해하고 사용해서 이익을 챙기려는 욕구가 생겨난다. 이는 결국 스트레스로 이어진다.

학문을 그친다는 말은 단순히 무지한 상태에 머무르라는 뜻이 아니다. 오히려 끊임없는 지적 욕구와 분석에서 벗어나 자연의 흐름을 있는 그대로 받아들이라는 의미다. 즉, 만사를 이해하고 통제하려는 욕구에서 벗어나 세상의 자연스러운 질서를 인정하고 받아들이는 태도를 말한다.

위대한 덕의 모습은

위대한 덕의 모습은 오직 도를 따를 뿐이다. 도는 그저 황홀할 뿐이다.

황홀하기 그지없지만 그 안에 모양이 있다. 황홀하기 그지없지만 그 안에 사물이 있다. 그윽하고 어둡지만, 그 안에 정기가 있다. 그 정기는 매우 참되어 그 안에 믿음이 있다.

예로부터 지금까지 그 이름은 없어지지 않으니, 이로써 만물의 근원을 볼 수 있다. 내가 어떻게 만물의 근원을 알아볼 수 있겠는가? 바로 이 때문이다.

위대한 덕은 도를 따르는 것에서 비롯되며, 도는 그 자체로 황홀하고 신비스러운 의미다. 이는 도가 인간의 일반적인 인식 범위를 넘어서는 초월적 개념이라는 말이다.

도의 본질은 역설적인 성격을 지닌다. 형체가 없는 듯하지만, 그 안에 형상이 있고, 비어 있는 듯하지만, 사물이 존재한다. 이는 도가 현상계와 분리된 것이 아니라, 오히려 모든 존재의 근원이자 내재적 원리임을 나타낸다. 도는 비가시적이면서도 모든 가시적 현상의 바탕이 된다는 말은 역설처럼 들린다.

'도는 황홀하다.' 이 간단한 문장은 노자 철학의 핵심을 아름답게 포착하고 있다. 도의 개념은 복잡하고 다층적이지만, 황홀이라는 단어를 통해 우리는 도의 본질에 한 걸음 더 다가갈 수 있다. 도는 우주의 근본 원리이자 모든 존재의 근원이다. 그것은 형체가 없고 이름을 붙일 수 없지만, 만물을 포용하고 모든 일을 가능하게 한다.

이러한 도의 본질을 황홀이라고 표현하는 것은 단순한 감정적 반응을 넘어선 철학적 식견을 담고 있다. 황홀함은 경이로움, 신비로움, 그리고 형언할 수 없는 아름다움을 동시에 포함한다. 도를 황홀하다고 말할 때, 우리는 도의 무한한 가능성과 끝없는 변화의 본질을 인정하는 것이다. 이는 우리의 일상적인 인식을 넘어서는 차원의 경험이다.

도의 황홀함은 또한 역설적 성격을 지닌다. 도는 고요하면서도 동시에 끊임없이 움직이며, 비어 있으면서도 만물을 채운다. 이러한 모순된 특성들이 조화롭게 공존하는 상태야말로 진정한 황홀경이다. 우리가 이 역설을 받아들일 때, 우리는 도의 진정한 본질에 가까워질 수 있다.

도의 황홀함을 경험한다는 것은 개인 차원에서 큰 의미를 지닌다. 그것은 우리를 일상의 제약에서 벗어나게 하고, 더 넓은 관점에서 세상을 바라볼 수 있게 한다. 도의 황홀경 속에서 우리는 자아의 경계를 넘어 우주와 하나가 되는 경험을 할 수 있다. 이는 단순한 지적 이해를 넘어선 전인격적 체험이다.

그러나 도의 황홀함은 쉽게 접근할 수 있는 것이 아니다. 그것은 지속적인 수행과 깊은 성찰을 통해서만 경험할 수 있는 것이다. 노자는 도를 닦는 사람은 날마다 덜어낸다고 했다. 이는 도의 황홀경에 이르기 위해서는 우리의 고정관념과 선입견을 모두 버려야 한다는 것을 의미한다.

도의 영원성은 '예로부터 지금까지 그 이름은 없어지지 않는다'라는 문장에서 드러난다. 이는 도가 시간과 공간을 초월하는 불변의 이치임을 의미한다. 도는 끊임없이 변화하는 현상계 너머의 항구적 실재로서, 모든 변화의 근원이자 기반이 된다. 만물의 근원으로서의 도는 인식의 대상이면서도 동시에 인식의 주체와 분리될 수 없는 특성을 가진다.

'내가 어떻게 만물의 근원을 알아볼 수 있겠는가?'라는 물음은 도를 이해하는 과정이 단순한 객관적 관찰이나 논리적 추론으로는 불가능하다는 말이다. 도의 인식은 주체와 객체의 이분법을 넘어선 전인적 체험을 통해 이루어진다. 이는 윤리적 행위의 근거를 외부의 규범이나 결과가 아닌, 우주의 근본 원리와의 조화에서 찾는 것이다. 이러한 관점은 현대 윤리학의 '덕 윤리'와도 연결될 수 있다.

덕 윤리

　　　　　　'덕 윤리'는 20세기 후반 서양 철학계에서 다시 주목받기 시작한 윤리적 접근법이다. 덕 윤리 개념은 '아리스토텔레스'의 사상에 뿌리를 두고 있으며, 현대에 들어 '엘리자베스 앤스콤' 등 많은 철학자에 의해서 재조명되고 있다.

　덕 윤리의 핵심은 "어떤 행위가 옳은가?"라는 질문보다 "어떤 사람이 되어야 하는가?"에 초점을 맞춘다. 이는 반드시 지켜야 한다거나, 행위의 결과를 주고 판단하는 다른 윤리 이론들과 구별된다. 덕 윤리는 개인의 성품과 덕목을 중시하며, 이를 통해 도덕적 행위가 자연스럽게 이루어질 수 있다고 본다.

　덕 윤리에서 말하는 덕은 단순히 좋은 행동을 하는 것을 넘어선다. 이는 지혜, 용기, 정의, 절제와 같은 인격적 특성을 의미하며, 이러한 덕목들은 실천을 통해 습득되고 발전된다고 여겨진다. 덕 윤리는 도덕적 판단에 있어 상황과 맥락의 중요성을 강조하며, 획일적인 규칙보다는 실천적 지혜의 중요성을 강조한다.

　덕 윤리는 그 특성상 도덕 교육과 인격 형성에 중요한 의미가 된다. 단순히 규칙을 암기하고 따르는 것이 아니라, 바람직한 인격을 형성하고 실천적 지혜를 기르는 것에 중점을 둔다.

휘어지면 온전해지고

휘어지면 온전할 수 있고, 굽으면 곧을 수 있고, 움푹 패면 채워지고, 낡으면 새로워지고, 적으면 얻게 되지만, 많으면 미혹됨이 있게 된다. 그래서 성인은 하나인 도를 품고 천하의 본보기로 삼는다.

도는 스스로 드러내지 않으므로 밝아지고, 스스로 옳다고 하지 않으므로 드러나고, 스스로 자랑하지 않으므로 공이 있고, 스스로 내세우지 않으므로 오래간다.
대저 다투지 않으므로, 세상 사람 누구도 그와 더불어 다툴 수 없다.

옛사람이 이르기를 휘어지면 온전하다고 한 것이 어찌 헛된 말이겠는가? 진실로 온전해지려면 도로 돌아가는 것이다.

적게 가짐으로써 오히려 더 큰 것을 얻을 수 있다는 역설적인 개념은 우리가 아는 일상적 논리와 다르다. 나무가 바람 앞에서 굽히지 않으면 부러지듯이, 인간도 삶의 변화와 도전 앞에서 유연해야 한다.

휘어짐과 굽음은 유연성을 나타내는 표현이다. 이는 단순히 물리적인 의미를 넘어 정신적, 철학적 유연성을 의미한다. 고집스럽게 한 가지 입장만을 고수하는 것이 아니라, 상황에 따라 적응하고 변화할 수 있는 능력을 말한다. 이러한 유연성은 역설적으로 온전함과 곧바름을 가져온다. 즉, 유연하게 대처함으로써 오히려 본질을 잃지 않고 올바른 길을 갈 수 있다는 말이다.

움푹 팸과 채워짐의 대비는 겸손의 미덕을 나타낸다. 자신을 낮추고 비우는 자세가 오히려 더 많은 것을 받아들이고 성장할 수 있게 한다는 의미다. 억지로 무언가를 채우려 하기보다는, 자연스럽게 비워둠으로써 오히려 더 풍성하게 채워진다는 것이다.

낡음과 새로움의 순환은 자연의 순환 원리를 반영한다. 만물은 변화하며, 그 변화 속에서 새로운 생명과 기회가 탄생한다. 이는 노자 철학에서 말하는 도의 영원한 순환과 변화를 의미한다. 낡은 것을 버리고 새것만을 추구하는 것이 아니라, '낡음' 속에서 새로움을 발견하는 지혜가 필요하다는 뜻이다.

적음과 많음의 대비는 중용의 의미를 되새기게 한다. 지나치게 많은 것은 오히려 혼란과 미혹을 가져올 수 있다. 이는 물질적인 풍요뿐만 아니라 지식이나 경험에도 적용된다. 진정한 지혜는 많이 아는 것이 아니라, 핵심을 이해하고 그것을 삶에 적용하는 데 있다.

하나인 도를 품는다는 것은 복잡한 세상 속에서 근본 원리를 잃지 않는다는 의미다. 성인은 이 하나의 원리를 통해 세상의 모든 현상을 이해하고 대처한다. 이는 단순화나 획일화가 아니라, 다양성 속에서 통일성을 발견하는 지혜다.

도의 특성으로 언급된 '드러내지 않음', '옳다고 하지 않음', '자랑하지 않음', '내세우지 않음'은 모두 겸손과 자연스러움의 미덕이다. 이는 인위적인 노력이나 과시가 아닌, 자연의 흐름을 따르는 덕성을 강조한다. 자연을 따르는 덕성은 더 큰 영향력과 지속성으로 작용한다.

다투지 않는 원칙은 노자 사상의 핵심 가치다. 이는 단순히 갈등을 피하는 것이 아니라, 만물의 본성을 이해하고 조화를 이루는 지혜다. 다투지 않음으로써 오히려 더 큰 힘을 갖게 되는 역설적 상황이 전개된다.

마지막으로, 도로 돌아가는 것은 만물의 근원으로 회귀함을 의미한다. 이는 복잡한 현상 너머의 본질을 관조하는 지혜다. 도로 돌아감으로써 진정한 온전함을 얻을 수 있다는 것은, 결국 만물의 근원을 이해하고 그것과 하나가 되는 것이다.

목수와 참나무

장자 '인간세'에 나오는 우화다. 이름을 '석'이라고 하는 목수가 제나라로 가는 길에 커다란 참나무를 보았다. 그 나무의 둘레가 백 아름이나 되는 큰 나무였지만 목수는 거들떠보지도 않았다.

뒤쫓아 오던 제자가 "저렇게 큰 나무를 보고도 지나치시니 어찌된 일입니까?"라고 물었다.

목수가 대답했다. "그런 소리 하지 마라. 그 나무는 아무짝에도 쓸모없는 나무다. 아무짝에도 쓸모가 없으니 저렇게 오랫동안 살아남을 수 있었던 거 아니겠느냐?"

목수가 집에 돌아와 잠이 들었는데, 꿈속에 참나무가 나타나서 따지고 들었다.

"그대는 나를 어디에 견주고 싶은 것인가? 그대는 나를 좋은 재목에 견주려는 것인가? 대체 열매가 열리는 나무는 그 열매가 익으면 잡아뜯기고, 뜯기면 가지가 부러지지. 그렇게 괴롭힘을 당하게 되는 게 아닌가? 그런 나무는 자신의 유용함 때문에 타고난 목숨을 다하지 못하고 일찍 죽게 되지."

"세상 만물이 모두 다를 바 없지 않은가? 그래서 나는 쓸모 없기를 바란 지 오래되었다네. 지금까지 여러 번의 죽을 고비를 넘기면서, 이제야 나의 쓸모 없음을 큰 쓸모로 삼게 되었네. 만약 내가 쓸모가 있었다면 어찌 이처럼 크게 자랄 수 있었겠는가?"

"그리고 자네도 나와 마찬가지로 하찮은 존재일진대 어찌 나를 하찮은 물건이라 하는가? 자네 같은 사람이 어찌 쓸모없음의 참모습을 알아보겠는가? 그저 일상적인 안목으로 재량한다면, 진실로부터 멀어지는 우를 범하는 것이네."

말을 아끼는 자연

말은 의도를 담는 그릇이니, 말을 아끼는 것이 자연의 도다. 세 찬 바람도 아침 내내 불지 않고, 소낙비도 하루 종일 내리지 않 는다. 누가 이런 것들을 주관하는가? 천지다. 천지도 오래 지속 되지 못하는데, 하물며 사람에게서랴?

그러므로 일을 도모하는 자는 도를 따라야 한다. 도를 따르는 자는 도와 같아지고, 덕을 따르는 자는 덕과 같아지며, 잃음을 따르는 자는 잃음과 같아진다.

도와 하나가 된 자에게는 도 또한 그에 부응해 오고, 덕과 하나 가 된 자에게는 덕 또한 그에 부응해 오고, 잃음과 하나가 된 자 에게는 잃음 또한 그에 부응해 온다.
이런 믿음이 부족하면 불신을 받게 된다.

언어는 우리의 생각과 의도를 담는 그릇이다. 그래서 말을 아끼는 것이 자연의 도를 따르는 길이 된다. 이는 단순히 침묵하라는 말이 아니다. 불필요한 말을 삼가고 본질에 집중하라는 말이다.

자연 현상들은 일시적이며 변화무쌍하다. 강한 바람이나 폭우도 영원히 지속되지 않는다. 이러한 관찰은 우주의 근본적인 순환의 법칙을 드러낸다. 우주의 질서조차 영원하지 않다는 인식은, 인간 존재의 유한성을 자연스럽게 드러낸다.

도는 이러한 우주의 순환 원리를 나타내는 개념이다. 그래서 도를 따른다는 것은 단순히 외적인 규칙을 지키는 것이 아니라, 우주의 본질적인 흐름과 조화를 이루는 것이다. 이는 개인의 의지나 욕망을 초월하여 더 큰 질서에 자신을 맡기는 지혜다.

덕은 도를 실천하는 구체적인 방식이다. 덕을 쌓는다는 것은 자기 행동을 우주의 원리인 도에 일치시키는 노력이다. 이는 단순한 도덕적 선행을 넘어서, 자연과 조화를 이루는 삶의 방식이다.

잃음은 인간 행위의 결과가 항상 의도대로 이루어지지 않는다는 말이다. 도와 덕을 벗어난 행동을 잃음이라고 한다. 이는 개인의 의지나 노력보다는 덕을 쌓아서 우주의 흐름을 따라 살 것을 강조해서 하는 말이다. '하나가 된다'라는 표현은 주체와 객체의 하나됨을 의미한다.

천인합일이란 하늘과 인간이 하나가 된다는 말이다. 이는 주객의 구분이 사라지는 경지를 뜻한다. 도와 하나가 되면 우주의 흐름과 일치하게 되고, 덕과 하나가 되면 자연스럽게 선한 행동을 하게 되며, 잃음과 하나가 되면 잃는 결과를 온전히 받아들이게 된다. 여기에서 잃음은 도와 덕을 잃는다는 뜻이다.

신뢰의 중요성도 강조된다. 믿음이 부족하면 타인으로부터 신뢰를 얻지 못한다는 것은 인간관계의 근본 원리를 보여 준다. 이는 개인의 내적 상태가 외부 세계와의 관계에 직접적인 영향을 미친다는 노자 철학의 관점이다.

천도교 정신

19세기 말 조선의 격변기에 태동한 천도교는 구한말 지식인들 사이에서 널리 퍼졌던 종교이자 사상 운동이었다. 천도교 정신은 '인내천' 사상을 중심으로 형성되었으며, 이는 '사람이 곧 하늘'이라는 의미를 담고 있다. 이는 노자의 '천인합일' 사상과 통한다.

천도교는 모든 인간의 평등한 가치를 주장했다. 천도교 정신은 인간의 존엄성과 평등을 강조하며, 개인의 내면적 수양과 사회 개혁을 동시에 추구했다. 또 천도교의 '시천주' 사상은 자신의 마음 속에 있는 하늘을 모시고 섬기는 것을 의미한다. 이는 개인의 도덕적 각성과 실천을 통해 사회 변화를 이루고자 하는 천도교의 핵심 가치를 나타낸다. 또한 자기 자신을 속이지 않는 정직과 성실의 덕목을 강조했다.

한편, 노자의 '천지합일' 정신은 인간과 자연이 하나로 통합되어야 한다는 사상이다. 이는 인위적인 것을 버리고 자연의 순리를 따르는 '무위자연'의 삶을 강조한다. 노자는 인간이 자연의 흐름에 순응하고 조화를 이루어야 한다고 주장했다. 천지합일은 우주의 근본 원리인 도와 하나가 되는 것을 의미하며, 이를 통해 진정한 지혜와 평화를 얻을 수 있다고 보았다.

두 사상 모두 인간 중심주의적 세계관을 넘어서서, 더 큰 우주적 질서 속에서 인간의 위치를 재정립하려 했다는 점에서 같다.

까치발로 서 있는 사람은

까치발로 서 있는 사람은 오래 서 있지 못한다. 큰 걸음으로 가는 사람은 멀리 가지 못한다.

자신을 드러내는 사람은 밝게 빛나지 못하고, 자신만 옳다고 하는 사람은 드러나지 못한다. 스스로 자랑하는 사람은 공이 오래가지 못하고, 스스로 자만하는 사람은 성장하지 못한다.

도의 입장에서, 이런 것들은 먹다 남은 찌꺼기 음식이고 불필요한 행동으로, 모두가 이를 싫어하는 바이다. 그러므로 도를 깨우친 자는 그렇게 처신하지 않는다.

도는 자연의 순리와 조화를 강조한다. 인위적이고 과장된 행동을 지양하고, 겸손과 절제를 통해 진정한 성장과 지속성을 추구한다. 까치발과 큰 걸음은 불안정성과 지속 불가능성을 나타낸다. 이는 단기적인 성과나 과시적인 행동이 장기적으로는 오히려 해가 될 수 있다고 말하고 있다.

노자 철학에서는 꾸준하고 안정적인 노력을 통한 발전을 중시하는데, 이는 물방울이 바위를 뚫는 식의 꾸준함으로 표현된다. 그래서 자신을 드러내려는 욕구는 오히려 진정한 빛남을 가리는 행위가 된다. 무위자연은 인위적인 노력 없이 자연스럽게 이루어지는 상태를 말한다. 그래서 과도한 자기과시나 독단은 이러한 자연스러운 흐름을 방해한다.

자랑과 자만은 성장의 걸림돌로 여겨진다. 공자는 "자신을 이겼을 때라야 예를 행할 수 있다"라고 말했는데, 이는 자기 절제와 겸손의 중요성을 강조한 것이다. 과도한 자기 확신은 학습과 개선의 기회를 막아, 결국 개인의 발전을 저해한다. 도의 관점에서 이러한 행동들은 불필요하고 해로운 것들이다.

찌꺼기 음식이라는 표현은 이러한 행동들이 영양가 없이 오히려 해로울 수 있음을 비유적으로 나타낸 말이다. 이는 불교의 '공' 개념과도 연결될 수 있는데, 실체 없는 허상을 좇는 것의 무의미함을 지적한다. 도를 깨우친 자의 처신은 자연스럽고 겸손하며 절제된 모습이다. 물은 낮은 곳으로 흐르며 만물을 이롭게 하지만 다투지 않는다.

과도한 욕심이나 작위적인 행동은 단기적으로는 효과가 있을지 모르나, 장기적으로는 개인과 사회에 해를 끼친다. 반면, 절제와 균형은 점진적 발전을 오래도록 지속해서 건강한 성장을 가능케 한다.

검이불루 화이불치

이성계가 개성에서 한양으로 도읍을 옮기면서 새로이 궁궐을 지어야 했다. 새 궁궐은 중국의 자금성을 모델로 삼아서 정전을 일렬로 설계했다. 제일 앞에 광화문을 두고, 이어서 근정전, 사정전, 강녕전, 교태전 순으로 지은 것은 자금성을 참고한 것이다.

그런데 궁궐의 규모와 치장을 어떻게 해야 할지 난감했다. 이때 개국공신인 정도전은 "검소하되 남루하지 않게 지어라, 아름답되 사치하지 않게 지어라"라고 했다. "검이불루 화이불치", 이 말은 삼국사기에도 나오는데, 거기에서는 백제의 궁궐을 그렇게 표현했다.

우리 궁궐의 검소함을 잘 나타내 주는 것은 궁궐 바닥에 깔린 '박석'이다. 임금님이 계신 곳의 바닥을 반들반들하고 예쁘게 다듬을 만도 한데, 가장 성스러운 장소인 종묘를 비롯한 서울의 어느 궁궐의 '박석'도 투박하기 이를 데가 없다. 모양도 제각각이다. 이는 우리 선조들의 멋과 자신감을 느끼게 한다.

일제가 물러가고 그들이 훼손한 궁궐을 복원하면서 지금은 경복궁 일부 박석을 매끄럽고 반듯하게 다듬은 곳이 있다고 한다. 그러나 이는 고증을 잘못해서 생긴 착오라고 했다.

검소함은 낭비를 피하고 필요한 만큼만 지출하는 개인의 선택된 삶이다. 반면 남루함이란 열악한 생활 환경으로부터 강제된 궁핍한 삶을 의미한다. 아름다움은 자연스럽게 녹아드는 멋을 의미한다. 반면 사치는 돋보이려고 인위적으로 꾸미는 것을 의미한다.

혼성되게 이루어진

형체도 없이 혼성되게 이루어진 어떤 것이 있으니, 하늘과 땅보다 먼저 생겨나 있었다. 고요하고 텅 비어있으며, 홀로 존재하면서 변하지 않는구나. 두루 운행하면서도 위태롭지 않으니, 천하의 어머니라고 할만하다.

나는 그것의 이름을 알지 못하여, 문자로는 도라고 부른다. 억지로 이름을 지어 설명하면 크다고 하겠다. 크다는 것은 간다는 의미이고, 간다는 것은 멀어진다는 의미이고, 멀어진다는 것은 다시 돌아온다는 의미다.

그러므로 도는 크고, 하늘도 크고, 땅도 크고, 왕도 또한 크다.
세상에는 네 가지 큰 것이 있으니, 왕은 그것 중의 하나다.
사람은 땅을 본받고, 땅은 하늘을 본받고, 하늘은 도를 본받고
도는 스스로 그러함, 즉 자연을 본받기 때문이다.

도는 끊임없이 운행하면서도 안정을 유지한다. 이는 우주의 질서와 조화를 상징하며, 모든 존재의 근원이 된다. 도의 이러한 특성은 현대 물리학에서 말하는 기본 입자나 힘의 개념과 연결 지어 생각해 볼 수 있다. 도는 이름을 붙이기 어려운 추상적 개념이지만, 그 본질은 크다는 말로 표현된다. 이는 도가 포괄하는 범위와 영향력의 광대함을 의미한다.

도의 크다는 특성은 간다, 멀어진다, 돌아온다는 순환적 개념으로 설명된다. 이는 우주의 순환적 본질을 나타내며, 현대 과학의 물질과 에너지의 순환 개념과 유사하다. 도의 이러한 순환성은 자연계의 생태적 순환과도 연관된다.

노자는 도, 하늘, 땅, 왕을 세상의 네 가지 큰 요소로 제시한다. 이는 우주의 구조와 질서를 설명하는 동양적 세계관을 반영한다. 각 요소는 서로 연결되어 있으며, 상호 영향을 주고받는다. 이러한 관점은 현대 과학의 생태학적 관점에서 유사성을 지닌다.

인간과 자연의 관계에 대한 도가적 관점은 법 개념을 통해 설명된다. 여기에서 법은 본받는다는 뜻이다. 사람은 땅을, 땅은 하늘을, 하늘은 도를, 도는 스스로 그러함, 즉 자연을 본받는다는 뜻이다. 노자 철학에서 자연은 단순한 물리적 환경이 아니라 우주의 본질적 질서를 의미한다. 도가 자연을 본받는다는 것은 우주의 근본 원리가 자연의 질서에 기반한다는 뜻이다.

노자 철학의 핵심은 자연스러움이다. 이는 인위적 개입 없이 스스로 그러한 상태를 의미한다. 노자는 이러한 자연스러움을 통해 개인과 사회가 조화롭게 살아갈 수 있다고 본다. 그의 이러한 관점들은 현대 과학과 여러 면에서 연결점을 찾을 수 있다.

도의 편재성은 양자역학의 중첩 상태와 유사하다. 결론적으로, 노자 철학의 도 개념은 우주의 근본 원리를 설명하는 동양적 접근법이다. 이는 형이상학적 개념이지만, 현대 과학의 여러 이론과 흥미로운 유사성을 보인다.

장자의 혼돈

'혼돈'의 이야기는 장자 '응제왕'에 나온다. 남해의 제왕인 '숙', 북해의 제왕인 '홀', 중앙의 제왕인 '혼돈'이 있었다. 숙과 홀이 때때로 혼돈의 땅에서 만나 자리를 같이했는데, 그때마다 혼돈으로부터 환대받았다. 그들은 혼돈의 고마움에 보답하고자 여러 날 의논했다.

그들이 결론에 이르기를 "사람은 모두 일곱 개의 구멍이 있어서 보고, 듣고, 먹고, 숨 쉬는 등 많은 즐거움이 있는데, 혼돈은 그런 것들이 없으니 답답하지 않겠는가? 그러니 혼돈의 몸에 구멍을 뚫어주자." 그래서 그들은 혼돈의 몸에, 하루에 한 구멍씩 뚫어주었다. 7일째 되는 날, 혼돈은 죽고 말았다.

사람 몸에 있는 감각기관들은 각각 다른 욕구를 뿜어낸다. 따라서 감정, 분별, 구분, 근심이 생긴다. 그래서 혼돈의 몸에 구멍을 뚫어준 것은 선물이 아니라 혼돈의 본성을 파괴한 폭행이었다. '혼성되어 이루어진 것'이 도라는 말은, 혼돈이 곧 도의 속성이라는 뜻이다. 그래서 도는 인간의 분별심에 의해 파괴될 수 있다.

[25장] 혼성되게 이루어진

무거움은 가벼움의 뿌리

무거움은 가벼움의 뿌리가 되고, 고요함은 조급함의 주인이 된다.

이런 이유로 성인은 하루 종일 다닐지라도, 무거운 수레를 떠나지 않는다. 비록 화려한 경관이 있을지라도 편안하고 초연하게 처신한다.

어찌하여 만승지국의 군주가 제 몸을 천하에 가볍게 놀릴 수 있겠는가? 가벼이 행동하면 근본을 잃게 되고, 조급히 행동하면 군주의 자리를 잃게 된다.

노자 철학의 핵심 개념 중 하나인 균형은 이 글에서도 강조되고 있다. 무거움과 가벼움, 고요함과 조급함의 대비를 통해 삶의 본질적인 조화를 강조한다.

성인은 이러한 균형을 체득해서 보여 주는 이상적인 인간상을 말한다. 하루 종일 활동하면서도 무거운 수레를 떠나지 않는다는 표현은 외적 움직임과 내적 안정의 조화를 의미한다. 화려한 경관 앞에서도 초연한 태도를 유지하는 것은 공자의 '허심'을 연상시킨다. 공자는 허심에 대해 이렇게 설파했다.

허심이란 가지고 있던 관념을 깨끗이 지우고 자신을 내려놓으면 내심이 텅 비고 밝아지는 것이다. 그러면 원래 있던 틀을 깨고 올라 사물의 밖에서 마음 상태를 보는 것이다. 바로 그 순간 소리를 초월하고 관념을 초월해 전에 없었던 세계를 체험하게 된다.

만승지국 군주에 대한 언급은 정치 철학적인 의미를 지닌다. 군주의 위치가 주는 권력과 책임의 무게를 강조하며, 동시에 그 지위의 불안정성을 경계한다. 자기 수양이 정치의 근간이 된다는 것이다.

조급한 행동이 군주의 자리를 잃게 한다는 경고는 통치자가 갖추어야 할 덕목으로, 인내와 포용을 강조한다. '만승지국'의 의미는, 그 나라가 말이 끄는 전차를 만 대 가지고 있다는 의미로, 강대국임을 나타내는 표현이다.

무거움과 가벼움, 고요함과 조급함 등 상반된 개념들의 조화는 결국 우주의 근본 원리인 도를 따르는 것이다. 도는 보이지 않지만 만물의 근원이 되는 원리로, 이를 깨닫고 따르는 것이 성인의 길이다. 성인이 하루 종일 다니면서도 무거운 수레를 떠나지 않는다는 표현은, 행위를 하되 그 행위에 집착하지 않는 무위의 자세를 보여 준다.

군주의 자세에 대한 언급은 덕에 의한 통치의 중요성을 강조한다. 단순히 법과 제도로 통치하는 것이 아니라, 군주 자신의 덕으로 백성을 감화시켜서 통치하는 방식이다. 이는 최고의 덕은 덕이 있음을 들어내지 않는다는 노자 사상과 연결된다.

상보성 원리

물리학의 '상보성 원리'는 현대 과학에서 흥미롭게 여기는 개념 중 하나다. 덴마크의 물리학자 '닐스 보어' 가 제안한 이 원리는 양자역학의 핵심 개념이다.

상보성 원리는 하나의 대상에 대해 상호 배타적이면서도 상호 보완적인, 두 가지 관점이 동시에 존재할 수 있다는 것을 뜻한다. 예를 들어, 빛은 때로는 파동으로, 때로는 입자로 행동한다. 이 두 성질은 서로 모순되는 것이지만, 빛의 본질을 온전히 완성하기 위해서는 둘 다 필요하다는 것이다.

이 원리는 물리학을 넘어 철학과 인생에도 적용될 수 있다. 우리의 삶에서도 서로 모순되는 것처럼 보이는 관점들이 실은 더 큰 진실을 이해하는 데 필요한 경우가 많다. "성격이 달라서 더 잘 산다"라는 말은 상보성 원리를 인정하는 말이다.

이분법으로 가르면 두 사람이 잘 살지 못할 수도 있다. 하지만 상보성 원리에 비추어 보면 더 잘 살 수 있는 조건이 된다.

일을 잘하는 사람은

일을 잘하는 사람은 흔적을 남기지 않고, 말을 잘하는 사람은
그 말에 흠이 없으며, 셈을 잘하는 사람은 주산을 쓰지 않는다.
단속을 잘한 문은 자물쇠가 없어도 열 수 없고, 잘 체결된 매듭
은 단단히 묶지 않아도 풀 수가 없다.

그러므로 성인은 언제나 사람을 잘 구한다. 그래서 버리는 사람
이 없다. 언제나 물건을 잘 구해 써서, 버리는 물건이 없다. 이것
을 '습명'이라고 한다.

그러므로 선한 사람은 선하지 않은 사람의 스승이 되고, 선하지
않은 사람은 선한 사람의 바탕이 된다. 그 스승을 귀하게 여기지
않고, 그 바탕을 사랑하지 않으면 비록 지혜롭다고 해도 크게
미혹될 것이니, 이것이 바로 도의 요체이자 오묘함이다.

무위와 숨겨진 지혜 개념은 인간 존재와 행위의 본질이다. 무위의 개념은 표면적으로는 아무것도 하지 않는다는 의미로 해석될수 있지만, 더 깊은 의미는 자연의 흐름에 순응하며 인위적인 노력을 최소화하는 것이다. 이는 현대 사회에서 당연시하는 적극적인개입과 통제의 측면에서 보면 도전이다.

우리는 종종 문제를 해결하기 위해 더 많은 집중력과 더 큰 노력이 필요하다고 생각한다. 그러나 노자는 때로는 '하지 않음'이 더효과적인 '함'이 될 수 있다는 역설적인 주장을 한다.

숨겨진 지혜 개념은 지식과 지혜의 본질적인 질문을 던진다. 현대 사회에서는 명시적이고 계량화할 수 있는 지식이 중요시되지만, 노자는 가장 깊은 지혜는 오히려 겉으로 드러나지 않는다고 말한다. 이는 '암묵적 지식'의 중요성을 강조한 철학자 '마이클 폴라니'의 사상과도 연결된다. 우리가 알고 있는 것보다 더 많은 것을알고 있다는 폴라니의 지혜는 노자의 '숨겨진 지혜' 개념과 맥을같이한다.

이러한 관점은 교육과 학습의 본질에 대해서도 중요하게 취급된다. 현대의 교육 시스템은 주로 명시적 지식의 전달과 측정에 초점을 맞추고 있지만, 노자의 철학은 우리에게 더 깊은 차원의 학습과지혜의 획득 방식에 대해 생각해 보게 한다. 진정한 학습은 단순한정보의 축적이 아니라, 세계와 자신을 이해하는 근본적인 방식의변화를 수반해야 한다는 것이다.

최고의 기술을 가진 장인은 일한 흔적을 남기지 않는다고 한다.

이 말은 예술과 기술의 본질에 대해 깊이 생각하게 한다. 이는 단순히 기술적 완벽함을 넘어, 행위와 존재의 조화로운 일치 상태를 의미한다. 현대 예술 철학에서 논의되는 '기예'의 개념과도 연결되는 이 사상은, 진정한 숙련이란 단순한 기술의 습득을 넘어 그 기술이 자신의 일부가 되는 경지에 이르는 것이다.

만물을 포용하면서도 어떤 것도 버리지 않는다는 노자의 관점은 인식론적으로 중요한 의미를 지닌다. 이는 이분법적 사고나 배타적 논리를 넘어서는 세계관이다. 현대 철학에서 논의되는 '차이의 철학'이나 '복잡성 사고'와도 연결되는 이 관점은, 세계를 이해하는 데 있어 더 풍부하고 다층적인 접근이 필요하다.

차이의 철학에서는 모든 개념이 다른 개념들과의 관계 속에서 의미를 갖는다고 본다. 즉, 어떤 것의 의미는 그것이 다른 것들과 어떻게 다른지에 의해 결정된다는 것이다. 이 철학은 우리가 세상을 바라보는 방식을 더 유연하고 포용적으로 만들어 준다.

복잡성 사고는 기존의 단순화된 사고방식과 달리, 현실의 복잡하고 다양한 측면을 인정하고 받아들인다. 이 사고방식의 핵심은 만물이 서로 연결되어 있다는 것이다. 복잡성 사고는 또한 불확실성을 인정한다. 모든 것을 완벽히 예측하거나 통제할 수 없다는 점을 받아들이고, 대신 변화와 예상치 못한 상황에 적응하는 능력을 중요하게 여긴다.

노자 사상은 또한 현대 사회의 성과주의와 효율성 중심의 사고방식에 대해 비판적이다. '보이지 않는 것'의 가치를 강조함으로써 노자는 우리에게 삶의 질적 측면, 즉 계량화하기 어려운 가치들에 주목할 것을 요청한다.

[27장] 일을 잘하는 사람은

포정해우

'포정해우'는 장자 '양생주'에 수록된 우화다. 포정해우는 '포정이 소를 해체한다'라는 뜻이다. '포정'은 뛰어난 기술로 소를 해체하는 도살업자다. 그의 칼 솜씨는 단순한 숙련을 넘어선 예술의 경지에 이르렀다.

포정이 소를 해체하는 모습은 마치 춤을 추는 듯 아름답고 조화로웠다. 그의 칼은 소의 뼈와 근육 사이를 정확히 파고들어, 마치 그 사이에 거대한 틈이 있는 것처럼 거리낌 없이 움직였다. 그래서 그의 칼은 19년 사용했어도 새것과 같았다.

이 우화의 핵심은 포정이 일에 임하는 방식에 있다. 그는 소의 자연스러운 구조를 따라 칼을 움직인다. 결을 따라서 행할 뿐, 억지로 하지 않는다. 이는 자연의 이치에 순응하는 방식이다.

남성성을 알면서

남성성을 알면서 여성성을 지키면 천하의 계곡이 되니. 천하의 계곡이 되면 변함없는 덕에서 벗어나지 않고, 다시 갓난아이의 순수한 상태로 돌아간다.

흰 것을 알면서 검은 것을 지키면, 천하의 본보기가 되니, 천하의 본보기가 되면 변함없는 덕에서 어긋나지 않고, 양극단을 초월하는 '무극'의 상태로 돌아간다.

영광을 알면서 치욕을 지키면, 천하의 골짜기가 되니, 천하의 골짜기가 되면, 변함없는 덕이 충만해지고, 다시 이름도 없는 소박함의 상태로 돌아간다.

통나무가 흩어지면 그릇이 되고, 성인이 이를 사용하면, 관리의 우두머리가 될 뿐이다. 그러므로 큰 도는 쪼개서 쓰는 것이 아니다.

이 장은 대립적 개념들 사이의 조화와 균형, 그리고 본질로 돌아갈 것을 강조한다. 이는 노자 철학의 핵심 사상인 음양의 조화와 맥을 같이한다. 먼저 '남성성'과 '여성성'의 개념을 살펴보자.

이는 단순히 생물학적 성별을 의미하는 것이 아니라, 우주의 모든 현상에 내재한 상반된 성질을 상징한다. 남성성은 능동적, 외향적, 강인한 특성을, 여성성은 수동적, 내향적, 유연한 특성을 대표한다. 노자는 이 두 가지 성질을 모두 인식하면서도 여성성을 '지키라'고 말한다. 이는 부드러운 표정 속에 강한 의지를 품으라는 의미로, 유연함과 겸손의 미덕을 강조하는 것이다.

천하의 계곡이라는 표현은 낮은 곳에 머물지만, 만물이 모여드는 곳이라는 의미다. 이는 겸손하고 낮은 자세를 취하면 오히려 만물을 포용할 수 있는 큰 그릇이 된다는 뜻이다. 또한 '갓난아이의 순수한 상태'로의 회귀는 노자 철학에서 중요시하는 무위자연의 개념과 연결된다. 인위적인 것을 벗어나 본연의 순수한 상태로 돌아가는 것이 진정한 덕의 실현이라는 것이다.

다음으로 백과 흑의 대비는 명과 암, 선과 악, 양과 음 등 이분법적 세계관을 상징한다. 노자는 이 두 가지를 모두 인식하면서도 흑을 지키라고 한다. 이는 밝은 면만을 추구하는 것이 아니라 어두운 면도 포용하고 받아들여야 한다는 의미다. 이런 태도가 '천하의 본보기'가 된다는 것은, 양극단을 모두 아우르는 중용의 자세가 가장 이상적이라는 말이다.

무극의 개념은 노자 철학에서 매우 중요하다. 이는 극단을 넘어선 절대적 상태, 즉 모든 대립과 구분이 사라진 근원적 상태를 의미한다. '무극으로 돌아간다'라는 것은 모든 이분법적 사고와 구분을 초월하여 우주의 근원적 상태와 하나가 되는 것을 뜻한다.

영광과 치욕의 대비는 사회적 평가와 관련된 개념이다.

노자는 영광을 알면서도 치욕을 지키라고 말한다. 이는 명예와 성공에 연연하지 않고 겸손한 자세를 유지하라는 의미다. 천하의 골짜기라는 표현은 앞서 언급한 천하의 계곡과 유사한 의미로, 낮은 곳에서도 만물을 받아들이는 포용력을 상징한다. '이름 없는 소박함'으로의 회귀는 인위적인 명예와 지위에서 벗어나 본연의 순수하고 소박한 상태로 돌아가는 것을 의미한다.

마지막 문장에서 언급되는 통나무와 그릇의 비유는 전체와 부분의 관계를 설명한다. 통나무가 온전할 때는 그 자체로 도의 가치를 온전히 지니고 있지만, 쪼개져서 그릇이 되면 단순한 도구로 전락한다. 이는 큰 틀의 원리나 제도, 다시 말해 큰 도를 파편화해서 작게 사용해서는 안 된다는 의미다. 도를 파편화하면 성인이 고작 한 조직의 우두머리 정도밖에 안 되는 우를 범하기 때문이다.

대립과 균형

인간의 삶은 끊임없는 균형 잡기의 과정이라고 할 수 있다. 우리는 매 순간 서로 상충하는 가치들 사이에서 적절한 지점을 찾아야 하는 도전에 직면한다. 이는 개인의 삶부터 사회 전체에 이르기까지 모든 영역에 해당하는 보편적 과제다.

개인 차원에서 우리는 일과 휴식, 책임과 자유, 안정과 모험 사이의 균형을 찾아야 한다. 일에만 몰두하면 '번아웃'에 빠질 수 있고, 휴식만 즐기면 성취감을 잃을 수 있다. 지나친 책임감은 스트레스를 낳고, 과도한 자유는 방종으로 이어질 수 있다. 안정만을 추구하면 삶이 정체될 수 있고, 모험만을 좇으면 삶이 불안정해진다.

사회적 차원에서도 대립하는 것들 사이의 균형은 중요한 문제다. 전통과 혁신, 개인의 자유와 공동체의 이익, 경제 성장과 환경 보호 등 대립하는 가치들 사이에서 우리는 균형점을 찾아야 한다. 어느 한쪽으로 지나치게 기울면 사회는 불균형에 빠지고 갈등이 깊어진다.

균형을 잡는다는 것은 단순히 중간 지점을 찾는 것이 아니다. 상황과 맥락에 따라 적절한 지점은 달라질 수 있다. 때로는 한쪽으로 기울어져야 할 때도 있고, 때로는 완전히 새로운 관점이 필요할 수도 있다. 중요한 것은 끊임없이 성찰하고 조정해 나가는 자세다.

음과 양은 서로 대립하는 개념이지만, 동시에 상호 보완적이다. 하나가 없으면 다른 하나도 존재할 수 없다. 이처럼 대립하는 개념들은 서로를 규정하고 완성하는 관계에 있다. 흑백 논리로 세상을 재단하는 대신, 다양한 색채와 뉘앙스를 인정하고 받아들이는 것이다. 그러면 더 풍부하고 성숙한 삶으로 우리를 인도할 것이다.

천하를 취하려고 하면

천하를 취하려고 하면, 누구든 그 뜻을 이룰 수 없다고 본다. 천하는 신령스러운 그릇이니, 억지로 구할 수 있는 것이 아니다.

억지로 일을 꾸미는 자는 실패할 것이고, 손아귀에 넣으려고 하는 자는 오히려 그것을 잃게 될 것이다.

그러므로 만물은 앞서기도 하고 뒤따르기도 하며, 들이쉬기도 하고 내쉬기도 한다. 강해지기도 하고 약해지기도 하며, 꺾이기도 하고 무너지기도 한다.

그래서 성인은 치우치고, 꾸미고, 나태하게 처신하지 않는다.

천하라는 개념은 단순히 지리적 영역을 넘어 우주 전체를 아우르는 포괄적인 의미다. 이는 신령스러운 그릇에 비유되는데, 이는 우주가 신비롭고 예측할 수 없는 본질을 가지기 때문이다.

노자는 인위적인 노력으로 천하를 장악하려는 시도의 무용함을 지적한다. 이는 자연의 흐름에 역행하는 행위로 간주하며, 궁극적으로 실패로 귀결될 수밖에 없다고 본다. 이는 스스로 그러함을 본받은 도의 이치에 어긋나기 때문이다.

사물의 변화 양상에 대한 묘사는 음양의 원리를 반영한다. 앞섬과 뒤따름, 들이쉼과 내쉼, 강해짐과 약해짐, 꺾임과 무너짐은 모두 상반되는 개념들의 순환을 나타낸다. 이는 우주의 모든 현상이 끊임없는 변화와 순환의 과정에 있음을 보여 준다. 이러한 관점은 유가의 『역경』 철학과도 맥을 같이하며, 변화의 불가피성과 그 속에서의 조화를 강조한다.

성인의 행동 원칙으로 제시되는 치우치지 않고, 꾸미지 않으며, 나태하지 않은 태도는 중용의 미덕을 이르는 것이다. 이는 공자의 가르침과도 연결되는데, 중용은 극단을 피하고 균형을 유지하는 것을 의미한다. 중용의 태도는 자연의 흐름에 순응하면서 양극단을 초월하는 지혜를 말한다.

노자 철학에서 강조하는 허심의 개념도 이 문장과 연관 지어 볼 수 있다. 허심은 마음을 비우고 선입견 없이 세상을 바라본다는 뜻이다. 이는 천하를 억지로 취하려 하지 않고, 사물의 자연스러운 변화를 인정하는 자세와 일맥상통한다. 허심을 통해 성인은 세상의 본질을 있는 그대로 이해하고, 그에 따라 적절히 대응한다.

또한 이 문장은 무명의 철학과도 연결된다. 무명은 이름 짓기를 거부하는 태도로, 사물에 대한 고정관념이나 편견을 배제하고 있는 그대로 실재를 인식하려는 노력이다. 천하를 신령스러운 그릇으로 보는 관점은 우주의 본질이 인간의 인식과 언어로 완전히 파악될 수 없음을 시사한다.

통치자가 억지로 권력을 쥐려고 시도하거나 과도한 통제를 가하려고 할 때, 오히려 그 권력을 잃게 된다는 것은 역사적으로 여러 차례 입증되었다. "천하를 얻으려는 자, 욕망을 버려라"라는 말은 권력에 대한 역설적인 표현이다. 이렇게 말을 바꾸면 더 강렬한 인상을 준다. "천하를 얻으려는 자, 천하를 버려라"라는 표현이 더 좋아 보인다. 그렇다면 이 말의 의미는 무엇일까?

천하를 얻고자 하는 욕망에 사로잡히면, 오히려 그 욕망 때문에 천하를 얻지 못한다는 뜻이다. 권력을 향한 맹목적인 추구는 종종 그 권력의 본질을 망각하게 만들고, 결국 진정한 의미의 통치를 불가능하게 만든다. 천하를 얻으려고 애쓰지 말고, 오히려 천하를 잊고 자연의 흐름에 몸을 맡기라는 것이다.

진정으로 천하를 다스릴 수 있는 사람은 권력을 쥐려고 애쓰는 사람이 아니라, 오히려 그것을 초월한 사람이다. 개인의 이익이나 욕망에서 벗어나 전체를 위해 봉사할 수 있는 사람만이 진정한 통치자가 될 수 있다는 뜻이다.

천지는 순환한다

천지의 순환은 우주의 근본적인 특성 중

하나다. 이는 단순히 자연 현상에 국한되지 않고, 인간의 삶과 우주 전체를 아우르는 거대한 원리로 볼 수 있다.

자연에서 순환의 모습은 쉽게 관찰할 수 있다. 계절의 변화는 가장 명확한 예시다. 봄, 여름, 가을, 겨울이 차례로 돌아오며, 이는 끊임없이 반복된다. 각 계절은 고유의 특징을 가지고 있지만, 결코 정체되어 있지 않고 다음 계절로 자연스럽게 이어진다.

물의 순환 또한 이러한 원리를 잘 보여 준다. 비가 내려 땅에 스며들고, 강을 통해 바다로 흐르며, 다시 증발하여 구름이 되어 하늘로 올라간다. 이 과정은 끊임없이 반복되며, 지구의 생명을 유지하는 중요한 역할을 한다.

생명체의 탄생과 죽음도 이러한 순환의 일부다. 새로운 생명이 태어나고 성장하며, 마침내 죽음을 맞이한다. 그리고 그 생명체는 다시 자연으로 돌아가 다른 생명의 밑거름이 된다. 이는 개별 생명체의 차원을 넘어 생태계의 균형을 유지하는 데 필수적이다.

이러한 우주의 순환 법칙 때문에, 천하를 취하려고 하는 자도, 천하를 휘어잡으려고 하는 자도 그 뜻을 이루지 못하는 것이다.

도로 군주를 보좌하려면

도로써 군주를 보좌하는 자는 무력으로 천하를 압박하지 않는다. 만사는 되돌려 받기 마련이다. 그래서 군대가 주둔한 자리에는 가시덤불만 자라고, 큰 전쟁이 휩쓸고 간 뒤에는 반드시 흉년이 든다.

군주를 잘 보좌하는 사람은 목적을 이룬 후에는 그만둘 줄 알고, 감히 군림하려고 하지 않는다.

목적을 이뤘으되 자랑하지 않고, 목적을 이뤘으되 뽐내지 않고, 목적을 이뤘으되 교만하지 않다. 전쟁을 통한 백성 구제는 부득이한 결과로 여겨서, 결코 군림하려고 들지 않는다.

만물이 강해지면 쇠해지는 법이니, 이는 도가 아니기 때문이다. 도가 아닌 것은 오래가지 못한다.

일반적으로 우리는 힘과 권력이 목적 달성의 효과적인 수단이라고 생각한다. 그러나 노자는 이러한 통념에 의문을 제기한다. 그는 무력의 사용이 단기적으로는 승리를 가져올 수 있지만, 장기적으로는 더 큰 문제를 일으킨다고 지적한다. 국제적으로도 군사력에 의존한 해결책이 종종 더 큰 갈등과 불안정을 초래하는 것을 우리는 역사를 통해서 반복적으로 목격해 왔다.

노자 사상은 폭력의 순환성에 대해 깊이 있게 다루고 있다. '군대가 주둔한 곳에는 가시덤불이 자라난다'는 표현은 폭력이 또 다른 폭력을 낳는다는 것을 상징적으로 나타내는 말이다. 이는 현대 사회에서 테러리즘과 그에 대한 대응, 보복과 역보복의 악순환 등을 떠올리게 한다. 노자는 이러한 폭력의 순환을 끊기 위해서는 근본적으로 다른 접근 방식이 필요하다고 제안한다.

현대 사회에서 우리는 종종 승리를 과시하고 자랑하는 것을 당연하다고 생각한다. 그러나 노자는 "이기고도 자랑하지 않고, 이기고도 뽐내지 않으며, 이기고도 교만하지 않은" 태도를 강조한다. 이는 단순히 겸손의 미덕을 넘어서, 승리 자체에 대한 깊은 반성에서 비롯된 행동이다. 진정한 승리란 무엇인가? 그것은 상대방을 완전히 제압하는 것인가, 아니면 상호 이해와 조화를 뜻하는가?

이러한 관점은 현대 경쟁 중심 사회에 중요한 시사점을 던져 준다. 비즈니스, 정치, 심지어 개인의 삶에서도 우리는 종종 승리와 성공을 절대적인 가치로 여기곤 한다. 그러나 노자는 이러한 태도가 장기적으로는 지속 가능하지 않으며, 오히려 더 큰 문제를 불러올 수 있다고 경고한다.

'어쩔 수 없이 이긴 것'이라는 문장은 특히 주목할 만하다. 이는 행동의 불가피성을 인정하면서도, 그것을 자랑거리로 삼지 않는 태도를 의미한다. 현대 사회에서 우리는 모든 상황을 통제하고 주도해야 한다는 압박감에 시달린다. 그러나 노자는 때로는 상황의 흐름을 따르고, 필요 이상의 행동을 하지 않는 것이 더 지혜로운 방법이 될 수 있다고 말한다.

"만물이 강해지면 쇠해지는 법"이라는 말은 우리 삶의 순환적 본질을 간결하게 표현한다. 이 말은 모든 것에는 정점이 있고, 그 정점 이후에는 필연적으로 쇠퇴의 과정이 따른다는 것을 의미한다.

자연계를 살펴보면 이 원리를 쉽게 발견할 수 있다. 나무는 봄과 여름에 왕성하게 성장하지만, 가을이 되면 잎을 떨구고 겨울을 맞이한다. 이는 쇠퇴가 아니라 다음 해의 성장을 위한 준비 과정이다. 마찬가지로 인간의 삶에서도 이러한 패턴을 찾아볼 수 있다. 청년기의 활력과 중년기의 안정 이후에는 노년기의 쇠약함이 찾아온다.

역사 속 제국들의 흥망성쇠 또한 이 원리를 잘 보여 준다. 로마 제국, 몽골 제국, 대영 제국 등은 모두 전성기를 누렸지만 결국 쇠퇴의 길을 걸었다. 이는 그들의 실패가 아니라 자연스러운 과정으로 보아야 한다. 이는 변화의 불가피성과 새로운 시작의 가능성을 보여 준다. 쇠퇴 이후에는 항상 새로운 성장의 기회가 온다.

이러한 관점에서 볼 때, "만물이 강해지면 쇠해지는 법"이라는 말은 우리에게 겸손과 준비의 자세를 가르친다. 현재의 성공에 안

147

주하지 말고 미래의 변화에 대비해야 한다는 것이다. 동시에 이는 우리에게 희망을 준다. 어려운 시기를 겪고 있다면, 그것 또한 지나갈 것이며, 새로운 기회가 올 것이라는 믿음을 갖게 해 준다.

31장

아무리 좋은 병기라도

아무리 좋은 병기라도 상서롭지 못한 물건이므로, 사람들이 싫어하는 바이다. 그러므로 도를 체득한 사람은 그것들을 다루지 않는다. 평소 군자가 거처할 때는 왼쪽을 귀하게 여기지만, 병력을 부릴 때는 오른쪽을 귀하게 여기는 것이 그 때문이다.

병기는 상서롭지 못한 물건이기 때문에 군자가 다룰 도구가 아니다. 군자가 부득이하게 이것을 다룰 때는 담담하게 다루는 것을 상책으로 여긴다. 군자는 싸움에서 이겨도 승리를 아름답게 포장하지 않는다.

전쟁에서 이긴 것을 아름답게 여기는 것은 곧 살인을 즐기는 행위다. 그러므로 무릇 살인을 즐기는 자는 천하에 뜻을 이룰 수 없다.

길한 일에는 왼쪽을 숭상하고 흉한 일에는 오른쪽을 숭상한다. 편장군은 왼쪽에 있고 상장군은 오른쪽에 두는 것은 상갓집 예를 따르기 때문이다. 많은 사람을 죽였으니 비통한 마음에 슬퍼하며 눈물을 흘리는 것이다. 그래서 전쟁에 승리했을 때도 마땅히 상갓집 예로 대처하는 것이다.

'좋은 무기는 불길한 도구다'라는 문장은 도구와 그 사용 목적 사이의 모순된 관계를 지적한다. 인류의 기술 발전이 항상 긍정적인 결과만을 가져오는 것은 아니며, 때로는 우리의 존재 자체를 위협할 수 있다는 점을 상기시킨다. 이는 현대 사회에서 핵무기, 인공지능, 생명공학 등의 첨단 기술이 제기하는 윤리적 딜레마와도 맥을 같이한다.

'모든 사물이 그것을 싫어하니, 도를 따르는 사람은 그것을 사용하지 않는다'라는 문장은 자연의 질서와 인간의 행위 사이의 조화를 강조한다. 이는 동양 철학의 핵심 개념인 '자연과의 조화'를 반영한다. 노자는 인위적인 폭력과 파괴가 자연의 섭리에 어긋난다고 보았다.

'군자는 평상시에는 좌측을 숭상하지만, 전쟁에서는 우측을 숭상한다'라는 문장은 이상과 현실 사이의 긴장 관계를 드러낸다. 이는 철학적 이상주의와 현실주의 사이의 균형을 추구하는 노자의 실용적 지혜를 보여 준다. 평화를 추구하면서도 때로는 무력의 사용이 불가피할 수 있다는 인식은, 이상적 평화주의와 현실적 필요성 사이의 딜레마를 반영한다. 이는 현대 국제 관계학에서 논의되는 '정의로운 전쟁' 개념과도 연결될 수 있다.

노자의 이러한 사상은 단순히 전쟁을 비판하는 것을 넘어, 폭력의 본질과 그 사회적, 윤리적 함의에 대한 깊은 성찰을 요구한다. 무기와 전쟁을 불길한 것으로 규정함으로써, 노자는 인간 사회의 이상적인 모습이 어떠해야 하는지에 대한 근본적인 질문을 제기한다. 이는 폭력이 만연한 현대 사회에 중요한 시사점을 제공한다.

더 나아가, 노자의 이 가르침은 개인의 내면세계와 사회적 차원을 연결한다. 전쟁과 폭력을 거부하는 것은 단순히 외부적 행위의 문제가 아니라, 내면의 평화와 조화를 추구하는 개인적 수양의 문제이기도 하다. 이는 현대 심리학에서 말하는 내적 갈등의 해소와 자아실현의 개념과도 연결될 수 있다.

노자의 비폭력 사상은 또한 권력과 지배의 본질에 대한 근본적인 의문을 제기한다. 전통적인 권력 개념이 종종 강제력과 폭력에 기반을 두고 있다면, 노자는 이와는 다른 새로운 형태의 권력과 지도력을 제시한다. 이는 현대의 소프트 파워 개념이나 변혁적 리더십 이론과도 연결될 수 있다.

노자의 이러한 사상은 개인윤리와 사회윤리, 그리고 국제관계 차원에서 모두 적용될 수 있다. 개인 차원에서는 내면의 평화와 타인과의 조화로운 관계를 추구하는 지침이 된다. 사회적 차원에서는 갈등 해결과 사회 통합의 원리로 작용할 수 있다. 국제관계에서는 평화로운 공존과 협력의 기초가 될 수 있다.

양호의 승리

진나라의 장군 '양호'는 초나라와의 전투에서 승리했다. 그러나 그는 승리를 자랑하거나 축하하지 못하게 했다. 대신 그는 깊은 슬픔에 잠겼다. 그 슬퍼하기를 상갓집 상주만큼이나 침통해 마지않았다. 주변 사람들이 그 이유를 물었을 때, 양호는 이렇게 대답했다.

"전쟁에서 이기면 반드시 패배가 따르고, 강해지면 반드시 쇠약해진다. 이것이 하늘의 이치다. 초나라가 지금은 약하지만, 곧 강해질 수도 있다. 진나라는 지금 강하지만, 앞으로 쇠약해질 수도 있다. 어찌 기뻐할 수만 있겠는가?"

　이 이야기는 무력을 동원한 해결이 결코 상책이 될 수 없음을 증언해 주고 있다. 양호는 승리의 허망함과 일시성을 깨달았고, 전쟁의 비극성을 인식하고 있었다. 그래서 전쟁에 승리했음에도 불구하고 기쁜 내색을 하지 못하게 한 것이다. 그의 태도는 "훌륭한 장수는 전쟁에서 이겨도 자랑하지 않는다"라는 노자의 가르침을 몸소 익혀 실행한 것이다.

도는 영원토록 이름이 없다

도는 영원토록 이름이 없다. 도의 질박함은 비록 보잘것 없지만, 천하에 그를 신하로 부릴 자가 없다. 왕후가 만약 이를 지킬 수 있다면, 만물이 저절로 손님이 될 것이다.

하늘과 땅이 서로 어우러져 단 이슬을 내리니, 백성들은 명령하지 않아도 한결같은 조화를 스스로 이룰 것이다.

만물이 생겨나면서 이름이 있게 되고, 이름이 있고 난 후에는 마땅히 그칠 줄 알아야 한다. 그칠 줄 알면 위태롭지 않게 된다. 비유컨대 도는 천하의 시내와 골짜기 물이 저절로 강과 바다로 흘러드는 것을 닮았다.

이름이 없는 존재로 묘사되는 도는 인간의 언어나 개념으로 완전히 파악할 수 없는 초월적 실재를 의미한다. 질박함이라는 표현은 도의 본질적 단순성과 순수성을 나타낸다. 이는 우리가 살고 있는 현상 세계 이면의 근본적 진리의 일단을 은연중에 드러낸 것이다.

도의 위대함은 그 겸손한 외양과 대조된다. 천하를 다스리는 절대적 원리임에도 불구하고, 도는 강압적이거나 지배적이지 않다. 이는 자연의 섭리가 은밀하고 부드럽게 작용하는 방식에 의한 것임을 보여 준다. 왕후, 즉 지도자가 도의 원리를 따를 때 세상 만물이 자연스럽게 조화를 이룬다는 점에 유의해야 한다.

하늘과 땅의 조화, 그리고 이슬의 이미지는 자연의 순환을 통한 균형의 표현이다. 이는 우주의 모든 요소가 서로 연결되어 상호작용함으로써 전체가 하나 되는 전일적 세계관을 나타낸다. 백성들이 명령 없이도 한결같은 조화를 스스로 이루는 모습은 도가 추구하는 이상적인 사회 질서를 보여 준다.

만물의 생성과 이름의 부여는 현상 세계의 다양성과 복잡성을 나타낸다. 그러나 노자 철학에서는 이러한 구분과 이름이 인위적이며, 궁극적으로는 하나의 근원으로 돌아가야 함을 강조한다. '그칠 줄 아는 것'은 절제와 중용의 미덕이며, 이는 개인적 욕망이나 극단적 행동을 경계하는 태도로 나타난다.

위태롭지 않게 되는 상태는 도와 조화를 이루어 안정과 평화가 실현됨을 의미한다. 이는 개인의 내적 평화뿐만 아니라 사회적, 우주적 차원의 조화로운 상태를 포함한다. 노자 철학에서 이러한 상태는 궁극적 목표이자 이상이다.

마지막으로, 도를 강과 바다로 흐르는 물에 비유한 것은 자연의 순리를 따르는 삶의 방식을 상징적으로 보여 준다. 물은 노자 철학에서 자주 등장하는 은유로, 유연하면서도 강인한 특성을 보인다. 물이 높은 곳에서 낮은 곳으로 자연스럽게 흐르듯이, 인간도 도의 원리에 따라 흐르는 물처럼 살아갈 때 가장 이상적인 삶을 영위할 수 있다는 것이다.

물자체 이론

'칸트'의 '물자체' 이론은 서양 철학사에서 심오하고 논쟁적인 개념 중 하나다. 이 개념은 우리가 경험하는 현상 세계 너머에 존재하는, 인식 불가능한 실재를 가리킨다.

칸트는 우리의 인식이 감각과 이성의 작용으로 이루어진다고 보았다. 우리는 시간과 공간, 인과율 등의 선험적 형식을 통해 세계를 인식한다. 그러나 이런 방식으로 우리에게 나타나는 세계는 '현상'에 불과하며, 그 이면에 있는 진정한 실재, 즉 '물자체'는 우리의 인식 능력을 벗어난다는 것이다.

우리는 물자체를 직접 알 수는 없지만, 그것의 존재를 상정함으로써 자유의지나 도덕법칙과 같은 초월적 개념들을 정당화할 수 있게 된다. 물자체 개념은 철학적 겸손함을 가르치며, 동시에 인간 이성의 한계와 가능성에 대한 깊은 의미를 제공한다.

남을 아는 사람은

남을 아는 사람은 지혜롭다고 하고, 자신을 아는 사람은 현명하
다고 한다.
남을 이기는 사람은 힘이 있다고 하고, 자신을 이기는 사람은 강
하다고 한다.

만족할 줄 아는 사람은 부유하다고 하고, 이를 힘써 행하는 사
람은 뜻이 있다고 한다.
제 자리를 잃지 않는 사람은 오래 지킨다고 하고, 죽어서도 도를
잃지 않는 사람은 장수한다고 한다.

자아와 타인, 내적 성장과 외적 성취의 균형은 더 할 수 없이 중요하다. 이는 개인의 지혜와 힘, 만족과 의지, 그리고 지속성과 장수의 개념을 통해 드러난다. 지혜와 현명함은 동양 사상의 핵심 가치다. 타인을 이해하는 능력은 사회적 지혜로 간주하며, 자아에 대한 이해는 더 깊은 차원의 현명함으로 인정된다.

공자 역시 자신을 이기는 것이 가장 어렵다고 말했는데, 이는 자아 인식의 중요성을 강조한 것이다. 노자 역시 자신을 아는 것이 최고의 지혜라고 인정했다. 이러한 관점은 개인의 내면을 탐구하고 자아를 깊이 이해하는 것이 타인과의 관계나 외부 세계를 이해하는 것만큼이나 중요하다는 의미다.

힘과 강함의 개념도 주목할 만하다. 외적인 힘으로 타인을 이기는 것보다 내적 강함으로 자신을 다스리는 것이 더 가치 있다고 본다. 노자는 자신을 아는 사람이 깨달은 사람이라고 했으며, 맹자는 대장부는 마음을 바르게 하여 욕심을 이긴다고도 말했다. 이는 자기 통제와 내적 수양이 얼마나 중요한지를 강조한 것이다.

'만족할 줄 아는 사람은 부유하다'라는 말은 진정한 부유함이 물질적 소유나 금전적 풍요에만 있지 않다는 것이다. 만족이란 현재 상황을 있는 그대로 받아들이고 감사하는 마음을 갖는 것이다. 끊임없이 더 많은 것을 추구하는 대신, 이미 가진 것에 감사할 줄 아는 사람은 마음의 평화가 찾아온다. 이러한 내적 풍요로움은 어떤 물질적 재화로도 살 수 없는 것이다.

물론 기본적인 생활을 위한 경제적 안정은 필요하다. 하지만 그 이상의 과도한 욕심은 오히려 불행의 씨앗이 될 수 있다. 항상 남과 비교하며 더 많이 가지려고 하는 사람은 결코 만족을 느끼지 못하고, 끝없는 욕망의 굴레에 갇히게 된다. 반면 자신의 현재 모습을 인정하고 감사할 줄 아는 사람은 작은 것에서도 기쁨을 느낀다. 가족과 나누는 따뜻한 저녁 식사, 친구와의 즐거운 대화, 아침에 들리는 새소리 등 일상의 소소한 행복을 누릴 줄 안다. 이런 사람의 삶은 풍요롭고 충만하다.

단순히 생각에 그치지 않고 실천하는 사람의 가치를 인정한다. 공자는 "아는 것은 좋아하는 것만 못하고, 좋아하는 것은 즐기는 것만 못하다"라고 했는데, 이는 지식을 행동으로 옮기는 것의 중요성을 강조한 것이다. 맹자 또한 "뜻이 있는 자는 반드시 그 길을 찾는다"라고 말했다. 이는 의지와 실천 사이의 불가분 관계를 강조해 언급한 것이다.

제 자리를 지키는 것과 오래 지속하는 것과의 관계도 중요 주제다. 변화하는 세상 속에서 본질을 잃지 않고 자신의 위치를 지키는 것을 미덕으로 여긴다. 공자는 "중용을 지키는 것이 덕이다"라고 했으며, 이는 극단을 피하고 균형을 유지하는 것의 중요성을 강조한 것이다.

여기에서 균형을 유지한다는 말의 뜻은 양극단 중간의 어디쯤을 말하는 것이 아니다. 극단적인 판단을 모두 떠난 '무극'의 상태에 드는 것을 '중용'이라고 한다. 다시 말해 구별, 분류, 판단 등 일체의 인식 작용을 멈춘 상태를 '중'이라고 한다.

마지막으로, 죽음 이후에도 도를 잃지 않는 것을 장수의 개념과 연결 짓는다. 이는 단순한 육체적 수명이 아닌 정신적, 도덕적 생명의 영속성을 의미한다. 장자는 "생명은 한정되어 있지만 지성은

무한하다"라고 했다. 이는 개인의 물리적 존재를 넘어서는 사상과
가치관의 지속성을 강조한 것이다.

너 자신을 알라

고대 그리스의 철학자 '소크라테스'가 남
긴 "너 자신을 알라"라는 명언은 수천 년이 지난 오늘날에도 여전
히 우리에게 깊은 울림을 준다. 이 간단하면서도 심오한 문구는 델
파이의 '아폴론 신전' 입구에 새겨져 있었다고 전해지며, 소크라테
스는 이를 자기 철학의 핵심으로 삼았다.

이 가르침의 본질은 자기 성찰의 중요성에 있다. 소크라테스는
진정한 지혜란 외부 세계에 대한 지식이 아니라 자기 내면을 이해
하는 것에서 비롯된다고 믿었다. 우리가 자신의 장단점, 욕망, 두
려움, 그리고 동기를 깊이 이해할 때 비로소 더 나은 결정을 내리
고 더 만족한 삶을 살 수 있다고 했다.

소크라테스는 "나는 내가 모르는 것을 모른다는 것을 안다"라고
말하며, 자신의 한계를 인정하는 것이 진정한 지혜의 시작임을 강
조했다. 이는 우리가 끊임없이 배우고 성장할 수 있는 자세를 갖추
게 한다. 끊임없는 정보의 흐름 속에서 우리는 종종 자신을 잃어버
리곤 한다. "너 자신을 알라"라는 말은 우리에게 잠시 멈추어 내면
을 들여다보고, 진정한 자아를 찾으라고 속삭인다.

34장

큰 도가 흘러 넘쳐서

큰 도는 좌우 어디로든 흘러넘쳐서 이르지 않는 곳이 없다.

만물이 도에 의지해 살지만 마다하지 않고, 공을 이루어도 제 소유로 이름을 내세우지 않는다.

만물을 입혀주고 기르지만, 주인 노릇을 하지 않고, 언제나 욕심이 없으니 작다고 이름할 만하다.

만물이 그에게 돌아오지만, 주인 노릇을 하지 않으니, 크다고 이름할 만하다. 도는 끝내 스스로 큰일을 하지 않기 때문에 큰일을 이룰 수 있는 것이다.

도는 우주의 근본 원리로, 그 영향력은 무한하며 모든 존재의 근원이 된다. 이는 마치 물이 사방으로 흘러넘쳐서 어디든 도달하지 못할 곳이 없고, 어디로든 이르러서 이루지 못함이 없다라는 표현이다. 도의 이러한 특성은 자연의 순환과 조화를 상징하며, 모든 생명과 현상의 기반이라는 뜻이다.

도의 가장 큰 특징은 그 겸손함과 무위의 태도에 있다. 모든 존재가 도에 의존해서 생겨나지만, 도는 결코 그들을 지배하거나 소유하려고 하지 않는다. 이는 마치 대자연이 모든 생명체를 키워내지만, 그들을 통제하려 들지 않는 것과 같다. 도는 끊임없이 창조하고 양육하지만, 그 공로를 자기 것으로 여기지 않는다.

도의 이러한 특성은 작다고도 하고, 크다고도 하는 역설적인 개념이다. 도는 욕심이 없고 겸손하기에 작다고 할 수 있지만, 동시에 만물을 포용하고 완성하기에 크다고 할 수 있다. 이는 노자 철학에서 자주 등장하는 역설적 사고방식을 잘 보여 준다. 작음과 큼, 유와 무, 존재와 비존재 같은 이분법적 개념들이 실은 하나로 된 전체를 이루는 상보적 관계임을 암시한다.

도를 체득한 사람들의 무위의 태도는 인상적인 결과로 돌아오곤 한다. 도는 스스로 큰일을 하지 않지만, 오히려 그래서 더 큰 일을 이룰 수 있다는 것이 '무위' 개념의 작용이자 결과다. 이는 인위적인 노력이나 강제 없이 자연의 흐름에 따라 행동할 때 더 큰 성과를 얻을 수 있다는 증거다.

자연의 순환과 조화, 생태계의 상호의존성 등은 도의 작용을 잘 보여 주는 예시다. 리더십, 정치, 경영 등 다양한 분야에서 도의 원리를 적용하면 더 조화롭고 지속 가능한 결과를 얻을 수 있다. 예를 들어, 강압적인 관리 방식을 버리고 회사원들의 자발성을 염두에 둔 서번트 리더십은 이미 입증된 이론이다.

서번트 리더십

'서번트 리더십'은 전통적인 리더십 모델을 뒤집는 혁신적인 접근 방식이다. 서번트 리더십의 핵심은 '섬김'에 있다. 섬김의 리더십은 도를 따르는 리더십이다.

이 리더십 스타일에서 리더는 권위나 지위를 내세우기보다, 구성원들을 섬기고 지원하는 역할을 한다. 팀의 성공과 개인의 성장을 최우선으로 여기며, 자신의 이익보다 공동체의 이익을 추구한다.

이러한 접근 방식은 조직 내 신뢰와 존중을 구축하고, 구성원들의 잠재력을 최대한 끌어내는 데 효과적이다. 서번트 리더는 경청, 공감, 치유, 설득 등의 기술을 통해 팀을 이끌어 간다.

서번트 리더십은 단순히 친절한 리더십이 아니다. 오히려 강력한 비전과 목표 의식을 바탕으로, 구성원들이 그 비전을 향해 나아갈 수 있도록 지원하고 격려하는 것이다. 복잡하고 빠르게 변화하는 비즈니스 환경에서, 유연하고 협력적인 조직 문화를 만드는 데 서번트 리더십이 큰 역할을 할 수 있다. 이야말로 도다운 것이다.

위대한 도를 잡고

위대한 도를 잡고 지키면 천하가 제 갈 길을 간다. 천하가 제 갈 길을 가면서 방해받지 않으니, 천하가 편안하고, 평화롭고, 태평하다.

즐거운 음악과 맛난 음식은 나그네를 머무르게 하지만, 도에 대한 설명은 담박하여 아무 맛도 없다.

도는 보아도 볼 수 없으니, 눈요기할 수도 없고, 들어도 들을 수 없으니, 귀를 즐겁게 할 수도 없지만, 아무리 사용해도 고갈되는 법은 없다.

"위대한 도를 잡고 지키면 천하가 제 갈 길을 간다."라는 표현은 근본을 숭상하고 말단을 억제한다는 의미다. '숭본'은 근본을 중시하는 것을 뜻한다. 여기서 말하는 근본이란 만물의 근원이자 도를 의미한다. 도는 우주의 법칙이며, 모든 존재의 기반이 되는 원리다. 이 근본적인 원리를 이해하고 따르는 것이 중요하다는 것이다.

반면 '말식'은 말단, 즉 지엽적인 것들을 억제하라는 의미다. 여기서 말단이란 인위적이고 복잡한 것들, 불필요한 욕망과 같은 것들을 포함한다. 이러한 것들은 종종 인간을 도로부터 멀어지게 만들고, 본질을 흐리게 한다고 보는 시각이다.

천하가 "제 갈 길을 간다"라는 것은 세상 만물이 자연스럽게 자신의 본성을 따라 존재한다는 의미다. 이는 자신의 본성을 이해하고 그에 따라 살아가는 것을 의미한다. 불필요한 욕망과 인위적인 행동을 줄이고, 자연스럽고 소박한 삶을 추구하는 것이 이에 해당한다.

사회적 차원에서 '숭본말식'은 복잡한 제도와 규칙을 최소화하고, 자연의 순리에 따르는 통치를 의미한다. 노자는 지나친 법률과 제도가 오히려 사회를 혼란스럽게 만든다고 보았다. 대신 통치자가 무위자연의 원칙을 따르며 백성들의 자연스러운 삶을 존중할 때, 가장 이상적인 사회가 이루어질 수 있다는 것이다.

도의 이러한 본질은 일반적인 감각으로는 쉽게 인지되지 않는다. 이는 음악이나 음식과 같은 일상적인 즐거움과는 대조적이다. 음악과 음식은 즉각적인 감각적 만족을 주지만, 도는 그렇게 표피적인 매력을 제공하지 않는다. 도에 대한 설명이 '담박하여 아무 맛도 없다'는 표현은 이를 잘 나타낸다.

도의 이러한 특성은 맛이 없는 맛, 즉 모든 맛을 포함하면서도 어떤 특정한 맛에 치우치지 않는 상태의 맛없음을 의미한다. 맛없음은 도가 만물을 포괄하면서도 어떤 특정한 형태로 규정되지 않는다는 의미의 표현이다. 도의 이러한 초월적 특성은 감각적 경험의 한계를 넘어선다.

보아도 볼 수 없고, 들어도 들을 수 없다는 표현은 도가 일반적인 감각 경험으로는 파악할 수 없는 존재임을 나타낸다. 이는 도가 형이상학적 차원에 존재한다는 것을 의미한다. 형이상학이란 우리가 일상에서 경험하는 물리적 세계 너머의 것들을 다루는 분야다. 시간, 공간, 인과관계, 자유의지, 의식, 신의 존재 등 추상적이고 근본적인 개념들이 형이상학의 주요 관심사다.

그래서 도의 특성은 현상 즉 본체라는 개념과 연결된다. 이는 현상 세계와 본체의 세계가 분리되어 있지 않다는 것을 의미한다. 우리가 경험하는 현상 세계 속에 도의 본질이 내재해 있다는 것이다. 따라서 도를 이해하기 위해서는 일상적인 감각 경험을 넘어서는 깊은 통찰이 필요하다.

도의 또 다른 중요한 특성은 다함이 없는 그 풍부함이다. '아무리 사용해도 고갈되는 법이 없다'라는 표현은 도의 이러한 무한성을 잘 나타낸다. 이는 도가 단순히 추상적인 개념이 아니라 실제로 우리 삶에 적용되고 활용될 수 있는 실천적 원리임을 의미한다.

도의 이러한 특성들은 결국 우리가 어떻게 살아가야 하는지에 대한 지침을 제공한다. 도를 따르는 삶은 자연의 흐름에 순응하면서도 그 속에서 요묘한 가능성을 발견하는 삶이다. 그래서 도를 따르며 사는 삶을 황홀하다고 하는 것이다.

플라톤의 이데아론

'플라톤'의 '이데아' 개념은 서양 철학사에서 가장 영향력 있는 사상 중 하나다. 이 개념은 우리가 감각으로 인식하는 세계 너머에 진정한 실재가 존재한다는 주장을 담고 있다.

플라톤에 따르면, 우리가 일상에서 경험하는 모든 일들은 단지 완벽한 형태의 그림자에 불과하다고 보았다. 이 완벽한 형태, 즉 이데아는 변하지 않는 영원한 본질이며, 모든 존재의 원형이 된다. 예를 들어, 우리가 보는 모든 의자는 의자의 이데아라는 완벽한 의자의 개념을 불완전하게 모방한 것에 불과하다.

이 사상은 현실 세계를 넘어선 절대적 진리와 완벽함에 대한 인간의 갈망을 반영한다. 동시에 우리가 감각으로 인식하는 세계의 한계와 불완전성을 지적한다. 플라톤은 진정한 지식은 이 감각 세계를 넘어 이데아의 세계를 이해하는 데서 온다고 믿었다. 이 개념은 후대의 철학, 종교, 예술에 지대한 영향을 미쳤다. 오늘날에도 우리는 종종 이상적인 또는 완벽한 상태를 추구하며, 이는 플라톤의 이데아 개념의 맥을 이어온다.

장차 거두려고 하면

장차 거두려고 하면 반드시 먼저 베풀어야 한다.
장차 약하게 하려면 반드시 먼저 강하게 해줘야 한다.

장차 망하게 하려면 반드시 먼저 흥하게 해야 한다.
장차 빼앗고자 하면 반드시 먼저 주어야 한다.
이를 일러 '미명'이라고 한다.

부드럽고 약한 것이 굳세고 강한 것을 이긴다. 물고기는 연못에서 벗어날 수 없으니, 도가 비록 나라를 이롭게 하는 기구일지라도 형벌에 의지해 드러내서는 안 된다.

노자 사상은 자연의 순환과 조화를 중시한다. 베푸는 것과 거둬들이는 것과의 관계는 자연의 순환 현상이 반영한다. 농부가 씨앗을 뿌리고 수확하는 것처럼, 인간 사회에서도 주고받는 관계가 존재한다. 이는 단순한 물질적 교환을 넘어 정신적, 사회적 차원에서도 널리 적용된다.

강과 약의 역설은 노자 철학에서만 찾아볼 수 있는 통찰이다. 지나치게 강하면 오히려 약점이 될 수 있으며, 유연함과 적응력이 더 큰 힘이 될 수 있다. 이는 자연에서도 볼 수 있는데, 단단한 나무는 강풍에 쉽게 부러지지만, 유연한 갈대는 바람에 쓸리면서도 살아남는다. 태풍이 많이 지나가는 길목에서 야자수의 유연성은 가히 독보적이라고 할만하다.

흥하고 망하는 것의 관계는 만물이 변화한다는 도가의 기본 원리를 보여 준다. 극점에 도달하면 반대로 돌아간다는 의미다. 이는 개인이나 조직이 정점에 있을 때 더욱 겸손하고 조심스러워야 해야 한다는 조언이다. 흥하고 망하는 것이 자연의 속성임을 깨닫고 생활 속에서 체화한다면 그보다 더한 복이 없을 것이다.

주는 것과 빼앗는 것의 관계는 앞서 언급한 베풀고 거두는 원리와 유사하지만, 더 적극적인 의미를 지닌다. 이는 전략적 사고와 연결될 수 있는데, 상대방에게 작은 것을 주어 더 큰 것을 얻거나, 일부를 포기함으로써 전체를 얻는 지혜를 의미한다.

미명은 이러한 상반된 개념들의 미묘한 관계를 이해하고 실천하는 지혜다. 미명은 새벽과 아침 사이, 어둠과 빛이 뒤섞여 공존하는, 가장 어둡고 가장 밝은 찰나의 시간이다. 이 미명의 순간에 표면적으로 드러나지 않는 섬세한 지혜가 필요하다. 강하게 해야 할지, 약하게 해야 할지, 흥하게 해야 할지, 망하게 해야 할지를 어스름한 미명의 순간에 결정된다.

물고기와 연못의 비유는 모든 존재가 자신의 환경과 불가분의 관계에 있음을 보여 준다. 이는 개인과 사회, 인간과 자연의 관계에 대한 의미를 제공한다.

그래서 조화를 중시하며, 인위적인 개입을 최소화하고 자연스러운 흐름을 따라 다스려야 한다. 이런 환경은 형벌을 통해서 실현될 수 없는 환경이다. 이는 물고기가 물을 떠나 살 수 없는 것만큼이나 절대적이다.

마지막으로, 도로 나라를 다스리는 데 적용할 때 '형벌'에 의존하지 말아야 한다는 점은 중요한 통치 철학이다. 이는 법가의 엄격한 형벌 중심 통치와 대비되는 도가의 무위자연 사상을 반영한다. 형벌을 멀리하고 미명의 이치를 따라서 다스리는 것이 참다운 리더의 모습이다.

만물은 흐른다

'헤라클레이토스' 철학을 대표하는 명문장, '만물은 흐른다.'는 불가의 제행무상과 일맥상통하는 사상이다. 이는 세상의 본질을 간결하게 나타내는 표현이다. 이 짧은 문장은 만물은 끊임없이 변화하고 있어서 고정된 실체가 없다는 뜻이다. 제행무상도 같은 뜻이다.

강물에서 한 발을 담그고 빼낸 뒤에 다시 담그면, 그것은 이미 다른 물이다. 마찬가지로 우리의 삶도 매 순간 변화한다. 우리의 생각, 감정, 신체까지도 끊임없이 변화하고 있다. 이 개념은 단순히 물리적 변화만을 의미하지 않는다. 우리의 관계, 사회, 문화도 끊임없이 진화하고 있다. 오늘의 진리가 내일의 오류가 될 수 있고, 현재의 상식이 미래에는 낡은 관념이 될 수 있다.

'만물은 흐른다'라는 말의 다른 의미로는 우리에게 현재에 집중하라는 뜻이 있다. 지나간 것을 붙잡으려 하거나 변화를 거부하는 것은 무의미하다. 대신 우리는 변화를 받아들이고, 그 흐름에 적응하면서 지금, 이 순간을 잡으라는 말이다.

'카르페 디엠'은 라틴어로 '현재를 즐겨라' 또는 '오늘을 붙잡아라'라는 뜻을 가진 문장이다. 이 표현은 고대 로마 시인 '호라티우스'의 시에서 유래되었으며, 지금 이 순간의 중요성과 삶의 유한성을 강조한 것이다.

인생은 짧고 불확실하다. 우리는 미래를 완전히 예측할 수 없으며, 과거는 이미 지나갔다. 그렇기에 카르페 디엠은 우리에게 현재에 집중하고, 지금, 이 순간을 최대한 활용하라고 조언한다. 이는 단순히 쾌락을 추구하라는 뜻이 아니다. 오히려 삶의 모든 순간을 의미 있게 만들고, 현재의 기회를 놓치지 말라는 뜻이다.

현대 사회에서 카르페 디엠의 정신은 더욱 중요해지고 있다. 빠르게 변화하는 세상 속에서 우리는 종종 걱정과 번뇌로 가장 값진 현재를 놓치곤 한다. 그러나 카르페 디엠은 우리에게 지금, 이 순간에 충실할 것을 강력하게 권한다. 번뇌는 과거에서 오고, 두려움은 미래에서 오고, 행복은 지금, 이 순간에 있다.

도는 항상 무위하면서도

도는 항상 무위하면서도 하지 못할 것이 없다. 왕후가 이를 지킬 수 있다면, 만물이 스스로 다스려질 것이다.

만물이 스스로 다스려지는 데도 작위 하려고 하면, 나는 '이름 없는 소박함'으로 그것을 제압할 것이다.

무명의 소박함으로 하려는 욕심조차도 없애겠다. 욕심을 내지 않으면 잠잠해지니, 천하가 저절로 안정될 것이다.

도는 우주의 근원이자 모든 존재의 본질이다. 무위 개념은 인위적인 행동을 하지 않는 상태를 의미하지만, 동시에 만물을 이루어 내는 역설적인 힘을 지닌다. 이는 자연의 이치를 따라서 사는 삶의 방식을 보여 주는 것이다.

왕후는 지도자를 상징하며, 도의 원리를 따르는 리더십의 중요성을 강조한다. 이러한 지도자가 다스리면 만물은 자연스럽게 질서를 이루게 된다. 이는 강압이나 통제가 아닌, 자연의 흐름에 순응하는 통치 방식을 의미한다.

작위는 인위적인 노력이나 간섭을 뜻하며, 이는 도의 원리를 위배하는 행동이다. 노자는 이러한 작위적 행동이 오히려 혼란을 초래할 수 있다고 경고한다. 대신 '무명의 소박함'을 제시한다. 이는 '무명의 통나무'로 옮기기도 한다. 이는 단순하고 꾸밈없는 상태로 돌아가는 것을 의미하며, 도의 본질에 가까워지는 방법이다.

욕심은 인간의 끝없는 욕구를 나타내며, 이는 종종 불필요한 행동과 갈등의 원인이 된다. 노자는 이러한 욕심마저 버릴 것을 권한다. 잠잠해진다는 것은 내적인 평화와 안정을 의미하며, 이는 개인의 차원을 넘어 세상 전체의 안정으로 이어진다고 본다.

"무명의 소박함으로 하려는 욕심조차도 없애겠다."라는 말은 이 장의 핵심이다. 무엇으로 무엇을 한다는 것, 자체가 작위적인 행동이다. 그래서 그 의도조차도 버린다는 뜻이다.

기독교 신자가 하느님을 만나려고 기도할 때, 제일 먼저 자신을 잊어야 한다. 다음은 기도하고 있다는 사실도 잊어야 한다. 끝으로 그 기도가 하느님을 향하고 있다는 자체도 잊어야 한다.

자연 파괴의 악몽

1958년, 중국의 '모택동' 주석은 '대약진 운동'을 시작했다. 이는 중국을 단기간에 농업국가에서 산업 강국으로 탈바꿈시키려는 야심 찬 계획이었다. 그러나 이 운동의 하나로 시행된 '4해운동(쥐, 참새, 파리, 모기)' 중의 하나로 시행된 참새 퇴치 캠페인은 생태계에 심각한 악영향을 미쳤고, 결과적으로 대규모 기근을 초래했다.

모택동은 참새가 곡물을 먹어 치워 농작물에 피해를 준다고 생각했다. 그래서 전 국민을 동원해 참새를 무차별적으로 잡아들이기 시작했다. 사람들은 냄비와 프라이팬을 두들겨 참새를 놀라게 하고, 쉴 곳을 찾지 못한 참새들은 지쳐 떨어져 죽었다. 이런 방식으로 수억 마리의 참새가 살처분되었다.

그러나 이 캠페인의 결과는 참혹했다. 참새들이 사라지자 곤충들이 급격히 늘어났고, 특히 메뚜기가 농작물을 초토화시켰다. 뒤늦게 참새가 농작물에 피해를 주는 해충을 잡아먹는다는 사실을 깨달았지만, 이미 생태계의 균형은 무너질 대로 무너진 뒤였다.

결국 대약진 운동은 실패로 끝났고, 수천만 명의 중국인이 기근으로 목숨을 잃었다. 참새 퇴치 캠페인은 자연 파괴이자 자연 섭리에 도전하는 만행이었다.

덕경

덕은 도의 실천이자
현실 세계에 구현되는 모습이다
쓸모 없음을 쓰임으로 삼으니
오묘하고 신기할 뿐이다

최상의 덕은

최상의 덕은 덕을 내세우지 않는다. 그래서 덕이 있다고 하는 것이다. 하등의 덕은 덕을 잃지 않으려고 한다. 그래서 덕이 없다고 하는 것이다.

최고의 덕은 무위자연에 맡겨, 하려고 하는 의도가 없고, 하등의 덕은 행하면서 하려고 하는 의도가 있다. 최고의 인은 행하면서 하려고 하는 의도가 없고, 최고의 의는 행하면서 하려고 하는 의도가 있고, 최고의 예는 행하되 응하는 이가 없으면, 소매를 걷어붙이고 대들며 강요한다.

그러므로 도를 잃고 나서 덕이 있게 되고, 덕을 잃고 나서 인이 있게 되고, 인을 잃고 나서 의가 있게 되고, 의를 잃고 나서 예가 있게 된다.
무릇 예라는 것은 충성과 신뢰가 엷어진 것이니, 혼란의 시작이다. 앞선 지식이란 도의 허식이요, 어리석음의 시작이다.

이러므로 대장부는 두터운 곳에 처하고, 엷은 곳에 머물지 않으며, 실질적인 곳에 처하고, 화려한 곳에 머물지 않는다. 그러므로 저것을 버리고 이것을 취한다.

최상의 덕은 자연스럽고 무위적인 상태에서 발현되며, 이는 도의 본질과 맞닿아 있다. 이러한 덕은 의식적인 노력 없이도 자연스럽게 흘러나오는 것으로, 진정한 덕의 모습을 보여 준다.

반면, 하등의 덕은 의도적이고 계산적인 성격을 띤다. 이는 덕을 유지하려는 노력이 오히려 덕의 본질을 해치는 역설적 상황을 초래한다. 이러한 구분은 노자 철학에서 자주 등장하는 무위자연의 개념과 밀접하게 연관되어 있다.

인, 의, 예의 개념도 이와 유사한 맥락에서 이해할 수 있다. 최고의 인은 무위적 성격을 띠며, 의도성 없이 자연스럽게 행해진다. 반면 의와 예는 점차 인위성이 강해지는 모습을 보인다. 특히 예는 가장 형식적이고 강제적인 성격을 띠는데, 이는 사회 질서 유지를 위한 최후의 수단으로 볼 수 있다.

이러한 개념들의 순차적 등장은 사회의 도덕적 퇴보 과정을 보여 준다. 도에서 시작해 덕, 인, 의, 예로 이어지는 흐름은 인간 사회가 자연스러운 조화에서 점차 멀어지고 형식과 규칙에 의존하게 되는 과정을 나타낸다. 이는 노자 사상에서 자주 등장하는 주제로, 문명의 발전이 오히려 인간의 본질적 가치를 훼손시킬 수 있다는 경고를 담고 있다.

예의 개념에 대한 비판은 특히 주목할 만하다. 예는 충성과 신뢰가 약해졌을 때 등장하는 것으로, 이는 사회의 혼란을 예고하는 신호로 볼 수 있다. 형식적인 예의 준수가 진정한 신뢰와 충성을 대체할 수 없다는 것이다. 이는 현대 사회에서도 여전히 유효한 통찰로, 법과 제도만으로는 건강한 사회를 유지할 수 없다는 점을 시사한다.

지식에 대한 비판 또한 흥미롭다. 앞선 지식, 즉 세상사에 대한 피상적이고 단편적인 지식은 도의 본질을 왜곡하는 허식에 불과하다는 것이다. 이는 진정한 지혜와 단순한 지식의 축적을 구분하는 노자 철학의 관점을 잘 보여 준다. 참된 지혜는 세상의 본질을 꿰뚫어 보는 통찰력에서 나오며, 이는 도와 밀접하게 연결되어 있다.

마지막으로, 대장부의 처신에 대한 조언은 이 모든 개념을 실천적 차원에서 종합한다. 두터운 곳, 실질적인 곳에 머물라는 것은 본질에 충실히 하라는 의미로 해석된다. 이는 형식과 겉모습에 현혹되지 않고 우주 순환의 흐름을 따르는 삶의 태도를 말한다.

도가의 두 기둥

도는 우주의 근본 원리이자 만물의 근원을 의미한다. 이는 언어로 완전히 표현할 수 없는, 형이상학적이고 추상적인 개념이다. 도는 자연의 흐름, 우주의 질서, 그리고 존재의 본질을 아우르는 포괄적인 개념이다. 노자는 "도가도 비상도"라고 말했는데, 이는 "말로 표현할 수 있는 도는 영원한 도가 아니다"라는 뜻으로, 도의 초월적 성격을 강조한다.

반면, 덕은 도가 현실 세계에서 구현되는 방식이다. 덕은 개인이 도를 따르고 실천하는 능력 또는 그 결과를 의미한다. 이는 더 구체적이고 실천적인 개념으로, 우리의 일상과 행동에 직접적으로 연관된다. 덕은 자연스러움, 겸손, 온화함 등의 성품으로 나타나며, 이는 도를 깨닫고 따르는 사람의 특성이다.

도가 우주의 큰 그림이라면, 덕은 그 그림 속에서 조화롭게 살아가는 방법이다. 도를 이해하고 덕을 실천하는 것, 이것이 노자 철학이 제시하는 이상적인 삶의 모습이다. 현대 사회에서 우리는 종종 이 두 가지의 균형을 잃곤 한다. 더 큰 그림을 보지 못하고, 일상에 매몰되거나, 추상적인 이상에 빠져 현실을 소홀히 하기도 한다.

결국, 도와 덕이 서로 조화를 이루는 것이 중요하다. 우주의 원리를 이해하려 노력하면서도, 그것을 일상에서 실천하는 지혜가 필요하다. 이는 단순히 노자 철학의 개념에 그치지 않고, 현대를 살아가는 우리에게도 중요한 삶의 지침이 된다.

태초에 하나가 있었으니

태초에 하나가 있었다. 하늘은 하나를 얻어 맑고, 땅은 하나를 얻어 안정되고, 신은 하나를 얻어 신령스럽고, 골짜기는 하나를 얻어 가득 채우고, 만물은 하나를 얻어 세상에 태어나고, 왕은 그 하나를 얻어 천하의 고귀함이 된다. 그들은 하나를 얻어서 그렇게 되었다.

하늘이 맑음을 사용하지 않는 것은 갈라질까 두렵기 때문이고, 이 평안함을 사용하지 않는 것은 무너질까 두렵기 때문이고, 신이 신령함을 사용하지 않는 것은 사라질까 두렵기 때문이고, 계곡이 채움을 사용하지 않는 것은 고갈될까 두렵기 때문이고, 만물이 낳음을 사용하지 않는 것은 멸할까 두렵기 때문이고, 왕이 고귀함을 사용하지 않는 것은 쫓겨날까 두렵기 때문이다.

그러므로 귀한 것은 천한 것을 근본으로 삼고, 높은 것은 낮은 것을 근본으로 삼는 것이다. 고로 왕이 자신을 고, 과, 불곡이라고 낮춰 부르는 것이다. 이는 천함을 근본으로 삼기 때문이다. 그렇지 않은가? 그러므로 큰 명예에 이를 지라도 명예로 여기지 않으니, 영롱한 구슬 대신, 담담한 돌이 되고자 함이다.

노자 철학의 핵심 개념인 '하나'는 우주의 근원이자 만물의 본질을 의미한다. 이는 도가 사상에서 도로 표현되며, 우주의 모든 존재와 현상의 근본 원리를 나타낸다. 하늘, 땅, 신, 골짜기, 만물, 그리고 왕까지도 이 하나를 얻음으로써 각자의 본질적 특성과 역할을 갖게 된다.

이 하나의 개념은 단순히 수적인 의미를 넘어서는 철학적 함의를 지닌다. 그것은 분열되지 않은 온전함, 조화로운 통일성을 상징한다. 하늘의 맑음, 땅의 안정, 신의 신령함, 골짜기의 충만함, 만물의 생성, 왕의 고귀함은 모두 이 하나에서 비롯된다. 이는 우주의 모든 요소가 근본적으로 연결되어 있으며, 서로 영향을 주고받는다는 동양적 세계관을 보여 준다.

그러나 이러한 특성들을 과도하게 사용하거나 드러내는 것에 대한 경계심도 함께 드러낸다. 맑음, 안정, 신령함, 충만함, 생성, 고귀함을 지나치게 표출하는 것은 오히려 그 본질을 잃게 만들 수 있다는 것이다. 이는 자연의 이치에 따라 살아가며, 인위적인 행동을 최소화하는 것이 바람직하다는 것이다.

이러한 맥락에서 귀천과 고저의 관계가 재정립된다. 노자 철학에서는 이들을 대립적인 개념으로 보지 않고, 상호 보완적이며 순환적인 관계로 이해한다. 귀한 것의 근본은 천한 것에 있고, 높은 것의 기반은 낮은 것에 있다는 인식은 음양의 조화와 균형을 강조하는 동양 사상의 특징이다.

왕이 자신을 낮추어 부르는 행위는 이러한 철학적 이해를 실천하는 예시다. 이는 단순한 겸손의 표현을 넘어, 우주의 근본 원리에 대한 깊은 식견을 바탕으로 한 행동이다. 왕의 권력과 지위가 백성이라는 기반 위에 서 있음을 인정하는 것이며, 동시에 하나라는 원리 안에서 만물이 평등하다는 인식을 드러내는 것이다.

큰 명예를 얻고도 그것을 명예로 여기지 않는 태도, 화려한 보석 대신 평범한 돌을 선호하는 마음가짐은 도가의 무욕과 최상의 덕 개념과 연결된다. 이는 외적 화려함이나 세속적 성공보다는 내면의 평화와 자연과의 조화를 중시하는 태도다.

'제물론'에서 장자는 모든 사물과 관점이 본질적으로 동등하다고 주장한다. 큰 것과 작은 것, 아름다운 것과 추한 것, 옳은 것과 그른 것 등의 구분은 단지 인간의 주관적 판단에 불과하다는 것이다. 이러한 관점은 우리가 흔히 정상이라고 여기는 기준에 의문을 제기하는 것이다.

플라티노스의 일자론

'플라티노스'는 3세기 로마 제국 시대의 신플라톤주의 철학자다. 그의 철학 체계에서 중요한 개념 중 하나가 바로 '일자'다. '일자'는 '하나'라는 의미로 플라티노스 철학의 최고 원리로, 모든 존재의 근원이자 궁극적 실재다.

이 일자는 너무나 단순하고 완전해서 어떤 속성으로도 규정할 수 없다. 그래서 그는 일자를 설명할 때 주로 부정의 방식을 사용했다. 기독교 교리가 이에 뿌리를 두고 발전해 왔다. 일자는 존재도 아니고, 본질도 아니며, 생각할 수 있는 그 어떤 것도 아니다. 노자의 도에 대한 설명을 듣는 듯하다.

일자에서 세상 만물이 유출된다는 것이 플라티노스의 주장이다. 이 유출 과정에서 첫 번째로 나오는 게 '정신'이고, 그다음으로 '영혼'이 나오고, 마지막으로 '물질'이다. 이렇게 해서 모든 존재가 일자로부터 시작해 점점 떨어져 나오는 순서대로 위계질서를 이룬다는 학설이다.

플라티노스에 따르면, 인간의 궁극적 목표는 이 일자와 하나가 되는 것이다. 기독교 신자가 하느님과 만나는 극적인 상황과 다르지 않다. 이를 위해서는 감각적인 것들에서 벗어나 정신적인 것으로 상승해야 한다고 주장한다.

플라티노스의 일자론은 후대 철학과 신학에 큰 영향을 미쳤다. 특히 기독교 신학에서 신을 이해하는 데 중요한 역할을 했고, 중세 신비주의 전통에도 깊은 영향을 끼쳤다. 노자 사상과의 연결성은 알 수 없지만 무척 유사한 면이 있어서 놀랍다.

되돌아감은 도의 움직임

되돌아감이 도의 운동이고, 유약함이 도의 쓰임새다.

천지 만물은 유에서 나오고, 유는 무에서 나온다.

돌아감의 뜻이 있는 반의 개념은 도의 순환적 특성을 나타낸다. 이는 서양 철학의 선형적 사고와 대조된다. 선형적 사고는 이미 정해진 순서대로 이어진다는 사고방식이다. 반면 우주 만물은 끊임없이 순환하고 변화한다는 동양 철학의 관점은 현대 과학의 여러 이론과도 맥을 같이한다. 예를 들어, 열역학 제2법칙에 따른 '엔트로피 증가' 법칙과 이에 따른 우주의 순환적 변화 과정, 또는 생태계의 순환 구조 등이 이와 유사 면이 있다.

약함의 개념은 도가 철학의 핵심 사상 중 하나인 무위자연과 깊은 관련이 있다. 이는 강압적이거나 인위적인 행동이 아닌, 자연스럽고 부드러운 방식으로 세상을 대하는 태도를 의미한다. 이러한 사상은 현대 사회에서 과도한 경쟁과 강압적 구조에 대한 대안적 사고방식을 제시한다. 리더십 이론에서도 서번트 리더십이나 변혁적 리더십 등의 개념이 이와 유사한 철학을 반영하고 있다.

유와 무의 관계는 존재론적 측면에서 매우 중요한 의미다. 모든 존재가 비존재에서 비롯된다는 이 개념은 서양 철학의 무에서 유는 나올 수 없다는 원칙과 대비된다. 이는 동양 철학이 공이나 무를 단순한 비존재가 아닌 모든 가능성의 원천으로 보는 독특한 관점을 보여 준다.

이러한 사상은 현대 물리학의 양자역학과도 흥미로운 연관성을 갖는다. 양자역학에서는 무라고 할 수 있는 진공상태에서도 입자들이 생성되고 소멸되는 '진공 요동' 현상을 설명하는데, 이는 노자가 말한 "무에서 유가 생겨났다"라는 주장과 놀랍도록 유사하다. 또한 이는 우주의 기원에 대한 현대 우주론의 일부 이론들과도 맥을 같이한다.

이러한 사상은 개인의 삶과 사회 구조에도 중요한 의미를 제공한다. 약함을 긍정적으로 해석하는 노자의 관점은 현대 사회의 과도한 경쟁과 성과주의에 대한 반성을 촉구한다. 또한 돌아간다는 개념은 지속 가능한 발전과 순환 경제의 중요성을 강조하는 현대의 생태학적 사고와도 연결된다.

이 장은 존재와 비존재, 변화와 항상성, 힘과 약함 등의 이분법적 개념들을 초월하는 통합적 세계관을 제시한다. 이는 서양 철학의 이원론적 사고방식과는 다른, 만물이 서로 연결되어 있고 끊임없이 변화한다는 동양적 사고방식을 반영한다.

최상의 선비가 도를 들으면

최상의 선비가 도에 대해 들으면 부지런히 그것을 행한다. 중간 정도의 선비가 도에 대해 들으면, 행할 때도 있고 행하지 않을 때도 있다. 하등 수준의 선비가 도에 대해 들으면 크게 비웃는다.

그들에게서 비웃음 살 정도가 아니면 도라고 할 수 없다. 그러므로 전하는 말씀에 이런 말씀이 있다.

밝은 도는 어두운 듯하고, 더 나아가는 도는 물러나는 듯하고, 평탄한 도는 거친 듯하고, 높은 덕은 골짜기와 같고, 아주 결백한 것은 욕된 듯하고, 너른 덕은 부족한 듯하다.

굳건한 덕은 평범한 듯하고, 순수한 진실은 변하는 듯하고, 크게 모난 것은 모서리가 없고, 큰 그릇은 이루어지지 않고, 큰 소리는 들리지 않는다.

큰 형상은 형체가 없고, 도는 숨어있어서 이름이 없다. 오직 도만이 잘 베풀고 잘 이루게 한다.

도의 본질과 그 이해의 깊이에 따른 인간의 반응을 살펴보면, 우리는 노자 철학의 핵심을 엿볼 수 있다. 최상의 선비가 도를 실천하는 태도는 지혜의 정점을 보여주며, 중간 수준의 선비가 보인 불일치한 행동은 인간의 본성을 반영한다. 하등 수준 선비의 조롱은 도에 대한 역설적인 설명이다.

도의 특성은 모순적인 표현으로 설명된다. 밝음과 어둠, 전진과 후퇴, 평탄함과 거칠음의 대비는 도의 복잡성과 다면성을 나타낸다. 이는 음양의 원리와 연결되며, 상반된 요소들의 조화와 균형을 강조한다. 높은 덕이 골짜기와 같다는 표현은 겸손과 낮춤의 미덕을 강조한다.

결백함이 욕된 듯하고, 너른 덕이 부족해 보이는 역설은 진정한 가치의 겉모습과 실제 사이의 괴리를 보여 준다. 이는 공자의 중용 사상과도 연결되는데, 외적 화려함보다는 내적 충실함을 중시하는 노자 철학의 핵심을 드러낸다. 굳건한 덕이 평범해 보이고, 순수한 진실이 변하는 듯한 묘사는 도가 일상에 숨어있음을 암시한다.

크게 모난 것의 모서리 없음, 큰 그릇의 미완성, 큰 소리의 무음은 완전함의 본질에 대한 역설적인 표현으로 보인다. 그런데 여기에서 대기만성에 대해 다른 의견을 내는 경우가 있다.

우리는 자주 대기만성이라는 말을 사용한다. 큰 그릇은 늦게 이루어진다는 이 말은 많은 이들에게 위안을 주는 면이 있다. 그러나 이 장에서는 대기면성으로 이해하는 것이 옳다고 본다. 백서본에서는 '면성'이라고 하고 죽간본에서는 '만성'이라고 쓰여 있어서 혼란을 준다.

어느 것이 노자 진본과 같은 것인지 알 수 없다. 다만 문장에서 함께 나열된 '대방무우'와 '대음희성'의 문맥을 따라가면 '대기면성'이 문맥상 흐름이 이어진다.

'진정 크게 모난 것은 모서리가 없고, 진정 큰 음은 소리가 없고, 진정 큰 그릇은 완성됨이 없다.' 이렇게 읽는 것이 무리 없어 보인다. '면성'은 '이루어지지 않는다'라는 뜻이다. 만성과 면성 사이에 선택은 독자의 몫이다.

인생은 끊임없는 과정이다. 우리는 어느 순간 "전부 다 이루었다"라고 말할 수 있는 순간을 경험하지 못한다. 이는 진정 큰 그릇은 절대로 완성되지 않는다는 말로 연결된다. 우리는 계속해서 성장하고, 변화하고, 발전할 뿐이다.

대기면성은 우리에게 겸손을 가르친다. 아무리 성공했다 해도, 아직 배울 것이 많다는 자세를 갖게 한다. 또한 실패를 두려워하지 않게 한다. 완벽함을 추구하기보다는 과정을 즐길 것을 권한다. 대기만성에서는 느낄 수 없는 심오한 의미가 있다.

큰 형상의 형체 없음과 도의 이름 없음은 노자 철학의 정수를 보여 준다. 이는 노자의 무위사상과 연결되며, 인위적 행위나 명명을 초월한 자연스러운 흐름을 강조한다. 도의 이러한 특성은 불교의 '불립문자' 개념과도 유사성을 지닌다.

도가 만물에 잘 베풀고 이루게 한다는 결론은 도의 창조적이고 포용적인 본질에 있다. 이는 우주의 근원적 원리로서의 도의 역할을 보여주며, 인간이 도에 순응하여 살아갈 때 얻을 수 있는 조화와 성취를 알려준다.

이러한 도의 특성들은 노자 철학의 여러 학파에서 다양한 형태로 나타난다. 유교에서는 '천인합일'의 개념으로, 도교에서는 '무위자연'의 원리로, 불교에서는 만물의 '무상심'의 교리로 표현된다. 이들은 모두 우주의 근본 원리와 인간 존재의 본질적 연결성을 강조한다.

도는 하나를 낳고

도는 하나를 낳고, 하나는 둘을 낳고, 둘은 셋을 낳고, 셋은 만물을 낳는다. 만물은 음을 등지고 양을 가슴에 안고, 비어 있는 기로 조화를 이룬다.

사람들이 싫어하는 것은 고, 과, 불곡인데, 왕공은 스스로 이들을 칭호로 삼는다.
그러므로 사물은 덜어내면 보태지고, 보태면 오히려 덜어진다.

사람들이 가르치는 바를 나도 또한 가르친다. 강하고 포악한 자는 제명에 죽지 못하니, 나는 이를 가르침의 으뜸으로 삼으려 한다.

노자의 도는 추상적인 개념이 아닌, 우주의 근본 질서와 변화의 흐름을 나타낸다. 하나에서 시작해 둘, 셋으로 이어지는 생성 과정은 우주의 복잡성이 어떻게 단순한 원리에서 시작되는지를 보여 준다.

이러한 생성 과정에서 음과 양의 개념이 등장한다. 음양은 서로 대립하면서도 상호 보완적인 관계를 맺는다. 만물은 이 두 가지 상반된 힘의 조화를 통해 존재한다. 충기는 비어 있는 기운이라는 뜻이다. 충기는 이들을 매개하는 중요한 요소로, 유연성과 적응력을 상징한다.

왕후는 고, 과, 불곡과 같이 자신을 낮추는 말로 사용했다. 고는 외로운 사람, 군주의 고독함을 나타낸다. 과는 부족한 사람, 자신의 덕이 부족함을 인정한다. 불곡은 곡식이 아닌 것, 즉 백성에게 쓸모없음을 자책하는 표현이다. 이처럼 부정적인 개념들이 실제로는 중요한 의미가 있을 수 있음을 보여 준다. 이는 우리의 고정관념을 깨고 새로운 시각으로 세상을 바라볼 것을 요구하기 때문이다.

덜어냄과 보태기의 개념은 노자 철학의 핵심 사상인 '무위자연'과 자연스럽게 연결된다. 과도한 개입이나 조작은 오히려 본질을 해칠 수 있다는 것이다. 이는 현대 사회에서 지나친 욕심이나 집착이 오히려 해로울 수 있다는 점을 시사한다. 이러한 『도덕경』의 가르침은 현대 사회에도 여전히 유효하다.

노자는 또한 겸손과 절제의 미덕을 강조한다. 강함이 반드시 좋은 것이 아니며, 오히려 유연하고 부드러운 것이 더 오래 지속될 수 있다는 것이다. 이는 물과 같이 유연하면서도 끈질긴 힘을 가진 존재를 이상적인 모델로 제시한다.

'비어 있음'의 개념 또한 주목할 만하다. 이는 단순히 없음을 의미하는 것이 아니라, 모든 가능성을 품고 있는 상태를 뜻한다. 마치 빈 그릇이 다양한 것을 담을 수 있듯이, 마음을 비우는 것이 새로운 지혜와 통찰을 얻는 길이 될 수 있다는 것이다.

존재와 존재자

'하이데거'의 철학에서 중요한 개념인 '존재와 존재자'는 깊이 있는 사유를 요구한다. 존재자는 우리가 일상에서 마주치는 구체적인 대상들을 가리킨다. 예를 들어 책상, 나무, 사람 등이 존재자에 해당한다.

반면 존재는 이러한 존재자들이 있음의 상태를 가능하게 하는 근원적인 바탕을 의미한다. 여기에서 존재자는 만물이고, 존재는 도에 해당한다. 도가 만물을 있게 한다는 의미다.

하이데거는 서양 철학이 오랫동안 존재자에만 집중한 나머지 존재 자체에 대한 물음을 잊어버렸다고 지적했다. 그는 우리가 존재자를 넘어 존재 그 자체에 대해 사유해야 한다고 주장했다.

이는 단순히 눈앞에 보이는 것을 넘어, 그것이 어떻게 존재하게 되었는지에 대한 물음을 던지는 것이다.

지극히 부드러운 것이

천하에 지극히 부드러운 것이 지극히 단단한 것을 이긴다. 무는 틈이 없는 곳으로 들어갈 수 있다.

이로써 나는 무위가 유익하다는 것을 안다.

무언으로 교화하고, 무위로 이롭게 하는 경지, 천하에 이런 경지에 이른 사람은 거의 없다.

우리 삶에서 종종 마주치는 역설 중 하나는 "겉보기에 약해 보이는 것이 강할 수 있다."라는 것이다. 이 장에서 지극히 부드러운 것이라는 문장은 물과 같은 유연성을 지닌 존재를 떠올리게 한다. 물은 형태가 없어 보이지만, 시간이 지나면 바위도 깎아내는 힘을 가지고 있다. 이는 단순히 물리적인 힘의 대결이 아닌, 지속성과 적응력의 중요성을 강조한다.

무의 개념은 동양 철학에서 중요한 위치를 차지한다. 이는 단순히 없다는 뜻이 아니라, 모든 가능성을 내포한 잠재적 상태를 의미한다. 틈이 없는 곳으로 들어갈 수 있다는 표현은 이 무의 편재성을 나타낸다. 현대의 관점에서 이는 양자역학의 불확정성 원리와도 연결될 수 있다. 입자의 정확한 위치와 운동량을 동시에 측정할 수 없다는 이 원리는, 우리가 인식하는 현실의 기반에 무와 같은 불확실성이 존재함을 시사한다.

무위는 흔히 아무것도 하지 않는 것으로 오해받지만, 실제로는 자연의 흐름을 따라서 행하는 것을 뜻한다. 이는 현대 사회에서 강조되는 적극적인 개입과 통제와는 대조적인 개념이다. 무위의 유익함은 역설적으로 들리지만, 이는 과도한 개입이 오히려 문제를 악화시킬 수 있다는 통찰을 담고 있다. 생태계의 균형이 인간의 무분별한 개입으로 깨지는 현상은 이러한 무위의 중요성을 반증한다.

'무언지교'는 말 없이 교화한다는 말이다. 이는 강제가 아닌 행동과 존재 자체로 영향을 미치는 것을 의미한다. 이는 공자의 '행불언', 즉 "말하지 않고 행동으로 보여주라"라는 가르침과도 일맥 상통한다. 현대 교육에서도 '숨은 교육과정'의 중요성이 강조되는데, 이는 명시적인 가르침보다 교육 환경과 분위기가 학습자에게 미치는 무언의 영향력을 인정하는 것이다.

무위로 이롭게 한다고 하는 것은 노자의 '위무위'와 연결된다. 이는 인위적인 행위를 하지 않으면서도 만물을 이루어 내는 최고의 통치 방법을 뜻한다. 현대 경영에서 '임파워먼트'와 같은 개념들이 이와 유사한 맥락을 가진다. 리더가 직접적인 명령이나 통제보다는 구성원들이 스스로 능력을 발휘할 수 있는 환경을 조성하는 것이 더 효과적일 수 있다는 것이다.

이러한 경지에 이른 사람이 드물다는 언급은 이 철학의 실천이 얼마나 어려운지를 보여 준다. 우리는 항상 '무언가를 해야 한다'라는 압박 속에 살아간다. 그러나 진정한 지혜는 때로는 아무것도 하지 않는 것이 최선일 수 있다는 것을 아는 데 있다. 이는 단순히 수동적인 태도가 아니라, 상황을 깊이 이해하고 자연의 흐름을 읽어내는 높은 수준의 통찰력을 요구한다.

빠르게 변화하는 세상에서 우리는 종종 과도한 행동과 개입으로 문제를 해결하려고 한다. 그러나 이는 오히려 더 큰 혼란을 일으키는 경우가 있다. 기후 변화나 생태계 파괴와 같은 전 지구적 문제들은 인간의 과도한 개입이 얼마나 파괴적일 수 있는지를 보여 준다.

무위의 철학은 우리에게 잠시 멈춰 서서 큰 그림을 볼 것을 요구한다. 만물이 서로 연결되어 있다는 인식, 자연의 흐름을 존중하는 태도, 그리고 직접적인 행동보다는 환경을 조성하는 것의 중요성을 강조한다.

불행의 공통된 이유

'무위'의 유익함에 대한 서양 철학의 관점을 논하자면, 프랑스의 철학자 '블레즈 파스칼'의 다음 명언이 떠오른다. "인간의 모든 불행은 단 한 가지 이유에서 비롯된다. 바로 자기 방 안에 조용히 앉아 있지 못하는 데 있다."

이 간결한 문장은 동양의 무위 개념과 놀랍도록 맥을 같이한다. 파스칼은 17세기 유럽의 수학자이자 물리학자, 철학자였다. 그의 이 통찰은 끊임없는 행위와 분주함을 미덕으로 여기는 서구 사회에 대한 날카로운 비판을 담고 있다.

파스칼은 인간이 고요 속에 머무르지 못하고 끊임없이 무언가를 하려 드는 이유가 자기 내면과 마주하기를 두려워하기 때문이라고 보았다. 우리는 종종 활동과 소음으로 자신의 불안, 공허함, 그리고 실존적 고민을 덮으려 한다. 하지만 이러한 끊임없는 행위는 오히려 우리를 더 큰 불행으로 이끈다.

결국, 무위의 유익함은 동서양을 막론하고 인간의 본질적 행복과 깊이 연관되어 있다. 고요 속에서 자신을 마주하는 용기, 그것이 진정한 평화와 지혜의 시작점일 것이다. 다음은 송나라 때 '대익'이라는 사람이 쓴 시 「탐춘」이다.

종일토록 봄을 찾아 헤맸건만/ 봄은 끝내 찾지 못하고 / 지팡이에 의지해서 / 몇 겹 구름 속에서 허둥지둥 헤매다가 / 하릴없이 집으로 오는 길에 / 매화나무 밑을 지나는데 / 아뿔싸 / 봄은 매화나무 가지 끝에 / 이미 와 있었네요.

44장

이름과 자신 중에

이름과 자신 중에 어느 것이 더 중요한가?
자신과 재물 중에 어느 것이 더 대단한가?
얻음과 잃음 중에 어느 것이 병인가?

그러므로
지나치게 아끼면 반드시 크게 허비하게 되고,
지나치게 쌓아 놓으면 반드시 크게 잃는다.

만족할 줄 알면 치욕을 당하지 않고, 멈출 줄 알면 위태롭지 않으니, 오래도록 장수할 수 있다.

먼저 이름과 자신의 대비를 통해 실체와 허상의 문제를 제기한다. 이름은 외적인 것으로 타인의 인식과 평가에 좌우되지만, 자신은 내면의 본질을 의미한다. 동양 사상에서는 이러한 본질적 자아를 중시하며, 외적인 평판에 얽매이지 않을 것을 강조한다.

자신과 재물의 비교는 정신적 가치와 물질적 가치의 대립을 나타낸다. 도가 사상에서는 물질적 풍요보다는 정신적 자유와 평온을 추구한다. 이는 불교의 무소유 사상과도 맥을 같이하는데, 재물에 대한 집착에서 벗어나 참된 자아를 찾는 것이 더 중요하다고 보는 것이다.

얻음과 잃음의 대비는 인생의 순환성을 암시한다. 노자 철학에서는 만물이 음양의 원리에 따라 변화한다고 보는데, 얻음과 잃음 역시 이러한 순환의 일부로 이해된다. 지나치게 얻으려고 하거나 잃는 것을 두려워하는 것은 오히려 고통의 원인이 될 수 있다는 것이다.

이어지는 문장에서는 과도함의 위험성을 경고한다. '지나치게 아끼면 크게 허비하게 된다'라는 말은 극단적인 절약이 오히려 낭비를 초래할 수 있음을 의미한다. 이는 공자의 중용사상과도 연결되는데, 어느 한쪽으로 치우치지 않는 균형 잡힌 삶을 강조한다.

'지나치게 쌓아 놓으면 크게 잃는다'라는 문장은 축적의 위험성을 지적한다. 인위적으로 무언가를 쌓아 올리려는 노력이 오히려 자연의 흐름을 거스르고 실패를 초래할 수 있다는 것이다. 이는 현대 사회의 과도한 소유욕과 성공 지향주의에 대한 경고로도 해석된다.

만족과 절제의 미덕은 동양 철학의 핵심 가치 중 하나다. '만족할 줄 알면 치욕을 당하지 않는다'라는 말은 외적인 조건에 의존하지 않고 내면의 평온을 찾는 것의 중요성을 강조한다. 이는 불교의 무소유 사상이나 유교의 '안빈낙도' 개념과도 연결된다. 끊임없는 욕망 추구가 아닌, 현재에 만족하는 삶이 진정한 행복을 가져다준다는 것이다.

'멈출 줄 알면 위태롭지 않다'라는 문장은 절제의 중요성을 강조한다. 이는 불필요한 행동을 자제하고 자연의 흐름에 순응하는 것이 안전과 평화를 가져다준다는 의미다. 또한 이는 장자의 좌망 개념과도 연결될 수 있는데, 마음을 비우고 고요히 집중하는 것만으로도 큰 깨달음을 얻을 수 있다는 것이다.

또 '오래도록 장수할 수 있다'라는 말은 단순히 육체적인 장수만을 의미하지 않는다. 여기에서 장수는 육체적, 정신적, 영적인 차원을 모두 포함하는 개념이다. 이는 도가의 '양생' 사상과 연결되는데, 신체와 정신의 조화로운 수양을 통해 장수를 이룰 수 있다고 보는 것이다.

소크라테스의 죽음

'소크라테스'의 죽음은 철학사에서 가장 상징적인 사건 중 하나다. 그의 선택은 단순히 개인의 결정을 넘어, 진리와 정의에 대한 불굴의 의지를 보여 주는 철학적 선언이었다. 소크라테스는 아테네 법정에서 불경죄와 젊은이들을 타락시켰다는 혐의로 기소되었다. 그는 자신의 무죄를 주장할 수 있었고,

망명을 선택할 수도 있었다. 그러나 그는 자신의 철학적 신념을 지키기 위해 죽음을 선택했다.

그의 선택은 우리에게 중요한 질문을 던진다. 진리와 정의를 위해 우리는 어디까지 용기를 낼 수 있는가? 소크라테스에게 있어 진리를 부정하고 사는 것은 살아있는 것이 아니었다. 그에게 진정한 삶이란 자신의 신념에 따라 사는 것이었고, 그 신념을 위해 죽는 것조차 두려워하지 않는 것이었다.

현대 사회에서도 이 질문은 여전히 유효하다. 우리는 편안함과 안전을 위해 얼마나 많은 것을 타협하고 있는가? 소크라테스의 선택은 우리에게 자신의 가치관과 신념에 대해 다시 한번 더 돌아보게 한다.

소크라테스의 죽음은 역설적으로 그의 철학을 영원히 살아 있게 만들었다. 그의 "명예로운 죽음은 수치스러운 삶보다 낫다"라는 말은 단순한 격언이 아니다. 그의 이 말은 진리와 정의를 향한 불굴의 의지, 그리고 그 가치들을 위해 자신의 모두를 바칠 수 있는 용기에 대한 찬사다.

크게 이루어진 것은

크게 이루어진 것은 부족한 듯하지만, 그 쓰임에 다함이 없다. 크게 충만한 것은 비어있는 듯하지만, 그 쓰임에 끝이 없다.

아주 곧은 것은 굽은 듯하고, 아주 정교한 솜씨는 서툰 듯하고, 아주 노련한 말솜씨는 어눌한 듯하다.

조급함이 추위를 이기고, 고요함이 더위를 이기니, 맑음과 고요함이 천하의 바른 도가 된다.

크게 이루어진 것과 크게 충만한 것에 대한 언급은 겉모습과 실제 가치의 차이를 지적한다. 외견상 완벽해 보이는 것이 실은 부족할 수 있고, 반대로 비어 보이는 것이 무한한 잠재력을 지닐 수 있다는 것이다. 이는 인위적으로 꾸미거나 강요하지 않고 자연의 흐름을 따를 때 진정한 충만함과 무한한 가능성이 열린다.

곧은 것과 굽은 것, 정교함과 서툶, 노련함과 어눌함의 대비는 상대성과 균형의 원리를 나타낸다. 만물은 상대적이며, 극단으로 치우치지 않은 중용의 상태가 가장 이상적인 것이다. 완벽해 보이는 것도 결함이 있을 수 있고, 부족해 보이는 것도 그 나름의 가치가 있다는 생각은 편견 없는 마음의 중요성을 일깨워 준다.

조급함과 고요함의 대비는 행동의 시기와 방식에 대한 지혜를 담고 있다. 때로는 신속한 행동이 필요하고, 때로는 침착하게 기다리는 것이 더 효과적일 수 있다. 이는 상황에 따라 유연하게 대처하는 능력의 중요성을 강조한다. 맑음과 고요함이 천하의 바른 도라는 언급은 내면의 평화와 명료함이 올바른 삶의 바탕임을 시사한다. 이러한 사상은 단순히 철학적 개념에 그치지 않고 실제 삶에 적용될 때 그 가치를 발한다.

예를 들어, 리더십에서 이 원리들은 중요한 지침이 될 수 있다. 겉으로 강해 보이는 것보다 내실 있는 리더십이 더 중요하며, 상황에 따라 때로는 강하게, 때로는 부드럽게 대처할 줄 아는 유연성이 필요하다는 것이다. 또한 이 문장들은 자기 계발과 인간관계에도 적용될 수 있다.

자신의 약점을 인정하고 받아들이는 것이 오히려 더 큰 성장으로 이어질 수 있으며, 타인의 겉모습이나 첫인상에 현혹되지 않고 그 사람의 본질을 볼 줄 아는 지혜가 필요하다는 것이다. 더 나아가 이 사상은 현대 사회의 문제들에 대한 의미도 제공한다.

물질적 풍요로움을 추구하는 현대인들에게, 진정한 충만함은 외적인 것이 아닌 내면에서 온다는 메시지를 전한다. 또한 빠르게 변화하는 세상에서 때로는 느림의 미덕을, 소음으로 가득한 환경에서 고요함의 가치를 일깨워 준다.

노자의 이 가르침은 또한 자연과 인간의 관계에 대해서도 시사하는 바가 크다. 자연을 정복의 대상이 아닌 조화를 이루어야 할 대상으로 보는 시각은 현대의 환경 문제에 대한 해법을 제시한다. 인위적인 개발과 파괴가 아닌, 자연의 순리를 따르는 지속 가능한 발전의 필요성을 강조하는 것이다.

불완전의 미학

불완전함의 아름다움을 찾는 것은 일본의 미학에서 으뜸으로 치는 개념 중 하나다. 이를 '와비사비'라고 하는데 서양의 미적 기준과 상당히 다른 관점을 갖는다. 이 철학은 아름다움을 단순함, 자연스러움, 그리고 불완전함 속에서 발견하는 것을 핵심으로 한다.

'와비'는 고독과 간소함을, '사비'는 세월의 흔적과 노화를 의미한다. 이 두 개념이 결합하여 형성된 '와비사비'는 완벽함이나 영원함을 추구하는 것이 아니라 일시성과 불완전함 속에서 특별한 미를 찾아내는 개념이다.

와비사비의 정신은 일본 문화의 여러 측면에서 발견된다. 예를 들어, 금으로 깨진 도자기를 수리하는 '긴츠기' 기법은 와비사비의 대표적인 사례다. 이 기법은 물건의 파손을 숨기려 하지 않고, 오히려 그 흔적을 금으로 강조함으로써 새로운 미를 창조한다.

일본의 정원 문화에서도 와비사비의 영향을 볼 수 있다. 마른 산수 정원은 최소한의 요소만으로 자연의 본질을 표현하려 한다. 이러한 정원은 완벽한 대칭이나 화려함 대신, 불규칙한 배치와 자연스러운 흐름을 통해 깊은 평온함을 자아낸다.

낡고 불완전한 것들 속에서 특별한 아름다움을 발견하고, 일시성 속에서 영원한 가치를 찾아내는 것. 이는 단순히 일본의 전통 철학에 그치지 않고, 현대를 살아가는 우리에게도 깊은 의미로 다가온다.

천하에 도가 있으면

천하에 도가 있으면 잘 달리는 말을 부려 밭에 거름을 나르게 하고, 천하에 도가 없으면 전쟁에 동원된 병마가 성 밖에서 새끼를 낳는다.

화로 말하면 만족할 줄 모르는 것보다 더한 화가 없고, 허물로 말하면 갖고자 하는 욕심보다 더한 허물이 없다. 그러므로 만족할 줄 아는 만족이 진정한 행복이다.

도의 존재 여부가 세상에 미치는 영향은 매우 심오하다. 도가 있는 세상은 평화롭고 조화로우며 만물이 제자리를 찾아 적절히 사용된다. 반대로 도가 없는 세상은 혼란스럽고 폭력적이며, 본래의 목적과 가치를 잃어버린 뒤틀린 현실에 직면하게 된다.

'말'은 노자의 철학에서 반복적으로 등장하는 상징으로, 빠르고 강해 장거리를 달리거나 무거운 짐을 운반하는 데 적합하다. 하지만 도교 세계에서는 생명을 키우고 땅을 풍요롭게 하는 평화로운 활동인 농사에 사용된다. 거름을 나르는 행위는 자연의 순환을 상징하며 인간이 자연과 조화롭게 살아가는 모습을 보여 준다.

반대로 도가 없는 세상에서 말은 전쟁의 도구로 전락한다. 병마라는 용어는 군사적 목적으로 사용되는 말을 의미하며 폭력과 파괴의 상징이 된다. 성 밖에서 출산하는 암말은 전쟁의 참혹함과 비정상성을 즉각적으로 상기시킨다. 안전한 장소에서 이루어져야 할 출산이 위험한 전장에서 이루어진다는 사실은 자연의 질서가 파괴되었음을 의미한다.

이러한 대비는 도의 중요성을 강조한다. 도는 추상적인 개념이 아니라 현실 세계의 질서와 조화를 지배하는 핵심 원리이다. 도에 따라 사는 삶은 평화와 번영을 가져오고, 도에 어긋나는 삶은 혼란과 고통을 가져온다.

'화와 허물'의 개념은 인간의 내면세계와 밀접한 관련이 있다. 만족할 줄 모르는 마음, 즉 만족할 줄 모르는 욕망은 분노의 직접적인 원인이다. 그것은 도의 자연스러운 흐름을 거스르고 궁극적으로 개인과 사회에 해를 끼친다.

탐욕은 부패의 근원이며, 사람을 타락시키고 도덕적 가치를 훼손한다. 반면에 만족하는 태도는 진정한 행복의 열쇠다. 이는 단순히 현재에 만족하는 것이 아니라 자신의 본성과 환경을 깊이 이해하고 받아들이는 지혜를 의미한다. 만족은 도를 깨닫고 따르는 데서 오는 자연스러운 결과다.

예전 우리나라에는 행복이란 말이 없었다. 물론 중국에도 없었다. 그렇다면 우리 선조들은 행복이라는 말 대신에 어떤 말을 사용했을까? 만족하다는 뜻을 가진 족으로 표현했다. 지금 우리가 쓰고 있는 행복이라는 말은 19세기 일본 학자들이 영어를 한문으로 번역하면서 만들어 낸 신조어다.

공자는 "어진 사람은 만족할 줄 알고, 지혜로운 사람은 이익을 탐하지 않는다"라고 했다. 이는 만족의 덕목이 인격 수양의 중요한 요소임을 강조한 것이다. 장자 역시 "작은 것에 만족할 줄 아는 사람은 언제나 충분함을 느낀다"라고 하여 만족의 중요성을 역설했다. 이는 외부 조건이나 물질적 풍요보다는 내면의 태도가 행복의 핵심임을 시사한다.

인생에서 진정한 만족을 찾는 것은, 많은 이들이 진정 바라는 궁극적인 목표다. 만족의 조건은 개인마다 다르지만, 일반적으로 몇 가지 공통된 요소가 있다. 첫째, 자아실현이다. 자기 잠재력을 최대한 발휘하고 목표를 향해 나아가는 과정에서 큰 만족감을 얻을 수 있다.

둘째, 의미 있는 관계다. 가족, 친구, 동료와의 깊은 유대감은 삶에 풍요로움을 더해준다. 셋째, 내적 평화와 균형이다. 스트레스 관리와 마음의 평온을 유지하는 것이 중요하다. 넷째, 감사하는 마음이다. 현재의 삶에 감사하며 작은 것에서도 기쁨을 찾는 능력은 만족도를 크게 높여 준다.

불교에서도 욕망의 절제와 만족의 중요성을 강조한다. '탐진치', 즉 탐욕과 분노, 어리석음을 마음의 세 가지 독이라고 해서 '삼독'이라 한다. 이 세 가지를, 인간을 고통으로 이끄는 주요 원인으로 본다. 이를 극복하고 마음의 평화를 얻는 것이 불교 수행의 목표이고 행복을 찾는 길이라고 한다.

동서양의 행복론

하늘에 계신 절대자가 이 땅에 내려와서 넓은 땅을 바둑판처럼 잘게 자른 다음에 개인별로 하나씩 나눠줬다. 그리고 절대자가 이렇게 말했다. "나누어 준 땅에 흙으로 산을 쌓아라. 산의 높이만큼 행복을 줄 것이다." 그러면 사람들은 급한 마음에 우왕좌왕하며 서둘 것이다.

모든 사람이 흙이 많은 산을 향해 도구를 들고 나설 것이다. 누구는 수레를 끌고 누구는 트랙터까지 끌고 나와서 흙을 퍼 나를 것이다. 그리고 누구랄 것도 없이 흙을 퍼 나르는 과정에서 잦은 시비와 다툼이 일어날 것이 분명하다. 그렇게 힘들여서 날라 온 흙으로 산을 쌓는 것이 서양의 '유물론적 접근법'이다.

그러나 다른 생각을 하는 사람도 있을 수 있다. 그들은 다른 곳에서 흙을 날라 올 생각을 하지 않는다. 대신에 제 땅의 가장자리를 파내서 땅 가운데 쌓아 올리는 방식을 취한다. 그렇게 되면 가장자리 땅 깊이의 곱절이 산의 높이가 된다. 참으로 지혜로운 방식이다. 이 방법이 동양인의 사고방식이다.

지금 벌어들이는 수입보다 낮은 곳에 만족선을 그으면 마음의 여유가 그만큼 생긴다. 그것을 행복의 산 위에 쌓아 올리면 곱절의 높이로 행복이 생기는 지혜다. 이것이 동양인의 '유심론적 접근법'이다.

서양의 유물론적 행복론이 경쟁으로 얻어지는 전리품이라면 동양의 유심론적 행복론은 자기 수양과 절제를 통해서 획득하는 것이기 때문에 남과 다툴 필요가 없다. 다툴 필요가 없다는 말은 도답다는 의미가 된다.

문밖에 나가지 않고도

문밖을 나가지 않고도 천하를 알고, 창문으로 내다보지 않고도 하늘의 도를 알 수 있다.

멀리 나가면 나갈수록 지식은 그만큼 적어진다.

그러므로 성인은 돌아다니지 않고도 알고, 보지 않고도 지칭하고, 하지 않으면서도 이룬다.

지식의 역설은 매우 흥미롭다. 더 많이 알기 위해 노력할수록 우리는 본질에서 멀어진다는 것이다. 이는 피상적인 정보의 축적이 반드시 지혜로 이어지지 않는다는 말이 된다. 진정한 지식은 단순한 데이터 수집이 아니라 깊은 통찰력과 직관에서 비롯된다는 말이다.

성인의 경지는 이러한 내적 지혜의 정점이다. 신체적 움직임이나 감각적 경험 없이도 우주를 이해하는 능력은 초월적 지혜의 상태로 나타난다. 그것은 단순히 정적인 상태가 아니라 가장 활발한 정신 활동의 결과물이다. 행함이 없으면서도 만물을 이룬다는 역설은 자연의 흐름에 순응하고 그 본질을 꿰뚫는 지혜를 말한다.

그것은 노력 없이 성취하는 것이 아니라 최고의 지혜와 깨달음의 경지를 뜻한다. 내면으로의 여정은 외면으로의 여정보다 더 깊고 의미 있는 여정이 된다. 자신의 마음을 들여다보는 과정에서 우리는 우주의 본질과 마주하게 된다. 이는 마음이 곧 우주이며, 개인의 의식이 보편적 진리와 연결되어 있다는 노자 사상을 반영한다.

지식의 한계에 대한 인식은 겸손과 개방성으로 이어진다. 우리가 많이 안다고 생각할수록 진리에서 멀어질 수 있다는 통찰은 지속적인 학습과 성장의 필요성을 강조한다. 이는 진정한 지혜는 자신의 무지를 인정하는 데서 시작된다는 소크라테스의 말을 떠올리게 한다.

동양의 정신적 전통에서는 명상과 내적 관조가 중요한 역할을 한다. 외부의 방해 요소를 줄이고 내면에 집중함으로써 우리는 더 깊은 차원의 진리에 접근할 수 있다. 이것은 단순히 생각을 멈추는 것이 아니라 더 높은 인식의 상태로 들어가는 것이다.

천도를 안다는 것은 단순히 천문학적 지식을 습득하는 것이 아니라 우주의 작동 방식과 인간 존재의 본질을 깨닫는 것이다. 그것은 물리적 관찰을 넘어서는 직관적 이해, 즉 지혜의 경지를 의미한다.

성인의 '행동 없는 행위', '보지 않고도 아는 능력'은 단순한 초자연적 능력이 아니라 최고의 지혜와 덕의 결과물이다. 이는 개인적인 수양과 깨달음이 궁극적으로 어떤 경지에 이를 수 있는지를 보여 준다. 지식의 역설은 현대 사회와도 관련이 있다.

정보의 홍수 속에서 진정한 지혜를 찾기 어려워지면서 내면으로 눈을 돌려 본질을 찾는 것이 더욱 중요해지고 있다. 기술 발전이 반드시 인간의 행복과 지혜로 이어지는 것은 아니기 때문에 고대의 지혜는 현대인에게도 중요한 메시지를 던져준다.

자아와 우주의 관계에 대한 동양의 관점은 독특하다. 개인의 소우주는 근본적으로 대우주와 연결되어 있다는 생각은 개인의 이해가 우주적 이해로 이어질 수 있다고 말한다. 이는 인간과 자연, 주체와 객체라는 이분법을 초월하는 '물아일체'라는 개념으로 표현된다. 물아일체는 나와 우주 만물이 하나라는 개념이다.

위파사나 명상

'위파사나' 명상은 불교 전통에서 유래한 명상 기법이다. 이 명상법은 현재 순간에 대한 깊은 통찰과 자각을 목표로 한다. 실천자는 호흡, 신체 감각, 생각, 감정 등 현재 경험하는 일체 만물을 판단 없이 관찰한다.

이 과정을 통해 마음의 습관적 패턴을 인식하고, 실재에 대한 더 명확한 이해를 얻을 수 있다. 위파사나는 스트레스 감소, 정서적 안정, 자기 이해 증진 등 다양한 이점을 제공한다. 현대 사회에서 이 고대의 수행법은 마음챙김 명상의 기초가 되어 널리 실천되고 있다.

위빠사나 명상 방법

① 먼저, 편안한 자세로 앉는다. 보통 결가부좌나 반가부좌 자세를 취하지만, 의자에 앉는 것도 가능하다. 중요한 것은 척추를 곧게 펴고 안정된 자세를 유지하는 것이다.

② 호흡에 주의를 기울이는 것으로 시작한다. 코끝이나 배의 움직임에 집중하며 들숨과 날숨을 관찰한다. 이때 호흡을 조절하려 하지 않고, 그저 자연스러운 호흡의 흐름을 지켜본다.

③ 마음이 방황하는 것은 자연스러운 현상이다. 생각이 떠오르면 그것을 판단하거나 분석하지 않고, 단순히 생각일 뿐이라고 알아차린 후에 다시 호흡으로 주의를 돌린다.

④ 점차 주의의 범위를 넓혀 신체 감각, 소리, 냄새 등 현재 순간의 모든 경험으로 확장한다. 이 모든 현상을 있는 그대로 관찰하지만, 좋고 나쁨의 판단을 내리지 않는다.

⑤ 감정이 일어날 때도 마찬가지다. 기쁨, 슬픔, 분노 등의 감정을 억누르거나 따라가지 않고, 그저 '감정'으로 알아차린다.

이러한 과정을 통해 모든 현상이 끊임없이 변화하고 사라지는 것을 관찰하게 된다. 이는 무상의 진리를 직접 체험하는 과정이다.

초보자의 경우 5~10분부터 시작한다. 숙련되면 몇 시간씩 수행하기도 한다. 매일 정해진 시간에 명상하는 습관을 들이는 것이 좋다.

배움을 행하면

배움을 행하면 근심이 날로 보태지고, 도를 행하면 근심이 날로 덜어내진다.

그래서 덜어내고 또 덜어내서 무위의 경지에 도달하면, 아무 일도 하지 않은데도 하지 못함이 없게 된다.

천하를 취함에 있어서도 항상 하는 일 없음으로 해야 한다. 하는 일이 있으면 천하를 취하기에 부족하다.

근심 걱정은 인간의 삶에서 피할 수 없는 부분이다. 하지만 근심 걱정의 원인과 해결책은 우리가 어떻게 접근하느냐에 따라 크게 달라진다. 노자는 이 문제에 대한 지혜를 제공한다.

배움과 도는 서로 다른 길을 제시한다. 배움은 지식의 축적을 의미하지만, 역설적으로 불안을 증가시킨다. 아는 것이 많을수록 더 많은 의문과 불확실성에 직면하게 되기 때문이다. 반면에 도를 따르면 불안이 줄어든다. 여기서 도란 우주의 근본 원리인 자연의 흐름을 말한다. 자연의 흐름을 체득한 사람의 행실은 가볍거나 조급하지 않다.

덜어냄은 노자 철학의 핵심 개념 중 하나이다. 단순히 물질적 소유를 줄이는 것이 아니라 불필요한 욕망, 편견, 고정관념을 버리는 과정을 말한다. 이 과정을 통해 우리는 무위의 상태에 도달할 수 있다. 무위의 경지에서는 특별히 무언가를 하려고 노력하지 않아도 만물이 저절로 이루어진다.

천하를 취한다는 것은 세상을 지배한다는 뜻이다. 노자는 우리도 무간섭의 원칙을 따라야 한다고 주장한다. 지나친 간섭이나 통제는 오히려 비생산적일 수 있다. 그의 관점에서 이상적인 통치 방식은 자연의 순리를 존중하고 최소한의 간섭으로 조화를 이루는 것이다.

이러한 생각은 현대 사회에 중요한 시사점을 준다. 우리는 끊임없이 새로운 정보를 습득하고 목표를 달성하기 위해 노력하지만, 이 과정에서 종종 스트레스와 불안이 증가한다. 노자의 가르침은 때때로 '덜어냄'이 더 큰 성취로 이어질 수 있음을 일깨워 준다.

물아일체

               '물아일체'는 동양 철학에서 중요한 개념으로, 인간과 자연이 하나가 되는 경지를 의미한다. 이는 자아와 외부 세계의 구분이 사라지고 만물이 하나로 융합되는 상태를 말한다. 도교와 불교에서 특히 강조되는 이 개념은 인간이 자연과 조화를 이루며 살아가는 이상적인 상태를 나타낸다.

현대 사회에서 많은 이들이 겪는 고립감과 소외감은 종종 개인주의와 물질주의의 부작용으로 여겨진다. 반면 물아일체의 경험은 이러한 고립감을 해소하고, 우주와의 연결성을 느끼게 해 준다. 이를 통해 얻는 소속감과 안정감은 개인의 행복에 중요한 요소가 된다.

물아일체는 또한 자아를 초월할 수 있는 기회를 제공한다. 자신의 한계를 넘어 더 큰 존재의 일부가 됨으로써, 일상의 걱정과 스트레스에서 벗어나 심리적 해방감을 느낄 수 있다. 이는 마음의 평화와 내적 균형을 가져오며, 결과적으로 개인의 행복도를 높인다.

49장

성인은 제 마음이 없고

성인은 고정된 마음이 없고, 백성의 마음을 자신의 마음으로 삼는다.

선한 자에게는 내가 선하게 대하고, 선하지 않은 자에게도 내가 선하게 대한다. 이것이 '선의 덕'이다.

믿는 자를 나도 믿고, 믿지 않는 자 또한 내가 믿는다. 이것이 '신뢰의 덕'이다.

성인은 천하에 있으면서 화합하고 포용하며, 천하를 위해 그 마음을 하나로 모은다. 성인은 그들을 모두 어린아이처럼 되게 한다.

성인은 고정된 마음이 없고, 백성의 마음을 자신의 마음으로 삼는다. 이는 성인이 자신의 고정 관념이나 편견을 버리고 타인의 처지에서 생각하는 능력이 있음을 시사한다. 이는 공자의 '4무 사상'과 유사하다.

공자의 '4무'는 공자가 실천하고자 했던 네 가지 삶의 태도를 말한다. 이는 '무의', '무필', '무고', '무아'로 구성된다. 무위는 작위하는 의도를 버리고 열린 마음을 갖는 것을 의미한다. 무필은 반드시 그래야 한다는 생각을 버리는 것이다. 무고는 완고함을 버리고 유연한 태도를 보이는 것을 뜻한다. 마지막으로 무아는 자기중심적 사고를 버리고 타인을 배려하는 마음을 가지는 것이다.

'성인은 선한 자에게는 내가 선하게 대하고, 선하지 않은 자에게도 내가 선하게 대한다.' 이는 조건 없는 선의 실천을 강조한다. 상대방의 태도나 행동과 관계없이 일관되게 선을 행하는 것의 중요성을 나타낸다. 이는 간디의 비폭력 저항 철학과도 연결된다. 간디는 악에 대해 악으로 대응하는 것이 아니라, 사랑과 비폭력으로 대응함으로써 궁극적으로 변화를 끌어낼 수 있다고 믿었다.

성인은 믿는 자를 나도 믿고, 믿지 않는 자 또한 내가 믿는다. 이는 보편적 신뢰의 중요성을 강조하는 것이다. 상대방의 태도와 관계없이 신뢰를 유지하는 것이 더 나은 관계와 결과를 가져올 수 있다는 믿음을 나타낸다.

이러한 사상은 현대 심리학의 '자기충족적 예언' 개념과 연결된다. 자기충족적 예언은 어떤 사람의 예측이나 믿음이 그 지체로 현실화하는 현상을 말한다. 즉, 특정 상황에 대한 기대나 예상이 실제로 그 상황을 만들어 내는 결과를 초래하는 것이다. 내가 사람들을 신뢰하고 긍정적으로 대할 때, 그들은 그 기대에 부응하려는 경향을 보인다는 뜻이다. 따라서 보편적 신뢰는 개인과 사회의 발전에 긍정적인 영향을 미칠 수 있다.

성인은 그들을 모두 어린아이처럼 되게 한다. 이런 행동은 두 가지로 해석될 수 있다. 하나는 성인은 모든 이들을 평등하게 대하며 차별하지 않는다는 의미다. 다른 하나는 성인의 리더십을 따르면서 사람들이 어린아이처럼 순수하고 열린 마음을 가지게 한다는 의미다.

자기충족적 예언

이 개념은 미국 사회학자 '로버트 머튼'이 처음 제시했으며, 이후 심리학, 교육학, 경영학 등 다양한 분야에서 연구되고 있다. 자기충족적 예언의 핵심은 우리의 기대가 행동에 영향을 미치고, 그 행동이 다시 결과에 영향을 준다는 것이다.

이 현상은 개인의 삶뿐만 아니라 사회적 상호 작용에서도 중요한 역할을 한다. 교사가 특정 학생에 대해 높은 기대를 하면, 그 학생에게 더 많은 관심과 기회를 제공하게 되고, 결과적으로 학생의 성취도가 향상될 수 있다. 이는 '피그말리온 효과'라고도 불린다.

자기충족적 예언은 긍정적인 결과뿐만 아니라 부정적인 결과도 초래할 수 있다. 예를 들어, 특정 집단에 대한 고정 관념이 그 집단 구성원들의 행동과 성취에 실제로 영향을 미칠 수 있다. 이를 '스테레오타입 위협'이라고 한다.

　이 개념의 중요성은 우리의 사고방식이 현실을 만들어 낼 수 있다는 점에 있다. 따라서 개인과 사회는 긍정적인 기대와 믿음을 가지는 것이 중요하며, 동시에 부정적인 고정 관념과 편견을 인식하고 극복하려는 노력이 필요하다.

태어나 죽음에 들 때까지

태어나서 죽음에 들 때까지, 삶의 길을 제대로 따르는 자들이 열에 셋이요, 죽음의 길만 따르는 자들이 열에 셋이다. 그런데 살아가면서 갑자기 죽을 곳으로 뛰어드는 자들 또한 열에 셋이다.

그것은 무엇 때문인가?
그들은 삶에 대한 집착이 강하기 때문이다.
들으니, "삶을 잘 다스리는 자는 육로로 다녀도 호랑이나 외뿔소를 만나지 않고, 전쟁터에 나갈지라도 무기에 몸이 상하지 않는다."라고 한다.

외뿔소가 그 뿔로 받을 곳이 없고, 호랑이가 발톱으로 할퀼 곳이 없으며, 무기가 칼날을 꽂을 곳이 없다.
그것은 무엇 때문인가?
그에게 죽을 자리가 없기 때문이다.

인간의 존재를 규정짓는 가장 근본적인 두 가지 사건은 탄생과 죽음이다. 이 두 순간은 우리 삶의 시작과 끝이며, 그 사이에 우리의 모든 경험과 성장, 고뇌와 기쁨이 자리 잡고 있다.

노자는 먼저 인간의 삶을 세 가지 유형으로 분류한다. 삶을 따르는 자, 죽음을 따르는 자, 그리고 삶으로 태어났으나 죽음의 땅으로 움직이는 자이다. 이는 단순히 생물학적인 상태를 의미하는 것이 아니라, 우리 삶에 대한 인식을 상징적으로 나타낸다.

여기서 우리는 인간 존재의 다양성과 복잡성을 엿볼 수 있다. 같은 세상에 살아가면서도 각자가 삶과 죽음을 대하는 방식이 얼마나 다른지, 그리고 그것이 우리 삶의 질과 방향에 어떤 영향을 미치는지를 생각해 볼 수 있다.

특히 주목할 만한 것은 '삶으로 태어났으나 죽음의 땅으로 움직이는 자'에 대한 언급이다. 노자는 이들이 "삶을 너무 충실히 살려고 하기 때문"이라고 말한다. 이는 역설적으로 들릴 수 있지만, 실제로 우리 주변에서 흔히 볼 수 있는 현상이다. 삶에 대한 지나친 집착과 욕심이 오히려 삶의 본질로부터 멀어지게 만드는 것이다.

노자가 말하는 "삶을 잘 보존하는 자"는 이와는 전혀 다른 차원의 존재들이다. 이들은 위험한 상황에서도 안전하며, 심지어 전쟁터에서도 무사할 수 있다. 이는 단순히 물리적인 안전을 의미하지 않는다. 정신적, 영적인 차원에서도 무탈함을 보여 준다. 이들에게는 "죽음의 자리가 없다"라고 하는데, 이는 삶과 죽음에 대한 집착에서 벗어난 상태, 즉 도와 하나가 된 상태다.

이러한 상태는 우리가 일반적으로 생각하는 생존 개념을 완전히 뒤집는다. 보통 우리는 생존을 위해 끊임없이 무언가를 추구하고, 위험을 피하려고 노력한다. 하지만 노자는 오히려 그러한 노력을 내려놓을 때 진정한 안전과 평화를 얻을 수 있다고 말한다. 이는 또 다시 무위 철학과 연결되는데, 인위적인 노력을 멈추고 자연의 흐름에 순응할 때 오히려 더 큰 힘을 얻을 수 있다는 것이다.

우리는 종종 성공, 안전, 행복을 위해 끊임없이 노력하지만, 그 과정에서 오히려 삶의 본질을 잃어버리곤 한다. 노자의 가르침은 우리에게 잠시 멈춰 서서 우리의 존재 자체에 대해 깊이 생각할 것을 요구한다. 우리가 진정으로 두려워해야 할 것은 육체적인 죽음이 아니라, 살아있으면서도 영적으로 죽어있는 상태일 것이다.

더 나아가, 이 문장은 우리에게 삶과 죽음을 이분법적으로 보는 시각에서 벗어날 것을 제안한다. 삶과 죽음은 서로 분리된 것이 아니라, 하나의 연속선상에 있는 것이다. 죽음을 두려워하지 않고 받아들일 때, 오히려 더 충만한 삶을 살 수 있다는 역설적인 진리를 노자는 우리에게 전하고 있다.

죽음을 직면하고 받아들임으로써 오히려 삶의 의미를 더 깊이 이해할 수 있게 된다. 하이데거가 말한 "죽음을 향한 존재"의 개념도 이와 맥을 같이한다. 우리의 유한성을 인식할 때, 오히려 현재의 순간을 더 충실히 살 수 있게 되는 것이다.

노자의 이 가르침은 또한 우리에게 허심의 중요성을 일깨워 준다. 마음을 비우고 욕심을 내려놓을 때, 우리는 진정한 자유와 평화를 경험할 수 있다. 이는 단순히 수동적인 태도를 의미하는 것이 아니라, 오히려 더 깊은 차원의 능동성을 의미한다. 외부의 환경이나 상황에 흔들리지 않는 내적 중심을 가질 때, 우리는 진정으로 자유로운 존재가 될 수 있다.

잘 사는 삶

삶을 잘 다스리는 것은 외부의 균형과 내부 성찰의 예술이라고 할만하다. 혹은 정원을 가꾸는 일과 비교되기도 한다. 끊임없는 관심과 노력이 필요하지만, 동시에 자연의 흐름을 존중해야 한다는 것이다. 자기의 삶을 잘 다스리기 위해서는 ① 자기 인식이 중요하다. 우리의 강점과 약점, 가치관과 목표를 명확히 알아야 한다. ② 균형을 유지해야 한다. 일과 휴식, 관계와 독립, 성장과 안정 사이의 균형을 찾는 것이 중요하다. ③ 유연성을 갖추어야 한다. 삶은 예측 불가능하므로, 변화에 적응하고 새로운 상황을 받아들일 줄 알아야 한다. ④ 지속적인 학습과 성장이 필요하다. 새로운 지식과 기술을 습득하고, 경험에서 배우는 자세가 중요하다. ⑤ 타인과의 관계를 소중히 여겨야 한다. 우리는 홀로 살아갈 수 없으며, 건강한 관계는 삶의 질을 높여 준다.

결국, 삶을 잘 다스린다는 것은 끊임없는 자기 성찰과 조정의 과정이다. 완벽한 삶은 없지만, 우리는 매일 조금씩 더 나은 삶을 향해 나아갈 수 있다. 이것이 바로 삶이라는 예술의 본질이다.

도는 낳고 덕은 기르니

도가 낳고 덕이 기르니 사물이 형체를 만들고 형세가 이루어진
다. 이 때문에 만물 중에서 도를 존중하고 덕을 귀하게 여기지
않는 것이 없다.

도가 존중되고 덕이 귀하게 여겨지는 것은, 누가 시켜서가 아니
라 저절로 그렇게 되는 것이다.

그러므로 도는 낳고, 덕은 기르며, 자라게 하고, 육성하고, 보호
하고, 양육하고, 기르고, 감싼다.

낳았으되 소유하지 않고, 이루었으되 자랑하지 않으며, 자라게
했으되 주재하지 않는다. 이를 '원덕'이라고 한다.

도는 만물을 탄생시키는 창조적인 힘이다. 단순한 물리적 창조를 넘어 존재의 본질을 부여하는 근본적인 원리를 말한다. 덕은 만물을 양육하고 성장시킨다. 도가 씨앗이라면 덕은 씨앗이 자랄 수 있는 영양분이자 환경이다.

이 과정을 통해 사물은 형태를 갖추고 고유한 특성과 위치에 있는 존재가 된다. 이는 우주의 다양성과 개성을 설명하는 방식이다. 모든 존재는 도에서 비롯되지만, 덕을 통해 자신만의 고유한 형태를 보이게 된다.

도와 덕의 상호작용은 자연스럽게 일어난다. 외부의 힘이나 인위적인 개입 없이도 만물은 스스로 도를 존중하고 덕을 소중히 여긴다. 자연은 스스로 그러함을 의미하며 우주의 근본적인 작동 원리로 간주한다. 도의 작용은 매우 포괄적이다.

만물을 낳고, 기르고, 가꾸고, 보호하고, 감싸는 등 다양한 방식으로 만물에 영향을 미친다. 이는 우주의 모든 현상과 변화가 도의 작용 안에 있음을 나타낸다. 도는 만물의 시작부터 끝까지, 그리고 그 사이의 모든 과정에 관여한다.

도는 또한 자신의 업적을 자랑하거나 과시하지 않는다. 그것은 겸손과 비움의 철학을 나타낸다. 도는 만물을 창조하지만, 그 공로를 자처하지 않는다. 이는 인간에게도 중요한 교훈이다. 성과에 집착하지 말고 과정 자체에 충실할 것을 강조한다. 도는 만물을 키우지만, 그것을 주재하거나 통제하지 않는다.

이는 자유와 자율성을 존중한다는 의미다. 도는 모든 사물에 생존과 성장의 기회를 주되, 각자의 본성에 따라 발전할 수 있도록 한다. 이는 강압이나 억압 없이 자연스러운 발전을 추구하는 노자 철학의 이상을 잘 보여 준다.

이러한 도의 특성을 원덕이라고 한다. 원덕은 깊고 신비로운 덕을 의미한다. 겉으로 드러나지 않지만, 만물의 근원이 되는 궁극적인 덕목이다. 만물을 낳고 기르지만 소유하거나 지배하지 않는 무위의 원리를 따르는 도의 본질적인 성질이다.

이러한 도와 덕의 개념은 노자 철학에서 개인 수양과 사회 질서의 기초가 된다. 도의 원리를 이해하고 덕을 함양함으로써 개인은 자신의 진정한 본성을 깨달을 수 있다. 이는 단순히 도덕적 규범을 따르는 것을 넘어 우주의 근본 원리와 조화롭게 살아가는 것을 의미한다.

도와 중용

다음은 공자의 손자 '자사'가 '예기'의 일부분을 따로 엮어서 만든 '중용'의 일부 내용이다.

'희로애락'이라는 네 가지 기본 감정이 아직 발현되지 않은 상태를 '중'이라고 한다. 이는 마음의 평정 상태를 의미하며, 모든 가능성이 열려 있는 초월적인 상태라고 볼 수 있다.

또한 이미 희로애락의 감정들이 발현되었을 때는 모두 적절한 정도를 유지하는 것을 화라고 한다. 희로애락을 일으키지 않은 중용의 상태가 최상이나, 이미 감정이 발현되었다면 균형과 조화를 이루도록, 상황에 맞게 감정을 다스리는 것이 좋다는 의미다.

중용에서 중은 천하의 큰 근본이고, 화는 천하의 보편적인 도리라고 설명한다. 이는 개인의 내면에서 시작하여 사회 전체로 확장되는 원리를 제시하는 것이다. 다시 말해서 중은 도를 말하는 것이고, 화는 덕으로 이해할 수 있다.

　마지막으로, 중화를 극진히 이루면 천지가 제자리를 잡고 만물이 저절로 길러진다고 했다. 이는 개인의 내면적 수양이 궁극적으로는 우주 만물의 조화로 이어진다는 거시적 관점이다.

천하에 시작이 있으니

천하에는 시작이 있으니, 그것이 천하의 어미가 된다.
그 어미를 얻고 나서 그 자식을 알고, 그 자식을 알고 나서 다시
그 어미를 보존한다면 평생 위태롭지 않을 것이다.

욕구의 구멍을 막고, 욕망의 문을 닫으면, 평생 근심이 없을 것
이다. 욕구의 구멍을 열어두고, 일을 해결하려고 하면, 죽을 때
까지 구제받지 못할 것이다.

작은 것까지 보는 것을 밝다고 하고, 유약한 것을 지키는 것을
강하다고 한다. 도의 빛을 이용해서 그 밝음으로 돌아가면, 자신
에게 재앙을 남기지 않는다. 이를 일컬어 '습상'이라 한다.

시작의 개념은 모든 존재의 근원을 의미하며, 이는 노자의 철학에서 '태극'이나 '무극'으로 표현되는 우주의 궁극적인 원리를 뜻한다. 이 출발점은 생명의 근원이자 모든 현상의 출발점을 상징하는 어머니에 비유된다. 어머니와 자식의 관계는 본질과 현상 또는 체와 용의 관계로 해석할 수 있다.

현상 세계를 이해하고 그 근원을 깨닫는 과정은 도를 수련하는 데 있어 중요한 단계다. 이는 단순한 지적 이해를 넘어 실천적 지혜로 이어져야 함을 강조한다. '어미를 보전한다'라는 표현은 근본으로 돌아가 본질을 잃지 않는 삶의 태도를 말한다.

욕구와 욕망은 인간 고통의 주요 원인이다. 이는 불교의 '집착'이나 유교의 이기심이라는 개념과 유사하다. 욕망을 다스린다는 것은 단순히 고행을 의미하는 것이 아니라, 자신의 본성을 깨닫고 자연의 흐름에 순응하는 삶의 방식을 추구하는 것이다. '욕구의 구멍을 막고, 욕망의 문을 닫는다'라는 표현은 외부의 자극에 흔들리지 않는 내면의 평온한 상태를 의미한다.

우리 몸에는 9개의 구멍이 있다. 이를 통해서 욕구가 뿜어져 나온다. 이 욕구의 구멍을 막으라는 뜻이다. 이어서 욕구는 좋고, 싫고, 그저 그렇다, 는 세 가지 감정으로 분류되어서 우리 의식 속에 저장된다. 이때 좋은 것을 쫓아가는 집착이 일어나는데, 이를 욕망이라고 한다. 이 욕망의 문을 닫으라는 뜻이다.

이는 불가의 '탐진치' 개념과 연결된다. 불교에서 탐, 진, 치는 인간의 고통과 윤회의 근본 원인으로 여겨지는 마음의 세 가지

독소를 가리킨다. 탐은 욕망과 집착을, 진은 분노와 증오를, 치는 무지와 어리석음을 나타낸다. 이 세 가지 마음의 독소를 '삼독심'이라고 한다.

탐욕은 끊임없이 무언가를 갈망하고 소유하고자 하는 마음이다. 여기에는 물질적인 것뿐만 아니라 명예, 권력, 사랑과 같은 비물질적인 것에 대한 집착도 포함된다. '진'은 분노, 증오, 적개심과 같은 부정적인 감정을 말한다. '탐'은 욕심내는 것을 얻지 못했을 때 일어나는 격한 감정이다. 이 감정은 자신과 타인, 환경에 해를 끼친다. '치'는 무지 또는 어리석음을 의미한다.

한마디로 '제법무아'라는 말로 표현된다. 진실로 나라는 것이 없는데, 나를 위해 탐욕을 부릴 이유가 없다는 말이 된다. 진실로 나라는 존재가 없는데 탐욕을 채우지 못했다고 남을 비난하고 증오할 이유가 없다. 이를 알지 못하니 어리석다고 하는 것이다.

이 세 가지 마음의 독은 서로 밀접한 관련이 있다. 탐욕은 종종 분노로 이어지고, 무지는 탐욕과 분노를 강화한다. 이러한 악순환은 개인의 삶에서 고통으로 이어지고 사회에서는 갈등과 불화의 원인이 된다.

도의 빛은 우주의 근본 원리를 깨닫는 지혜를 상징한다. 이 빛을 따라 본질로 돌아가는 것은 '귀근'이라는 도교의 개념과 연결된다. 이는 단순히 과거로의 회귀가 아니라 근본적인 존재의 상태, 즉 자연과 하나 된 상태로 돌아가는 것을 의미한다.

'재앙을 남기지 않는다'라는 문장은 도를 수행함으로써 달성되는 평화로운 삶의 상태를 뜻한다. 이는 개인을 넘어 사회와 우주의 조화로 확장될 수 있는 개념이다. 노자 철학에서 개인의 수양은 궁극적으로 하늘과 땅, 만물과의 조화로 이어진다.

'습상'은 이러한 도의 실천을 일상화하는 것을 의미한다. 단순한 반복이 아니라 깊은 통찰과 수행이 자연스러운 습관이 되어 삶의 모든 순간에 스며드는 상태를 말한다. 장자의 '좌망' 개념과 불교의 '무심' 개념과도 연결될 수 있는 이 상태는 도가 추구하는 궁극적인 삶의 모습이다.

제법무아

'제법무아'는 불교의 핵심 개념 중 하나로, 모든 존재와 현상에는 고정된 실체가 없다는 가르침을 담고 있다.

이 개념은 만물이 상호 의존적이며 끊임없이 변화한다는 것을 나타낸다. 예를 들어, 한 그루의 나무는 흙, 물, 공기, 햇빛 등 수많은 요소의 상호작용으로 존재한다. 이러한 요소 중 어느 하나라도 빠진다면 나무는 더 이상 나무로 존재할 수 없다.

제법무아는 또한 우리의 자아 역시 고정된 실체가 아니라는 점을 강조한다. 우리의 생각, 감정, 신체 등은 계속해서 변화하며, 주변 환경과 상호작용하면서 형성된다. 이러한 관점에서 볼 때, 변하지 않는 영속적인 '나'란 존재하지 않는다.

이 가르침은 우리가 만물의 연결성과 변화의 본질을 이해하게 하며, 집착과 고통에서 벗어나 자유롭고 평화로운 삶을 살 수 있도록 안내한다. 제법무아를 깨달음으로써, 우리는 더 넓은 시각으로 세상을 바라보고, 다른 존재들과의 연결성을 인식하며, 변화를 두려워하지 않고 받아들일 수 있게 된다. 욕구의 구멍이 막히고 욕망의 문이 닫히는 경험을 하게 된다.

내게 조금의 지식이

내게 조금의 지식이 있어서 큰 도를 행하게 된다면, 오직 도를 베풂에 있어 행하기를 두려워할 것이다.

큰 도는 매우 평탄한 길인데 백성들은 샛길을 좋아한다.
조정이 더없이 깨끗하고 사치하면, 전답은 더할 수 없이 황폐하게 되고, 백성들의 창고는 텅텅 비게 된다.

화려한 비단옷을 걸치고, 날카로운 칼을 차고, 먹고 마시는 것에 물리도록 재물이 넘치는구나. 이야말로 도둑질한 것으로 사치하는 것이니, 도가 아니다.

이 장에서 평탄한 길로 묘사된 도는 자연스럽고 조화로운 삶의 방식을 뜻한다. 그러나 사람들은 종종 이 평탄한 길 대신 '샛길'을 선택한다. 샛길은 지름길을 의미하며 노력을 아끼려는 마음에서 선택하는 길이다. 이는 인간의 본성이 때때로 복잡해도 빠른 길을 택하는 경향이 있기 때문이다.

궁정의 화려함과 시골의 황폐함을 대비시켜 과도한 중앙집권화와 불균형 발전의 위험성을 경고하고 있다. 과도한 권력 집중과 화려함에 대한 집착은 결국 국가의 바탕인 농업과 민생에 해를 끼친다. 통치자는 사치를 멀리하고 절제하는 삶을 살아야 한다고 주장한다.

사치와 탐욕에 대한 비판은 노자 철학의 또 다른 측면을 드러낸다. 화려한 옷, 날카로운 무기, 풍성한 음식과 부는 겉으로 보기에는 번영의 상징처럼 보일 수 있다. 하지만 노자는 이를 백성들의 세금을 도둑질해서 사치하는 것으로 간주한다. 이는 단순히 물질적 풍요를 비난하는 것이 아니라 그 획득과 분배 방식에 대한 윤리적 문제를 제기하는 것이다.

노자 사상은 당시 중국 사회의 문제점을 지적한다. 전국시대는 주 왕조의 쇠퇴와 함께 시작되었다. 여러 제후국들이 패권을 다투며 전쟁이 온천지를 뒤덮는 시기였다. 전쟁이 전국시대의 어두운 면이라면 이를 극복하기 위한 노력이 다양한 분야에서 혁신의 바람을 일으켰다는 것이다.

화광동진

        '화광동진', 이 네 글자에 담긴 깊은 의미를 풀어보면 도가 사상의 정수와 만나게 된다.

    화광동진은 덕과 재능을 숨기고 세상과 같이하며 세상과 어울려 살아가는 것으로 무위자연 사상의 요체다. 빛을 숨기고 티끌처럼 된다는 것은 단순한 겸손을 넘어서는 삶의 태도다.

    도교의 성인은 자신의 위대한 능력이나 지혜를 과시하지 않는다. 오히려 자신의 탁월함을 숨기고 평범한 사람들과 어우러지기를 바란다. 마치 흙 속에 묻힌 반짝이는 보석처럼 성인은 자신의 가치를 드러내지 않고 세상과 조화를 이루며 살아간다.

    이러한 태도는 단순한 겸손함을 넘어 세상과 하나가 되는 깊은 지혜가 담겨 있다. 화광동진은 자신을 드러내지 않음으로써 오히려 더 큰 영향력을 발휘할 수 있다는 역설적인 진리를 보여 준다. 한 방울의 물이 묵묵히 바위를 뚫듯이 보이지 않는 힘이 세상을 움직인다.

잘 세운 것은

잘 세운 것은 뽑히지 않고, 잘 품은 것은 벗어나지 않으니, 이로써 자손들이 제사를 지내면 끊김이 없을 것이다.

그것을 몸에서 갈고 닦으면 그 덕에 참될 것이고, 그것을 집안에서 닦으면 그 덕은 여유롭게 된다. 그것을 고을에서 닦으면 그 덕에 장대해지고, 그것을 나라에서 닦으면 그 덕에 풍성해지며, 그것을 천하에서 닦으면 그 덕이 널리 퍼진다.

고로 자기 관점에서 자신을 살피고, 집안사람들 관점에서 집안을 살피고, 마을 사람들 관점에서 마을을 살피고, 나라 사람들 관점에서 나라를 살피고, 천하 사람들 관점에서 천하를 살핀다.

내가 어떻게 천하가 그러함을 알겠는가? 이것으로 안다.

수양은 동양 철학과 문화에서 중요한 개념으로, 자기 계발과 인격 향상을 위한 노력을 의미한다. 이는 단순히 지식을 쌓는 것을 넘어서 정신적, 도덕적 성장을 추구하는 과정이다. 수양의 핵심은 자신을 객관적으로 바라보고 부족한 점을 개선하려는 의지에 있다. 이는 끊임없는 자기 성찰과 절제를 통해 이루어진다. 수양을 실천하는 이는 욕망을 다스리고, 덕을 쌓으며, 지혜를 키워나간다.

수양의 첫 번째 단계는 개인 내면에서 시작된다. 마음을 수양하는 과정은 덕을 형성하는 기초가 된다. 덕은 단순한 도덕적 품성을 넘어 우주의 근본 원리인 도와 조화를 이루는 상태다. 개인이 자기의 내면을 깊이 들여다보고 덕을 쌓아갈수록 덕은 점차 더 강해지고 진실해진다.

가족은 사회의 기본 단위이자 개인이 타인과 처음으로 관계를 맺고 상호작용하는 공간이다. 가정에서의 수양은 개인의 덕을 더욱 풍요롭게 하고 가족 구성원 간의 조화로운 관계에 기여한다. 이는 현재의 가족 관계에만 국한되는 것이 아니라 조상과 후손 간의 시간적 연속성까지 포함한다. 제사라는 개념은 이러한 시간적 연속성을 상징적으로 보여 주는 예시다.

이어서 수양의 범위는 공동체로 더 확장된다. 마을이나 고을에서 수양은 개인과 가족의 덕을 더 크게 만든다. 이는 공동체 의식의 형성과도 깊은 관련이 있다. 개인은 더 이상 자신만을 위해 행동하지 않고, 공동체 전체의 이익을 위해 행동한다. 이 과정에서 개인의 덕은 더욱 성숙해지고 공동체 전체의 조화로운 발전에 기여하게 된다.

국가 차원에서 덕은 더 광범위한 영향을 미친다. 이는 단순히 정치적 통치의 문제가 아니라 국가 구성원 모두의 함께 수양하고 성장하는 과정이다. 이때 중요한 것은 통치자의 역할이다. 노자 철학에서 통치자의 덕은 국가 전체의 영향력에 결정적인 영향을 미치기 때문이다. 통치자가 자신을 수양하고 덕을 갖추면 그 영향력은 자연스럽게 백성들에게 선의의 영향을 미친다.

마지막으로, 수양의 최종 단계는 천지, 즉 온 세상으로 확장하는 것이다. 이는 모든 인류가 조화와 평화를 이루는 이상적인 상태를 의미한다. 개인에서 시작하여 궁극적으로 세계 전체의 조화로 이어지는 이러한 수양 개념은 노자 철학의 거시적이고 통합적인 세계관을 잘 보여 준다. 이는 현대의 글로벌화된 세계에서도 매우 적절한 세계관이다.

이러한 수양의 과정에서 중요한 부분은 세상을 이해하고 판단할 수 있는 능력이 필요하다. 이는 단순한 공감을 넘어 세상 만물이 서로 연결되어 있다는 깊은 지혜에서 비롯된다. 수양의 핵심은 자신의 관점에서 세상을 바라보고, 그 관점을 가족, 이웃, 국가, 궁극적으로는 전 세계 모든 사람의 관점으로 확장하는 능력이다.

임파워먼트

'임파워먼트'는 개인이나 조직이 자기 삶과 환경을 통제하고 개선할 수 있는 역량을 개발하는 과정이다. 이는 노자의 철학에서 말하는 '수양'의 개념과 연결된다.

임파워먼트의 핵심은 개인이나 조직이 자기 삶을 스스로 통제할 수 있도록 하는 것이다. 단순히 외부의 도움에 의존하는 것이 아니라 스스로 문제를 해결하고 결정을 내릴 수 있는 능력을 개발하는 것이다. 이 과정을 통해서 개인은 자존감과 자기효능감을 높이고, 더 나아가 사회적 변화의 주체가 될 수 있다.

하지만 임파워먼트는 단순히 개인의 역량 강화에만 국한되지 않는다. 임파워먼트는 사회의 구조적 불평등과 권력관계를 변화시키는 복잡한 과정이다. 진정한 임파워먼트는 개인이 자신의 권리를 인식하고, 사회적 제약을 극복하고, 더 나은 삶을 위해 목소리를 낼 수 있도록 하는 것을 포함한다.

갓난아이의 덕스러움

덕을 두텁게 지닌 사람은 갓난아이에 비유된다. 갓난아이는 벌과 전갈과 뱀도 쏘거나 물지 않고, 맹수도 달려들지 않으며, 사나운 새도 낚아채지 못한다.

뼈는 약하고 근육은 부드러우나 쥐는 힘은 단단하고, 아직 암수화합의 원리를 알지 못하지만, 온전히 자랄 수 있으니, 그 정기가 지극한 것이다.

종일 울어도 목이 쉬지 않으니, 조화가 지극한 것이다. 조화를 아는 것이 항상됨이고, 항상됨을 아는 것이 밝음이다.

날마다 더해서 풍성해지면 이를 재앙이라고 한다. 마음이 기운을 부리면 강하다고 한다. 사물이 장성하면 늙기 마련이니, 이를 도답지 않다고 한다. 도답지 않은 것은 오래가지 못한다.

'덕이 있는 사람'과 '갓난아이'의 비유는 노자 철학의 핵심을 담고 있다. 이는 순수함과 자연스러움의 가치를 강조하며 인위적인 것을 피하고 자연 상태로 돌아간다는 사상적 배경이 있다.

갓난아이는 위험한 동물에게 해를 입지 않는다. 이는 아이의 순수함과 통제되지 않은 상태가 자연과 조화를 이루고 있음을 의미한다. 노자 사상에서는 이러한 상태를 이상적인 상황으로 간주한다. 인간이 문명화되면서 잃어버린 자연의 순수함을 되찾아야 한다는 것이다.

갓난아이의 신체적 특징에 대한 묘사는 유연함과 강인함이 공존하는 모습을 보여 준다. 갓난아이는 부드러우면서도 힘찬 모습을 보인다. 겉으로는 약해 보이지만 실제로는 강한 내면의 힘을 지닌 상태, 이는 도교에서 추구하는 이상적인 인간상이다.

정기의 충만함은 생명력의 원천을 의미한다. 아이의 생명력이 풍부하다는 것은 아이가 도에 가장 가까운 상태임을 의미한다. 이는 고요함을 돈독하게 지킨다는 개념과 연결된다. 이는 어린아이와 같은 순수한 상태로 돌아가는 것을 목표로 마음을 맑게 하고 본성을 회복하려는 수행 방식이다.

조화의 개념은 노자 철학에서 중요한 부분을 차지한다. 아이가 울 때 목이 쉬어지지 않는 것은 자연스러운 조화 상태를 나타낸다. 인위적인 노력 없이 자연스럽게 발생하는 조화의 상태를 말한다. 노자 철학에서는 이러한 자연스러운 조화를 '무위'라고 부르며, 이를 통해 도에 더 가까이 다가갈 수 있다고 믿는다.

항상됨과 밝음 사이의 관계는 지속성과 지혜의 연관성으로 해석된다. 조화로운 상태를 유지하는 것이 항상성이고, 이를 깨닫는 것이 지혜다. 이는 도교의 상도와 명이라는 개념과도 연결된다. 상도는 근본적이고 변하지 않는 도를 의미하며, 명은 이를 실현하는 지혜를 말한다.

낭비를 재앙으로 보는 관점은 지나친 탐닉에 대한 경고다. 도는 탐욕을 버리고 단순한 삶을 추구해야 한다고 가르친다. 이는 욕심을 버릴 때 진정한 자유와 행복을 얻을 수 있기 때문이다. 또 마음이 기운을 부리는 것을 강하다고 하는 것은 의지력의 중요성을 강조한 것이다.

만물의 성장과 노화는 자연의 순환을 보여 준다. 도가에서는 이러한 자연 순환을 거스르지 않고 받아들이는 것이 중요하다고 여겼다. 자기 본성을 따르고 자연의 흐름에 순응하는 것이 도에 가까워지는 길이라고 가르친다. "도가 아닌 것은 오래가지 못한다"라는 말은 도의 영속성과 보편성을 강조한 것이다.

갓난아이의 기

일견 연약해 보이는 갓난아이가 지닌 특별한 힘과 생명력을 일컫는 이 표현은 우리에게 삶의 본질적인 면을 되돌아보게 한다. 갓난아이의 강인함은 여러 측면에서 발견된다.

첫째, 생물학적 측면에서 아이는 놀라운 회복력과 적응력을 보인다. 출생 직후의 극적인 환경 변화에도 불구하고, 아이는 빠르게 새로운 세계에 적응한다.

둘째, 정신적 측면에서 갓난아이는 순수한 현재성을 지니고 있다. 과거나 미래에 대한 걱정 없이 오직 현재에 집중하는 아이의 모습은 도가 철학에서 말하는 '무위자연'의 상태와 맞닿아 있다.

셋째, 갓난아이는 무한한 가능성을 내포하고 있다. 아직 어떠한 한계나 편견에도 묶이지 않은 상태로, 모든 것을 배우고 성장할 준비가 되어 있다.

56장

아는 사람은 말하지 않고

아는 사람은 말하지 않고, 말하는 사람은 알지 못한다. 욕구의 구멍을 막고, 욕망의 문을 닫는다.

날카로운 지혜를 무디게 하고, 얽힌 문제를 풀어주고, 드러나는 빛을 부드럽게 하고, 티끌과 같은 세속과 함께하니, 이것을 '현동'이라고 한다.

그러므로 가까이할 수도 없고, 멀리할 수도 없고, 이롭게 할 수도 없고, 해롭게 할 수도 없다. 귀하게 여길 수도 없고, 천하게 여길 수도 없다. 그 때문에 천하에 귀한 것이 된다.

욕구와 욕망은 우리를 묶는 사슬이다. 그것들을 통제하고 초월하는 것이 도를 따르는 길이다. '구멍을 막고 문을 닫는다'라는 표현은 외부 자극에 흔들리지 않는 내면의 평온한 상태를 말한다.

언뜻 들으면 '예리함을 무디게 한다'라는 모순된 표현으로 들릴 수 있다. 하지만 지성을 무디게 하라는 뜻이 아니다. 오히려 날카로움에 집착하지 않고 더 부드럽고 포용력 있는 지혜를 기르라는 뜻이다. '얽힌 실타래를 푼다'라는 것은 복잡한 세상사를 단순화하고 본질을 관조하는 능력을 의미한다.

'빛을 부드럽게 한다'라고 하는 것은 자기 능력과 미덕을 과시하지 않고 겸손하게 감추는 태도를 말한다. 이는 노자의 약함의 덕, 줄여서 '약덕' 개념으로 연결된다. 약덕은 부드럽고 약한 것이 오히려 강한 것을 이긴다는 역설적인 지혜다. 물이 바위를 깎아내리듯 부드러운 덕으로 외부의 강력한 유혹을 압도하라는 뜻이다.

'한 점의 먼지처럼 세상과 함께한다'라는 것은 무소유의 자세로 세상에 녹아들어 백성들과 함께하라는 의미다. 이는 장자의 '소요유'라는 개념으로 연결된다. 소요유는 자유롭게 돌아다니며 세상과 하나가 되는 상태를 말한다. 세상에 있지만 세상에 물들지 않은 마음의 상태, 즉 초월의 상태를 나타낸다.

현동은 만물을 아우르는 개념이다. 현묘하고 심오한 도와 하나가 된다는 의미이며, 도를 통달한 사람의 경지를 말한다. 불교의 '열반' 개념이나 도교의 성인 개념과 유사하다. 현동의 경지에 도달한 사람은 더 이상 이원론적 구분의 굴레에 얽매이지 않는다.

그들은 세속적인 기준으로 판단하지 않는다. 역설적으로, 이러한 세속적 가치 판단을 초월했기에 오히려 세상에서 귀한 존재가 된다. 이는 유교의 '수기치인'이라는 사상과도 연결된다. 이는 자기 수양을 통해 도를 깨달은 사람이 세상을 이롭게 한다는 뜻이다.

불립문자

불립문자는 불교에서 중요하게 여기는 개념으로, 언어와 문자의 한계를 초월한 진리의 전달을 의미한다. 이는 글자나 말로 표현할 수 없는 깊은 깨달음의 경지를 뜻한다.

불교에서는 궁극의 진리가 언어로 온전히 표현될 수 없다고 본다. 말과 글은 현상 세계를 설명하는 도구일 뿐, 절대적 진리를 담아내기에는 부족하다. 따라서 불립문자는 문자에 의존하지 않고 직접적인 경험과 통찰을 통해 진리를 깨닫는 것을 강조한다.

스승과 제자 간의 직접적인 만남, 일상의 소리나 행동을 통해 깨달음을 전하는 방식을 선호한다. 이는 언어의 한계를 넘어 마음에서 마음으로 진리를 전하는 이심전심의 정신과 맞닿아 있다. 불립문자 정신은 우리에게 언어와 개념에 얽매이지 말고, 직접적인 체험과 통찰을 통해 진리를 찾으라고 권한다.

내가 무위하니 백성이

사람들은 법의 정의로 나라를 다스리고, 기만술로 군대를 부려서 천하를 얻으려고 한다. 그러나 무위로 천하를 취해야 한다. 내가 어찌 그렇게 됨을 알겠는가? 아래와 같은 사실로 알수 있다.

천하에 금지하는 법이 많으면 백성은 더욱 가난해지고, 백성이 사특한 기구를 많이 가지면 나라가 더욱 혼란스럽게 된다. 사람들이 기교를 많이 부리면 기이한 일들이 더 많이 일어나고, 법령이 많아질수록 도적이 더 많아진다.

그러므로 성인이 이르기를 내가 무위하면 백성이 저절로 교화되고, 내가 고요함을 좋아하면 백성이 저절로 바르게 되고, 내가 일을 꾸미지 않으면 백성이 저절로 부유해지고, 내가 욕심을 부리지 않으면 백성이 저절로 순박해진다.

법과 규제를 통한 통치는 오히려 역효과를 낳을 수 있다. 과도한 법과 규제는 백성들의 삶을 압박하여 빈곤과 사회적 무질서를 증가시킨다. 이는 현대 사회에서 흔히 볼 수 있는 현상으로, 경제 활동을 억압하고 사회적 불평등을 심화시킨다.

기교와 속임수로 통치하는 것도 바람직하지 않다. 단기적으로는 효과가 있을지 모르지만, 장기적으로는 더 많은 문제를 일으킨다. 상식적이지 않은 사건들이 자주 발생하고 사회의 근간이 흔들린다. 이는 마키아벨리의 『군주론』에서 주장한 귀족주의와 대비되는 동양의 통치 철학이다.

법이 많을수록 도적이 많아진다는 논리는 매우 흥미롭다. 법이 많을수록 법을 어기는 사람이 많아진다는 역설을 보여 주는 것이다. 노자는 이를 통해 법과 제도가 인간의 본성을 억압하고 왜곡할 수 있다는 점을 지적한다. 이는 요즘 미국 사회에 불고 있는 '범죄의 사회화' 현상과도 연결된다.

성인의 통치 방식은 이와 정반대다. 무위를 실천함으로써 사람들이 저절로 교화되도록 하는 통치 방식이다. 강압이 아닌 자발적인 변화를 유도하는 방식이다. 이처럼 노자는 진정한 변화는 외부의 강압이 아닌 내면의 깨달음에서 비롯된다고 보았다. '고요함'을 추구하는 것 또한 중요한 덕목이다. 이는 단순히 주변의 정적을 의미하는 것이 아니라 내면의 평화와 안정을 의미한다.

통치자가 무위 상태를 유지하면 백성들은 자연스럽게 그 영향을 받아 의롭게 된다. 이는 공자의 정명 사상, 즉 위가 바로 서면 아래도 바로 된다는 생각과 연결된다. '일을 꾸미지 않음으로써 백성들이 부유해진다'라는 생각은 현대 경제학의 '보이지 않는 손' 이론과도 일치한다. 이는 정부가 과도하게 개입하지 않으면 시장이 스스로 균형을 잡아서 전체 부를 늘린다는 논리다.

마키아벨리즘

마키아벨리의 『군주론』은 16세기 이탈리아의 정치 철학자 '니콜로 마키아벨리'가 저술한 정치 이론서다. 이 책은 군주가 어떻게 권력을 획득하고 유지할 수 있는지에 대해 실용적인 조언을 제시한다.

마키아벨리는 이상적인 통치보다는 현실적인 정치를 강조했다. 그는 때로는 도덕성을 희생해서라도 국가의 안정과 번영을 위해 필요한 조처를 해야 한다고 주장했다. 이런 관점 때문에 '마키아벨리즘'이라는 용어가 생겨났다.

이는 절대왕정 시대에 군주나 정치가가 목적달성을 위해서 수단을 가리지 않고 권모술수를 다하는 것을 마키아벨리즘이라고 부른 데서 비롯됐다. 냉혹하고 비도덕적인 정치 행위를 일컫는 말로 사용되기도 한다.

『군주론』은 정치철학에 큰 영향을 미쳤으며, 근대 정치사상의 기초를 마련했다고 평가받는다. 마키아벨리의 『군주론』은 오늘날까지도 정치인, 기업인, 학자들에게 영향력 있는 저작으로 읽힌다.

정치가 민민하면

정치가 무심하면 백성이 순박해진다. 정치가 세심하면 백성이 교활해진다. 화는 복이 의지하는 바이고, 복은 화가 숨어있는 곳이니, 누가 그 극한을 알겠는가?

절대로 바른 것은 없다. 바른 것이 다시 기이한 것이 되고, 선한 것이 다시 요사스러운 것이 되니, 사람들의 미혹됨이 참으로 오래되었다.

그러므로 성인은 모가 나도 베어 내지 않고, 청렴하게 하면서 해치지 않고, 정직하게 하지만 함부로 하지 않고, 빛을 비추지만 드러나게 하지 않는다.

정치가 무관심할 때 오히려 백성은 순진해진다는 관점은 노자 사상의 일면을 알아볼 수 있는 계기가 된다. 반면 정치가 세심해지면, 즉 지나치게 간섭하고 규제하면 백성은 교활해진다. 과도한 법과 제도는 사람들이 이를 우회하거나 악용할 방법을 찾게 되기 때문이다.

화와 복의 상호의존성은 음양사상을 연상시킨다. 만물은 상대적이며 서로 의존적이다. 좋은 일에는 나쁜 일의 씨앗이 있고, 나쁜 일에는 좋은 일의 잠재력이 있다. 이는 세상을 이분법으로 나누지 않고 만물의 상호연결성과 상호작용을 인정하는 전체론적 관점에서 이해하는 세계관이다.

'절대적인 것은 없다'라는 말은 선뜻 받아들여지지 않는 주장이다. 바른 것이 기이한 것이 되고, 선한 것이 요사스러운 것이 된다는 말은 만물이 변화하며, 고정된 가치나 판단 기준이 없다는 뜻이다.

'사람들의 미혹됨이 오래되었다'라는 표현은 인간의 본질적인 한계를 지적한다. 우리는 자주 이분법적 사고에 빠지거나, 현상 일부만을 보고 전체를 판단하는 오류를 범한다. 이는 불교의 무명 개념과도 연결될 수 있는데, 무명은 사물의 실상을 제대로 알지 못하는 상태를 의미한다. 성인의 행동 방식에 대한 설명은 도교적 이상을 보여 준다.

'모가 나도 베어 내지 않는다'라는 것은 타인의 성격이나 특성을 억지로 바꾸려고 하지 않는 태도를 말한다. 청렴하되 해를 끼치지 않는다는 것은 도덕성을 유지하되 강제하지 않는다는 뜻이다. 정직하되 무모하지 않다는 것은 진실을 말하되 상황과 맥락을 고려하여 적절하게 표현한다는 지혜다.

'빛을 비추되 드러내지 않는다'라는 것은 성인의 겸손과 내면의 절제를 강조한다. 이는 노자의 '큰 빛은 빛나지 않는다'라는 문장을 연상시키며, 진정한 지혜와 덕은 겉으로 드러나지 않고 조용히 영향을 미친다는 뜻이다.

과도한 규제와 간섭이 사회 문제를 악화시킬 수 있다는 생각, 모든 현상은 상대적이며 변화한다는 사실, 겸손과 내적 수양의 중요성은 오늘날에도 여전히 유효하다. 선과 악의 상호 의존성에 대한 인식은 현대인에게 균형 잡힌 시각을 제공한다.

그래서 좋은 것만 추구하거나 나쁜 것을 아예 피하는 극단적인 태도 대신, 모든 상황에는 긍정적인 측면과 부정적인 측면이 모두 있다는 것을 이해할 수 있어야 한다.

학 다리, 오리 다리

장자 외편 '변무'에 나오는 내용이다. '오리의 다리가 비록 짧다고 하더라도 늘려주면 우환이 되고, 학의 다리가 비록 길다고 하더라도 자르면 아픔이 된다. 고로 본래 긴 것은 잘라서는 안 되며, 본래 짧은 것은 늘여서도 안 된다.'

'인의예지를 강권한다고 해서 천하에 우환이 없어지겠는가? 생각건대 인과 의가 사람의 본성일 리 있겠는가! 그러니 인의 사상으로 무장한 자들은 얼마나 근심이 많겠는가.'

'길다고 그것을 여분으로 여기지 않고 짧다고 그것을 부족하다고 여기지 않는 것, 이것이 '자연'이며 '도'의 세계다.'

절제는 다스림의 덕

나라를 다스리고 하늘을 받드는 데 있어서 절제만 한 것이 없다. 오직 절제야말로 일찍부터 도를 따르는 것이다. 일찍이 도를 따른다는 것은 덕을 두텁게 쌓는 것이다.

덕을 두텁게 쌓으면 극복하지 못할 것이 없다. 극복하지 못할 것이 없으면 그 끝을 알 수 없다. 그 끝을 알 수 없을 정도가 되면 가히 나라를 맡아 다스릴 만하다.

나라의 근본으로 모시면 영원할 것이다. 이것이 바로 깊은 뿌리, 튼튼한 근본이니, 면면히 이어져 왔고 또 멀리 이어질 도인 것이다.

덕을 쌓는다는 것은 단순히 개인적인 수양에 그치는 것이 아니다. 이는 우주의 원리와 조화를 이루는 과정이다. 이러한 덕의 축적은 통치자에게 무한한 가능성을 열어준다.

덕을 통해 얻은 지혜와 힘으로 대처하면 세상에 극복할 수 없는 것은 없다고 했다. 이는 단순히 물리적인 힘을 의미하는 것이 아니다. 상황을 꿰뚫어 보는 식견과 문제를 해결하는 지혜를 의미한다. 또한 덕의 정점에 도달한 통치자는 그 능력의 한계를 가늠할 수 없다. 이는 개인의 능력이 우주의 무한한 가능성과 연결되어 있다는 말이다.

개인과 우주는 분리된 실체가 아니라 서로 연결되어 있다. 그래서 개인이 도를 깨닫고 덕을 쌓으면 그 능력은 우주의 무한성과 일치하게 된다. 이 상태에 도달한 통치자만이 비로소 통치할 자격을 얻게 된다. 여기서 통치란 강압적인 통치가 아니라 자연의 흐름에 따라 백성을 인도하는 무위의 통치다.

도를 나라의 근본으로 삼는다는 것은 단기적인 이익과 개인적 욕망을 극복하고 우주의 근본 원리에 따라 국가를 운영한다는 것이다. 이는 장기적인 안정과 번영을 보장한다. 깊은 뿌리, 튼튼한 근본이라는 표현은 이러한 통치 철학이 국가의 견고한 기반을 제공한다는 것을 암시한다.

'면면히 이어져 왔고 또 멀리 이어질 도'라는 문구는 도에 따른 삶과 통치는 단기적인 결과에 연연하지 않고 장기적인 관점에서 이루어져야 한다는 말이다. 눈앞의 이익에 급급해 환경을 파괴하거나, 다음 세대의 부담을 고려하지 않는 정책들은 이렇게 멀리 보는 지혜가 부족한 결과다.

에피쿠로스학파

고대 그리스의 철학자 '에피쿠로스'는 단순함과 절제 속에서 행복을 찾고자 했다. 당시 에피쿠로스학파는 쾌락만을 좇는 쾌락주의자로 알려져 있었다. 그런데도 그들은 단순함과 절제를 생활화하고 있었다는 것이 놀랍다. 그들의 행복관에는 물적인 요소가 없었다. 이는 우리네 선조들의 5복 개념과 유사하다.

에피쿠로스에게 있어서 행복이란 단지 '고통의 부재'와 '마음의 평온함'을 의미한다. 그들은 인간의 욕구를 ① 자연적이고 필수적인 것, ② 자연적이지만 불필요한 것, ③ 비자연적이고 불필요한 것으로 구분한다. 진정한 행복은 첫 번째 범주의 기본적인 욕구 충족에서 온다고 보았다.

우리는 끊임없이 더 많은 것을 추구하지만, 그것이 과연 우리를 더 행복하게 만드는지는 의문이다. 에피쿠로스는 우정, 자유, 자선, 사색과 같은 단순하지만, 본질적인 가치에서 행복을 찾으라고 조언한다. 또 에피쿠로스는 적절한 쾌락을 행복의 조건으로 보았다. 다만 그 쾌락이 지속 가능하면서 장기적인 고통을 초래하지 않아야 한다는 조건을 달았다.

에피쿠로스학파 사람들은 집단생활을 하면서 구성원들을 받아들일 때 귀족에서 노예까지 신분의 구분을 두지 않았다. 그리고 '정원'이라고 이름한 농장에서 절제된 생활을 하면서 행복의 원형을 찾아 몸소 실천하고자 했다.

에피쿠로스학파 사람들은 집단 농장에서 자력으로 농사짓고 소도 키웠기 때문에 포도주와 치즈를 언제든지 먹을 수 있었다. 그런데도 그들이 음식을 자주 먹지 않은 것은, 자주 먹으면 어쩌다 먹는 즐거움을 잃을 수 있기 때문이라고 했다. 행복의 근본이 절제에 있다는 것을 몸소 보여 주는 사례다.

큰 나라를 다스림은

큰 나라 다스림을 작은 생선을 굽듯이 하라.

도로써 천하에 임하게 하면, 귀신이 신령스럽지 못하게 된다. 이는 귀신이 신령함을 잃어서가 아니다. 그 신령함이 사람을 해치지 못하기 때문이다.

신령함이 사람을 해하지 못한다는 것은, 성인 또한 사람을 해하지 못한다는 것이다. 대저 양측이 서로 해하지 못한다. 고로 천하에 덕이 함께 돌아가게 된다.

큰 나라를 다스리는 것을 작은 물고기를 굽는 것에 비유한 것은 섬세하고 신중한 접근의 중요성을 강조한 것이다. 작은 생선을 너무 자주 뒤집으면 부서지기 쉽고, 한쪽에 너무 오래 방치하면 타버릴 수 있다. 마찬가지로 국가를 통치할 때도 지나친 개입이나 방치는 문제를 일으킬 수 있다는 우려를 전하는 것이다.

통치자는 적절한 균형을 유지하면서 사물의 자연스러운 흐름을 존중해야 한다. 도를 통해서 세상을 다스리고 귀신의 영향력을 약화해야 한다는 생각은 미신과 비이성적인 두려움으로부터 백성들을 해방한다는 뜻이다. 이는 귀신이 힘을 잃었다는 의미가 아니라 도의 원리를 깨달았기 때문에 인간이 더 이상 귀신에게 해를 입지 않는다는 것이다.

다시 설명하자면 이는 자연의 이치를 잘 아는 사람은 사이비 종교에 빠지지 않는다는 말로 풀 수 있다. 이러한 관점은 자연 현상에 대한 이해와 지혜의 증진을 통해 불필요한 두려움과 미신적 사고에서 벗어날 수 있게 한다는 뜻이다.

'성인과 귀신 모두 사람을 해치지 않는다'라는 말은 우주의 조화로운 질서를 반영한다. 성인은 높은 도덕적 기준과 지혜를 갖춘 이상적인 인간을 의미하며, 해를 끼치지 않는다는 것은 도덕적 완성의 상태를 의미한다. 이는 공자의 인이라는 개념과도 연결된다. 인은 사랑하고 배려하는 마음이며, 성인은 인의 정신을 구현하고 어떤 상황에서도 남에게 해를 끼치지 않는다.

성인이 백성들을 '혹세무민'할 리 만무하다. 다만 사특한 자들이 성인의 성스러움을 가장해서 백성들을 속이려 드는 것이다. 혹세무민은 세상을 혼란스럽게 하고 백성을 속이는 행위를 의미한다. 이 표현은 주로 정치인이나 언론, 지도자들이 자신의 이익을 위해 백성을 기만하는 상황에서 사용한다.

서로에게 해를 끼치지 않는 상태는 이상적인 사회 질서를 나타내는 표현이다. 이 상태에서는 갈등과 대립이 최소화되고 상호 존중과 이해가 극대화된다. '천하에 덕이 함께 돌아간다'라는 말은 도덕적 가치와 선한 영향력이 사회 전체로 확산함을 의미한다. 개인과 사회, 자연이 서로 조화롭게 공존하는 이상적인 상태를 말한다.

수신제가 치국평천하

우리 자신을 다스리는 수신에는 다섯 단계가 있다. 그 첫 단계가 만물의 이치를 궁구하는 '격물', 그다음이 얻은 지식을 확실히 자기 것으로 만드는 '치지', 그다음이 마음의 뜻을 정성스럽게 하는 '성의', 그다음이 의지를 바로잡는 '정심', 그다음이 자기 몸을 닦는 '수신'이다.

수신을 달성한 후에는 남을 이롭게 다스리는 '치인'의 단계에 들어가는데, 치인의 단계는 삼 단계다. 먼저 집안을 가지런히 하는 '제가'다. 수신된 자기 몸으로 가족에게 모범을 보여 감화시키는 것이다. 그다음은 집안을 잘 다스리면, 나아가 나랏일을 맡아 하는 '치국'을 한다. 더 나아가서 훌륭한 임금을 도와 세상을 평화롭게 하는 것을 '평천하'라고 한다.

큰 나라는 강의 하류

큰 나라는 강의 하류와 같으니, 천하의 교착점이 된다. 큰 나라는 암컷이니, 암컷은 항상 고요함으로 수컷을 이기고, 고요함을 지켜 스스로를 낮춘다.

그러므로 큰 나라가 작은 나라에게 낮추면, 작은 나라를 취한다. 작은나라가 큰 나라에 낮추면 큰 나라에 받아들여진다. 그러므로 어떤 것은 낮추어서 취하게 되고, 어떤 것은 낮추어서 받아들여진다.

큰 나라는 모든 백성을 함께 기르려는 것에 불과하고, 작은 나라는 들어가서 백성을 보호하고자 하는 것에 불과하다. 양자가 바라는 대로 얻고자 한다면, 큰 나라가 낮추어야 한다.

강 하류의 비유는 대국의 역할과 위치를 설명한다. 하류는 모든 물이 모이는 곳으로, 여러 지류와 상류에서 물을 공급받는다. 이는 큰 나라는 다양한 문화와 사람들을 포용하고 수용해야 한다는 의미가 있다. 큰 나라는 다양한 요소가 만나고 섞이는 곳이며, 문화, 경제, 정치 교류의 중심지 역할을 한다.

여성의 은유는 노자의 철학에서 자주 등장하는 음과 양의 개념이다. 여성은 수동적이고 포용적인 성격을 나타내는 음의 성질을 가지고 있다. 같은 이치로 고요함도 음의 성질을 나타내며, 적극적인 행동보다는 차분하고 안정적인 태도를 보인다. 대국은 여성처럼 행동해야 한다는 생각은 공격적이거나 지배적이기보다는 포용적이고 안정적이어야 한다는 의미다.

'스스로 자신을 낮춘다'라는 표현은 겸손과 절제의 미덕을 강조한다. 이는 노자 철학의 핵심 개념 중 하나인 무위자연과도 연결된다. 인위적으로 행동하지 않고 자연의 흐름에 따르는 것을 의미한다. 위대한 국가는 힘과 위상을 과시하지 않고 겸손한 자세로 행동할 때 더 큰 영향력을 발휘할 수 있다는 역설적인 지혜.

낮춤이라는 개념에는 단순한 겸손 이상의 전략적 의미가 담겨있다. 이는 단순히 약자를 배려하는 것이 아니라 장기적으로 상호이익을 위한 현명한 접근 방식이다. 이는 손자의 '이기기 위해 진다'라는 전략과 유사한 전략적 사고방식이다. 반면에 작은 나라가 큰 나라에 굴복하는 것은 현실적인 판단과 생존 전략이라고 할 수 있다.

'백성을 함께 기르고 보호한다'라는 표현은 통치의 궁극적인 목적이다. 이는 맹자의 '민본주의'와 연결되며 통치자의 책임은 백성의 안녕과 복지에 있다는 점을 강조한다. 대국과 소국 모두 같은 목적을 공유하지만, 그 방식은 다르다. 큰 국가는 더 광범위하고 다양한 인구를 포용해야 하지만, 작은 국가는 제한된 자원 내에서 효율적인 보호와 관리에 집중해야 하기 때문이다.

이러한 개념은 비즈니스와 조직관리에도 적용된다. 대기업이 중소기업과의 관계에서, 조직 리더가 직원과의 관계에서 이러한 원칙을 적용한다면 더 건강하고 생산적인 기업 생태계를 만들 수 있을 것이다.

화이부동

'화이부동'은 동아시아 문화권에서 중요하게 여겨지는 철학적 개념이다. 이는 '화합하되 같아지지 않는다'라는 뜻으로, 다양성을 인정하면서도 조화를 추구하는 태도를 의미한다.

공자는 "군자는 '화이부동' 하고 소인은 '동이불화'한다"라고 했는데, 이는 덕이 높은 사람은 다른 이들과 조화를 이루면서도 자신의 원칙을 지키고, 덕이 낮은 사람은 자신을 버리면서까지 남과 어울리지만, 진정한 조화를 이루지 못한다는 뜻이다.

화이부동의 정신은 개인과 사회, 국가 간의 관계에서도 적용될 수 있다. 이는 서로 다른 의견과 문화를 인정하고 존중하면서도, 전체적인 조화와 균형을 추구하는 것을 말한다. 이러한 태도는 갈등을 줄이고 창의적인 해결책을 찾는 데 도움이 될 수 있다. 이 장에서는 큰 나라와 작은 나라가 '화이부동' 하는 관계로 지내는 것이 바람직하다고 보는 것이다.

도는 만물의 사랑

도는 만물의 사랑이다. 선한 사람의 보물이고, 선하지 못한 사람도 보호받는 곳이다.

아름다운 말은 가치가 있고, 존경할 만한 행동은 사람들을 모이게 한다. 사람이 선하지 못하다고 해도 어찌 그 사람을 버릴 수 있겠는가.

그러므로 나라를 세우고 삼공을 둔다. 비록 보배를 품고 네 마리 말이 끄는 마차를 앞세우더라도, 가만히 앉아서 도로 더 나아가는 것만 못하다.

옛날에 도를 귀하게 여긴 까닭이 무엇인가?
이것으로 구하면 얻어지고, 죄가 있어도 죄를 면할 수 있다고 말하지 않았던가? 그러므로 도가 천하에 귀함이 되는 것이다.

이 장은 도의 본질과 가치에 대한 지혜를 담고 있다. 여기서 도란 단순한 추상적 개념이 아니라 우주의 근본 원리이자 삶의 지침으로 제시된다.

도는 만물의 사랑으로 묘사된다. 이는 도가 모든 존재의 근원이며 만물을 포용하는 근본 원리라는 뜻이다. '선한 자에게는 보물, 악한 자에게는 피난처'라는 표현은 도의 무차별적 포용성을 강조한다. 이는 노자 철학의 핵심 사상인 무위자연 과도 연결된다. 자연의 질서에 따라 도는 모든 존재를 있는 그대로 받아들이면서 각자의 본성도 존중한다.

아름다운 말과 존경할 만한 행동의 가치를 언급하는 부분은 도의 실용적인 측면이 강조된다. 개인의 수양뿐만 아니라 사회적 화합을 위해서도 말과 행동의 통일이 중요하다. 특히 어질지 못한 사람도 버리지 말아야 한다는 생각은 도의 포용적인 세계관을 잘 보여 준다.

나라를 세우고 삼공을 두었다는 언급은 도교의 원리가 개인을 넘어 정치와 사회 질서에도 적용될 수 있음을 보여 준다. 그러나 도를 따르는 것이 외적인 힘과 부유함보다 더 중요하다는 점을 강조한다. 통치자가 인위적인 개입 없이 자연의 순리를 따를 때 이상적인 통치가 이루어진다는 의미다.

도를 소중히 여기는 이유에 대한 설명은 도의 실용적 가치를 강조한다. 도가 원하는 것을 얻고 죄를 피하는 데 사용될 수 있다는 사실은 도가 단순한 철학적 개념이 아니라 실생활에 적용될 수 있는 원리라는 뜻이다. 이는 도를 체득했다는 '득도' 개념과도 연결된다. 득도의 궁극적인 목표는 개인과 사회가 조화롭게 발전할 수 있는 도를 실현하고 그에 따라 사는 것이다.

이러한 도의 특성은 음양 및 오행의 개념과도 밀접한 관련성이 있다. 도는 음과 양의 조화로운 상호작용을 통해 만물을 생성하고 변화시키는 원리다. 또한 오행의 '상생상극' 관계처럼, 도는 존재들 간의 복잡한 상호관계를 포괄하는 개념이다.

상생상극

오행의 상생상극은 동양 철학의 핵심 개념 중 하나로, 우주의 기본 요소들 간의 상호 작용을 설명하는 이론이다. '목, 화, 토, 금, 수'라는 다섯 가지 원소를 기반으로 하며, 이들 사이의 관계를 통해 자연과 인간 사회의 변화를 이해하고자 하는 학설이다.

상생은 서로 돕고 생성하는 관계를 의미한다. 예를 들어, 나무는 불을 일으키고, 불은 재를 만들어 흙을 비옥하게 하며, 흙은 금속을 품고, 금속은 물을 응결시키고, 물은 다시 나무를 기르는 순환적 관계를 형성한다. 이는 자연의 조화로운 흐름과 생명의 순환을 상징한다.

반면 상극은 서로 억제하고 제어하는 관계를 나타낸다. 나무는 흙을 뚫고 자라며, 흙은 물을 막아서고, 물은 불을 끄며, 불은 금속을 녹이고, 금속은 나무를 자르는 관계를 보여 준다. 이는 자연의 균형을 유지하는 메커니즘으로 이해될 수 있다.

오행의 상생상극 이론은 단순히 자연 현상을 설명하는 데 그치지 않고, 인간 사회와 개인의 삶에도 적용된다. 예를 들어, 한의학에서는 이 원리를 바탕으로 인체의 기능과 질병을 이해하고 치료법을 개발한다. 또한 음양오행 사상은 동양의 전통적인 정치 철학, 예술, 건축 등 다양한 분야에 영향을 미쳤다.

이 이론의 핵심은 만물이 상호 연결되어 있으며, 조화와 균형이 중요하다는 점이다. 상생의 관계는 발전과 성장을, 상극의 관계는 견제와 균형을 의미한다. 둘 다 필요하며, 어느 한쪽으로 치우치지 않는 것이 이상적이라고 본다.

무위로 행하고

작위하지 않음으로 행하고 일없음으로 일을 삼으며 맛없음으로
맛을 삼는다. 크든 작든, 많든 적든, 원한은 덕으로 갚는다.

쉬운 것에서 어려운 것을 도모하고, 미세한 것에서 큰 것을 행한
다. 어려운 일은 쉬운 일일 때 도모하고, 큰 일은 작은 일이었을
때 행하라. 세상의 어려운 일은 반드시 쉬운 것에서부터 일어나
고, 세상의 큰 일은 작은 것에서 일어나기 때문이다.

그래서 성인은 끝내 큰 일을 하지 않는다. 그러므로 능히 큰 일
을 이루는 것이다. 대체로 쉽게 승낙하는 것은 반드시 믿음성이
적고, 아주 쉬워 보이는 것은 반드시 많은 어려움이 있다. 그래
서 성인은 쉬운 일도 어려운 일처럼 한다. 그러므로 끝내 어려움
이 없는 것이다.

도의 의미는 불필요한 간섭을 피하고 사물의 자연스러운 질서를 존중하는 데 있다. 이는 현대 사회에서 흔히 볼 수 있는 과도한 개입과 통제에 대한 욕구와 대조적이다. 노자는 사물의 자연스러운 흐름을 따르는 것이 더 유익하다고 했다.

일없음이라는 개념은 무위와 연결된다. 이는 불필요한 행동을 줄이고 본질적인 것에 집중하라는 의미다. 이는 끊임없이 바쁘게 움직이는 것을 미덕으로 여기는 현대 사회에서 이해하기 힘든 부분이다. 진정한 지혜와 창의성은 고요함과 비움의 상태에서 나온다고 믿었기 때문에 무위가 의미를 갖게 된다.

맛없음은 단순하고 소박한 태도를 말한다. 화려하고 자극적인 것들을 추구하는 현대 사회의 경향과는 반대되는 개념이다. 노자는 단순함 속에 더 깊은 맛과 의미가 숨어있다고 믿었다. 악을 선으로 갚는다는 것은 더 높은 차원의 윤리관을 보여 준다. 단순히 복수나 보복의 고리를 끊는 것이 아니라 세상을 변화시키는 힘을 가진 선을 적극적으로 행하는 것이다.

큰일의 시작이 작은 일에서 비롯된다고 보는 시각이다. 이는 우리 생활 속의 작은 시도가 큰 변화로 이어져서 성취감을 맛볼 수 있다는 지혜다. 따라서 생활 속에서 작은 일을 소홀히 하지 않고 성실하게 실천하는 것이 중요하다.

'쉬운 것에서 어려운 것을 도모한다'라는 표현은 단계적 접근의 중요성을 강조한다. 이는 현대 사회에서 흔히 볼 수 있는 즉각적인 결과나 급격한 변화를 추구하는 태도와는 대조적이다. 노자 철학은 점진적이고 꾸준한 발전을 더 가치 있게 여긴다.

'성인은 결국 큰일을 하지 않는다'라는 역설적인 표현에는 깊은 뜻이 담겨 있다. 성인이 큰일을 하지 않는다는 뜻이 아니라, 모든 일을 너무 자연스럽고 수월하게 처리하며 큰일처럼 보이지 않는다는 뜻이다. 또 큰일로 자라기 전에 미리 대비하기 때문에, 큰일을 하지 않는다고 하는 의미도 있다.

이는 최소한의 노력으로 최대의 효과를 얻을 수 있는 최적화된 행동 방식이다. '쉬운 일도 어려운 일처럼 한다'라는 문구는 모든 일에 신중하고 진지한 태도를 강조한다. 사소한 일에도 소홀히 하지 않고 정성을 다해 임하라는 뜻이다. 이러한 태도는 결국 어려운 상황에 당황하지 않고 대처할 수 있는 능력을 길러준다.

암묵적 지식

우리는 종종 "알고 있다"라고 말하지만, 그것을 정확히 어떻게 알고 있는지 설명하기 어려운 때도 있다. 예를 들어, 우리는 자전거를 잘 타면서도, 잘 타게 되는 과정을 상세히 설명하기는 쉬운 일이 아니다. 이러한 현상을 설명하는 개념이 바로 '마이클 폴라니'가 제시한 '암묵적 지식'이다.

폴라니는 우리는 우리가 말할 수 있는 것 이상으로 많이 알고 있다고 주장한다. 이는 우리의 지식이 명시적으로 표현할 수 있는 부분과 그렇지 않은 부분으로 구성되어 있음을 의미한다. 암묵적 지식은 말로 표현하기 어렵지만 분명히 존재하는 지식을 가르친다.

암묵적 지식의 특징은 그것이 경험과 실천을 통해 습득된다는 점이다. 요리사가 음식의 간을 맞추는 방법, 의사가 환자의 미묘한 증상을 읽어내는 능력, 숙련된 장인이 재료의 질을 판단하는 감각 등이 모두 암묵적 지식의 예라고 할 수 있다. 이러한 지식은 단순히 이론적 학습만으로는 얻기 어려우며, 직접적인 경험과 시행착오를 통해 체화된다.

전통적인 서구 철학에서는 명시적이고 객관적인 지식을 중요시해 왔지만, 폴라니는 이러한 관점이 지식의 한 측면만을 강조한다고 보았다. 그는 인간의 지식이 언어나 수학적 공식으로 완전히 표현될 수 없으며, 개인의 경험과 맥락에 깊이 뿌리박혀 있다고 주장했다.

인공지능이 빠르게 발전하고 있지만, 인간의 직관과 경험에 기반한 암묵적 지식은 여전히 인공지능이 쉽게 모방하기 어려운 영역이다. 이는 인간만의 고유한 가치와 역할이 무엇인지에 대해 다시 한번 생각해 보게 한다.

천 리 길도 한 걸음부터

안정된 상태에서 유지하기가 쉽고, 아직 기미가 없을 때라야 도모하기가 쉽고, 취약할 때라야 부서뜨리기가 쉽고, 미세할 때라야 흩트리기 쉽다. 아직 일이 생기기 전에 일을 도모하고, 혼란해지기 전에 다스려야 한다.

아름드리나무도 털끝 같은 싹에서 나오고, 구 층 누대도 한 줌 흙이 쌓여 올라가고, 천 리 길도 한 걸음부터 시작된다.

억지로 하는 자는 실패하게 마련이고, 집착하는 자는 잃을 수밖에 없다. 따라서 성인은 작위 하지 않기 때문에 실패하는 일이 없고, 집착하지 않기 때문에 잃는 일이 없다.
사람의 일은 언제나 거의 성공할 즈음에 실패하고 만다. 시작할 때처럼 마지막까지 신중했다면 실패는 없었을 것이다.

그러므로 성인은 욕심을 거둬내고, 재물을 귀하게 여기지 않으며, 배우지 않음의 지혜를 배우고, 많은 사람이 지나쳐 버리는 경지로 돌아간다. 만물이 스스로 그러함의 도를 따르도록 도와줄 뿐, 억지로 일을 도모하지 않는다.

시시각각 변하는 자연의 변화가 어디에서 비롯되는지, 그 시작점에 주목할 필요가 있다. 큰 변화는 항상 작은 시작에서 비롯된다. 거대한 나무는 작은 씨앗에서 시작되고, 높은 건물은 첫 벽돌을 쌓는 것에서 시작된다. 우리 삶도 마찬가지다.

큰 목표를 달성하려면 작은 일부터 시작해야 한다. '천 리 길도 한 걸음부터 시작된다'라는 말이 이를 잘 표현하고 있다. 또한 문제 예방의 중요성을 강조하는 말이기도 하다. 문제가 발생하기 전에 미리 대처하는 것이 더 효과적이라는 뜻이다. 이는 의학에서 치료보다 예방이 더 중요하다는 개념과 유사하다. 개인적 갈등도 초기에 해결하면 훨씬 쉽게 해결할 수 있다.

노자는 과도한 욕심이나 집착에 대해서도 경고한다. 과도한 욕심은 실패의 지름길이 될 수 있다. 성공을 너무 치열하게 추구하다 보면 오히려 성공을 놓치는 경우가 많다. 성공했어도 성공이 아닌 경우가 있다. 외형상 목표는 달성했지만, 내면의 덕성을 잃는다든지, 주변을 잃는다든지, 번아웃 증상으로 폐인이 된 경우도 많다.

배우지 않음의 지혜는 선입견과 편견의 틀에서 벗어날 것을 권장하는 말이다. 새로운 시각으로 세상을 고쳐 보면 혁신의 원천이 어디에서 발원하는지를 알아낼 수 있다. 구태의연한 배움으로 형성된 선입견과 편견, 그들의 견고한 틀에서 벗어난 사고는 창조적 아이디어로 나타날 수 있다.

노자는 겸손과 중용의 미덕을 강조한다. 재물이나 명예에 집착하지 않고 욕심을 자제하는 것이 행복으로 가는 길이라고 했다. 이는 현대 사회의 물질주의와 대조를 이루며 진정한 풍요가 무엇인지 다시 생각하게 한다. 마지막으로, 만물은 서로 연결되어 있으며, 부분의 합보다 전체의 조화가 더 중요하다는 인식이다.

자연과 인간, 개인과 사회는 서로 밀접하게 연결되어 있어서, 균형과 조화를 염두에 두지 않으면 살아남을 수 없다. 이 장에서는 빠르게 변화하는 세상에서 본질적인 가치를 잊고 사는 우리에게 중요한 의미를 전해 준다. 부분의 합보다 전체의 조화를 우선하는 것이 나를 완성하는 지름길이다.

프로네시스

'프로네시스'는 '아리스토텔레스'의 윤리학에서 중요한 개념이다. 이는 보통 실천적 지혜 또는 윤리적 지혜로 번역되지만, 단순한 번역만으로는 그 의미를 온전히 전달하기 어렵다.

프로네시스는 단순한 지식이나 기술을 넘어선다. 이는 상황을 정확히 파악하고, 윤리적으로 올바른 판단을 내리며, 그에 따라 적절히 행동할 수 있는 능력을 의미한다. 즉, 이론적 지식과 실제 행동 사이의 틈새를 메우는 역할을 한다.

이 개념의 핵심은 상황에 따른 유연성이다. 프로네시스를 갖춘 사람은 각 상황의 특수성을 인식하고, 일반적인 원칙을 구체적인 상황에 맞게 적용할 줄 안다. 이는 단순히 규칙을 따르는 것이 아니라, 상황의 복잡성을 이해하고 최선의 판단을 내리는 능력을 말한다.

백성을 어리석게

옛날에 도를 잘 실천하는 사람은 백성이 총명하기를 바라지 않았다. 오히려 어리석게 만들려고 했다. 백성을 다스리기 어려운 것은 그들에게 지모가 많기 때문이다.

그러므로 지모로 나라를 다스리면 나라의 도적이 되고, 지모로 나라를 다스리지 않으면 나라의 복이 된다. 이 두 가지를 깨닫는 것이 하늘의 법도를 깨닫는 것이다.

항상된 법도를 깨우치는 것을 '현덕'이라고 한다. 현덕은 깊고 멀어서 사물의 이치에 반하는 것 같지만, 그것은 결국 큰 순리에 이르는 길이다.

통치자의 역할에 대한 노자의 견해는 기존의 통념과 다소 차이가 있다. 그는 사람들을 어리석게 만드는 것이 오히려 바람직하다고 주장하기 때문이다. 이는 무지를 조장하려는 것이 아니다. 과도한 지식과 욕망이 사회적 혼란을 초래할 수 있다는 생각에서 비롯된 것이다.

지모는 지혜의 교활함을 뜻하는 말로, 노자는 이를 경계해야할 대상으로 여겼다. 지모가 너무 많으면 사회가 복잡해지고 통치가 어려워질 수 있다는 것이다. 이는 현대 사회에서 과도한 정보와 기술이 우리네 삶을 더 복잡하고 어렵게 만드는 것과 유사하다.

노자는 지모를 사용하지 않고 나라를 다스리는 것이 국가에 축복이라고 말한다. 이는 인위적인 조작이나 간섭 없이 자연의 흐름을 따르는 것이 가장 좋은 통치 방식이라는 말이 된다. 이러한 관점은 도가 철학의 핵심이며 자연과의 조화를 강조하는 동양 사상의 특징이기도 하다.

천도를 깨닫는다는 것은 이 역설적인 진리를 이해한다는 것을 의미한다. 노자 철학에서 하늘은 단순한 자연 현상을 넘어선 우주의 질서와 원리를 상징한다. 따라서 하늘의 도를 깨닫는다는 것은 우주의 근본 원리를 이해하고 그에 따라 살아간다는 것을 뜻한다.

덕이란 천도 개념의 이해를 바탕으로 한 지혜의 실천이다. 노자는 덕을 깊고도 멀다고 묘사했는데, 이는 쉽게 얻거나 이해할 수 없음을 암시한다. 사물의 이치에 반하는 것 같다는 표현은 덕이 상식이나 통념과 사이에 차이가 존재함을 암시하는 말이다.

　노자 사상은 단순히 정치 철학에만 국한된 것이 아니다. 노자 사상은 우리가 삶을 어떻게 살아야 하는지, 세상을 어떻게 이해해야 하는지에 대한 지혜를 제공한다. 과도한 욕심이나 인위적인 노력 대신 자연의 흐름에 순응하는 것이 진정한 지혜일 것이다.

행복의 조건

　　　　　　서양에서 보통 행복의 5대 조건이라고 하면 '건강', '안정', '재물', '존경', '출세'를 꼽는다. 이들은 '매슬로의 5단계 욕구'와 짝을 이룬다. 매슬로 5단계 욕구는 ① 생리적 욕구, ② 안정적 욕구, ③ 사회적 욕구, ④ 존경적 욕구, ⑤ 자아실현 욕구 다섯 가지를 말한다. 서양의 행복론은 이상의 다섯 가지 욕구 충족을 행복으로 삼는다는 뜻이다.

　그러나 동양인이 행복 조건으로 꼽는 오복은 다른 사람들의 도움 없이 스스로 획득할 수 있는 것들이다. 외부로부터 채워지는 욕구 충족의 의미는 어디에도 없다. 오히려 욕구 절제를 통해 얻어지는 안정감을 행복으로 여긴다. 동양의 오복은 '부', '장수', '강녕', '유호덕', '고종명' 등 다섯 가지다.

　오복 중에서 부는 부할 부자를 쓰지만 재물을 의미하는 것이 아니다. 오복에 나오는 부는, 가진 재물에 만족하면 마음이 부유하다는 뜻이다. 장수는 오래 사는 것이다. 강녕은 신체와 정신 모두 무탈하다는 뜻이다.

　유호덕은 덕을 쌓아서 이웃에 베풀라는 뜻이고, 고종명은 천수를 누리고 죽을 때, 주변에 폐를 끼치지 않고, 자신도 고통 없이 편히 죽는 것이다. 이렇게 다섯 가지를 오복이라고 한다. 여기에 소개한 오복은 '서경' 버전이다.

바다는 계곡의 왕

강과 바다가 모든 계곡의 왕이 될 수 있는 것은 자신을 잘 낮추기 때문이다. 그러므로 모든 계곡의 왕이 되는 것이다.

그래서 백성 위에 서기를 바라는 자는 자신을 낮추어 말해야 한다. 또 백성보다 앞서고자 하면 반드시 몸을 뒤에 두어야 한다.

그렇게 하면 성인이 위에 있어도 백성들이 무거워하지 않고, 앞에 있어도 백성들이 방해로 여기지 않는다.

그래서 세상 모든 사람이 그를 기꺼이 받들면서도 싫어하지 않는다. 다투려고 하지 않기 때문에 누구도 그와 더불어 다툴 수가 없다.

"백성 위에 서고 백성보다 앞서간다"는 표현은 통치자의 위치를 설명하는 동시에 그 위치에 따르는 책임과 의무를 강조하는 말이다. 통치자는 자신을 낮추고 국민을 먼저 생각해야 한다. 이는 공자의 민본사상과도 통한다. 통치자는 백성을 위해 존재하며, 백성의 행복과 안녕이 국가의 근간이라는 것이 공자의 생각이다.

성인은 단순히 지혜로운 사람이 아니라 도덕적 완성을 이룬 이상화된 인간이다. 이 문장에서 성인은 겸손과 절제를 통해 백성들의 신뢰를 얻는 통치자로 묘사된다. 성인의 리더십은 강압이나 위협이 아닌 덕을 통한 영감과 영향력을 바탕으로 한다.

무거워하지 않음과 방해로 여기지 않음은 이상적인 통치의 결과로 설명된다. 통치자가 지나치게 간섭하거나 억압적이지 않을 때 천하는 자연스럽게 조화를 이룬다. 이는 현대의 작은 정부라는 개념과도 일맥상통한다.

기꺼이 받들면서도 싫어하지 않는 상태는 지도자와 백성 사이의 이상적인 관계를 설정한다. 이는 맹자의 민심이라는 개념과도 연결된다. 백성의 마음을 얻는 것이 통치의 기본이라는 뜻이다. 통치자가 겸손하고 자연스럽게 백성의 지지를 얻을 수 있다는 뜻이다.

마지막으로 다투지 않는 것은 단순히 갈등을 피하는 것이 아니라 조화로운 상태를 유지하는 지혜를 말한다. 물처럼 유연하면서도 끊임없이 덕을 실천하는 것이 최고의 미덕이라고 믿었다.

도의 절대성

철학적 관점에서 절대는 도처럼, 변화하지 않는 궁극적 실재나 진리의 본성이다. 플라톤의 '이데아', 칸트의 '물자체', 헤겔의 '절대정신' 등이 이러한 개념을 대표한다. 이들 철학자는 우리가 경험하는 상대적이고 가변적인 현상 세계 너머에 절대적 실재가 존재한다고 주장한다. 이러한 관점은 인간의 지식과 경험의 한계를 넘어선 궁극적 진리에 대한 갈망으로 나타낸다.

실제로, 현대 과학에서는 절대적 진리나 완전한 객관성이라는 개념 자체에 의문을 제기한다. 이는 우리가 절대라고 믿는 것조차 특정 관점이나 가정에 기반하고 있기 때문이다.

그렇다면 절대라는 개념은 우리에게 어떤 의미인가? 아마도 그것은 우리의 지식과 이해의 한계를 인식하면서도 끊임없이 진리를 추구하는 인간 정신의 표현일 것이다. 절대와 도는 도달할 수 없는 이상이지만, 동시에 우리를 더 깊은 탐구와 성찰의 세계로 이끄는 원동력이다.

내게 세 가지 보물은

세상 사람들이 나의 도는 크지만 도답지 않다고 한다. 오로지
클 뿐, 도를 닮은 것 같지 않다고 말한다. 만약 도처럼 보였다면
이미 오래전에 보잘것없이 됐을 것이다.

나는 세 가지 보물을 소중히 간직한다. 첫째는 자애이고 둘째는
검약이고, 셋째는 세상에 나서지 않는 것이다. 사랑 때문에 용감
할 수 있고, 검약하기 때문에 넉넉해질 수 있고, 남 앞에 안 나서
기 때문에 이로운 기기가 되어 오래가는 것이다.

요즘 사람들은 사랑을 버리고 장차 용감해지려고 하고, 검소함
을 버리고 장차 넉넉해지려고 하고, 뒤에 따르지 않으면서 장차
앞장서려고 하는데, 이는 죽음을 향해 가는 것이다.

어머니의 사랑으로 전쟁하면 승리할 수 있고, 어머니의 사랑으
로 지키면 견고하게 지킬 수 있다. 하늘의 구원은 어머니의 사랑
으로 방비하는 것이다.

본문에 언급된 세 가지 보물은 노자 철학의 핵심 가치를 나타낸다. 자애, 검약, 겸손은 단순히 개인의 덕목이 아니라 사회적으로 조화를 이루기 위한 원칙이다. 자애는 어머니의 사랑이다. 어머니의 사랑은 자존감의 원천이고, 검소는 풍요로움의 기초이며, 겸손은 지속 가능한 발전의 토대가 된다.

현대 세계와 이상적인 삶의 방식을 대조하면서 이 글은 우리에게 깊은 성찰을 요구한다. 사랑을 희생하면서 용감해지려고 하고, 검약하지 않으면서 풍요를 추구하고, 겸손 없이 리더십을 추구하면 결국 자멸로 이어질 수 있다고 경고하는 것이 그것이다.

음양의 조화를 강조하는 노자 철학에서 '어머니의 사랑'에 대한 예는 특히 인상적이다. 부드럽고 포용력 있는 어머니의 사랑이 가장 강력한 힘이 될 수 있다는 것은 강함과 약함, 부드러움과 단단함이 상호 보완적이며 순환한다는 동양의 세계관을 반영한다.

이 사상은 공자의 '인' 사상과도 연결된다. 공자는 인간 사회의 근간을 인이라고 했다. 즉 타인을 내 몸처럼 사랑하라는 것이다. 노자의 사랑과 공자의 인은 모두 인간관계와 사회 질서의 근간이 되는 핵심 가치로, 공자 철학의 중요한 축을 형성한다.

맹자는 인간의 본성을 선하다고 보았고, 이 선한 본성을 보존하고 표현하는 것이 중요하다고 강조한다. 이는 우리가 지키고 실천해야 할 노자의 세 가지 보물과 연결된다. 인간의 선한 본성을 보존하고 발현하는 것이야말로 도를 실천하는 길이다.

불교의 자비 사상은 이 글의 자애라는 개념과도 통한다. 모든 중

생을 평등하게 사랑하고 그들을 고통에서 구하고자 한다는 생각이 같다는 뜻이다. 이는 개인을 넘어 백성을 두루 아우르는 보편적인 사랑과 연민을 의미한다.

전할 수 없는 도

장자 '천운'에 실린 글로 도에 관한 내용이다. 도라는 것이 누구에게 바칠 수 있는 것이라면 사람들 누구나 그것을 임금에게 갖다 바쳤을 것이다. 도라는 것이 가져다드릴 수 있는 것이라면 누구나 그것을 자기 부모에게 가져다드렸을 것이다.

또 도라는 것이 남들에게 일러 줄 수 있는 것이라면 누구나 자기 형제에게 일러 주었을 것이다. 도라는 것이 누구에게나 전할 수 있는 것이라면 누구나 그것을 자손들에게 전해주었을 것이다.

그렇지만 사람들이 그렇게 하지 못하는 것은 마음속에 주인이 될 만한 게 없으면 도가 그 사람에게 머물지 않고, 행실이 올바르지 못하면 도는 행하여지지 않기 때문이다.

잘 싸우는 장수는

잘 싸우는 장수는 무력을 쓰지 않고, 싸움을 잘하는 사람은 성내지 않는다.

적을 잘 이기는 사람은 적과 맞대 싸우지 않고, 사람을 잘 쓰는 사람은 그들 앞에서 몸을 낮춘다.

이를 다투지 않는 덕이라고 하고, 이것을, 사람을 다루는 능력이라고도 하며, 하늘의 이치에 맞는 지극한 '옛 도'라고도 한다.

무력 사용은 단기적인 해결책일 뿐, 장기적으로는 더 큰 갈등과 불화를 초래한다. 따라서 진정으로 위대한 통치자는 물리적인 힘이 아닌 도덕적 권위와 설득으로 사람들을 이끈다.

분노는 이성적인 판단을 흐리게 하고 불필요한 갈등을 유발한다. 감정 조절 능력은 개인의 내적 평화뿐만 아니라 사회적 화합을 위해서도 필수적이다. 공자는 군자는 화이부동이라고 말했는데, 이는 자신의 정체성을 지키면서도 타인의 의견을 존중한다는 뜻이다.

손자병법에서도 적과의 직접적인 대결을 피하는 것이 싸우지 않고 적군을 물리치는 최고의 전략이라고 했다. 이는 단순히 물리적 충돌을 피하는 것 이상으로 전체 상황을 파악하고 현명하게 행동하는 능력을 강조하는 것이다.

공자의 공경이라는 개념은 자신과 타인, 그리고 세상의 모든 것에 대한 존중과 경외심을 의미한다. 공경하는 태도는 다투지 않는 덕목으로 이어진다. 부쟁의 덕은 단순히 다투지 않는 것이 아니라, 상황에 대한 깊은 이해와 지혜를 바탕으로 한 행동 방식이다.

현대인들은 늘 경쟁에 시달리면서 살아가고 있다. 학교에서는 더 좋은 성적을, 직장에서는 더 높은 지위를, 사회에서는 명예를 획득하기 위해 끊임없이 다툰다. 이런 경쟁 속에서 우리는 진정한 자아를 잃어버릴 뿐만 아니라, 끝없는 욕망의 굴레에 갇히게 된다.

부쟁의 덕은 이런 현실에 대한 해답이 된다. 경쟁을 포기하라는 것이 아니라, 경쟁의 본질을 다시 생각해 보라는 것이다. 남과 겨루기보다는 어제의 나와 겨루는 것, 타인의 기준이 아닌 나만의 기준으로 성공을 정의하는 것, 이것이 부쟁의 현대적 해석이다.

실제로 이러한 부쟁의 정신을 실천한 리더가 있다. 애플의 '스티브 잡스'는 "Stay hungry, stay foolish"라는 명언을 남겼다. 이는 남들과의 경쟁에 매몰되지 않고, 자신의 길을 가라는 메시지로 해석된다.

"끊임없이 갈망하고, 바보처럼 질문하고, 우직하게 행하라"라는 이 말 속에 남과의 경쟁이나 다툼은 전제되지 않는다. 남을 이기는 사람은 힘이 있는 사람이고, 자신을 이기는 사람은 강한 사람이라는 노자 말씀을 떠올리게 하는 인물이다.

하늘의 이치는 자연의 법칙과 우주의 기본 원리를 의미한다. 공자는 천명을 알지 못하면 군자가 될 수 없다고 말하며 우주의 근본 원리를 이해하고 그에 따라 사는 것이 현명한 삶의 방식임을 강조했다.

이 장에 나오는 옛 도라는 문구는 단순히 과거의 방식을 의미하는 것이 아니라 시대를 초월한 보편적인 진리를 말한다. 이는 공자의 온고지신이라는 사상과도 연결된다. 옛것을 배워 새것을 익히고, 과거의 지혜를 현재에 적용하여 미래에 대한 지혜를 얻는 것을 말한다.

손자병법

손자병법은 전쟁의 기술을 다루는 책이지만, 그 핵심에는 '싸우지 않고 이기는 법'이 자리 잡고 있다. 이는 단순히 물리적 충돌을 피하는 것을 넘어서, 전략적 사고와 지혜로운 행동을 통해 궁극적인 승리를 달성하는 방법을 설명한다.

손자는 "백전백승은 좋은 것이 아니다. 싸우지 않고 적군을 굴복시키는 것이 가장 좋은 방법이다"라고 말했다. 이는 전쟁의 본질이 파괴가 아닌 목적 달성에 있음을 이른 말이다.

또한 손자는 "최고의 전략은 적의 계략을 무너뜨리는 것이고, 그다음은 적의 동맹을 무너뜨리는 것이며, 그다음은 적의 군대를 공격하는 것이고, 가장 나쁜 것은 성을 공격하는 것이다"라고 했다. 이는 직접적인 충돌을 최후의 수단으로 여기고, 먼저 적의 전략과 외교 관계를 무력화시키는 것이 더 효과적임을 보여 준다.

손자는 또한 "적을 알고 나를 알면 백전백승이다"라고 했다. 이는 상황에 대한 정확한 이해가 승리의 핵심임을 말한다. 개인적으로 자신이 처한 상황과 환경에 대한 분석이 우선하는 것이 중요하다. 이를 바탕으로 의사결정을 내리는 것이 성공의 열쇠가 된다.

더불어 '최고의 장수는 적의 마음을 굴복시키고, 그다음의 장수는 적의 동맹을 굴복시키며, 그다음의 장수는 적의 군대를 굴복시키고, 가장 모자란 장수는 적의 성을 공격하는 것이다'라는 구절은 심리적 승리가 얼마나 중요한지를 보여 주는 대목이다.

전진 없는 전진으로

병법에 이런 말이 있다. 내 편에서 주인이 되려 하지 말고 객처럼 처신하되, 감히 한 치 전진하기보다 한 자 물러나라.

일컬어 걸음 없는 걸음을 걷고, 팔 없는 소매를 걷어붙이며, 무기 없는 무기를 잡고, 적이 없는 적을 공격한다는 것이다.

적을 과소평가하는 것보다 더 큰 재난은 없다. 적을 경시하면 나의 보물을 잃게 된다. 그러므로 군사를 일으켜 서로 대치해 싸울 때는, 상대를 가엾이 여기는 쪽이 승리한다.

이 장에 나오는 주인과 손님의 비유는 역설적이다. 여기에서 주인의 위치는 교만과 독선의 상징이라면, 손님의 자세는 신중함과 융통성을 상징한다.

전진보다 후퇴를 강조하는 것은 역설의 지혜를 보여 준다. 무리한 전진은 위험을 초래하지만, 적절한 후퇴는 더 큰 승리의 기회를 창출한다. 이는 '한 걸음 뒤로, 두 걸음 앞으로'라는 전략과도 일맥상통한다.

걸음 없는 걸음, 팔 없는 소매, 무기 없는 무기, 적 없는 적의 개념은 도가의 무위사상을 연상시킨다. 이는 표면적인 행동이나 형식에 얽매이지 않고 사물의 본질을 꿰뚫어 보는 지혜다. 이는 장자의 좌망과 심재의 경지와도 통한다. 만물을 잊고 마음을 비워야 진정한 도를 깨달을 수 있다.

적을 과소평가하지 말라는 경고는 "자기를 극복하고 예의를 회복하는 것이 인이다"라는 공자의 가르침과 연결된다. 적을 물리치려면 먼저 자신의 오만과 경박함을 극복해야 한다. 이는 내적 수양의 중요성을 강조하는 유교 사상의 핵심이다.

보물을 잃는다는 표현은 단순한 물질적 손실을 넘어서는 것이다. 여기서 보물은 도덕적 가치, 인격의 완성, 궁극적으로는 도를 의미한다. 이는 맹자가 말한 '호연지기'의 상실과 같은 맥락이다. 정의롭고 담대한 기상을 잃으면 진정한 승리는 불가능하다.

또 상대를 가엾게 여기는 불교의 자비 사상과도 연결된다. 적까지 포용하는 큰마음이야말로 진정한 승리의 열쇠가 된다. 내가 하기 싫은 일을 남에게 시키지 않는 것, 즉 역지사지의 자세가 전쟁에서조차 중요한 덕목이다.

이러한 노자의 철학적 관점은 전쟁이라는 극한 상황에서도 인간성과 도덕적 완성을 추구한다. 승리는 단순히 적을 물리치는 데서 오는 것이 아니라 자기 내면을 다스리고 상대방을 포용하는 데서 오는 것이다. 이는 손자병법의 '백전백승'이 최선이 아니라 싸우지 않고 이기는 것이 최선이라는 가르침과도 일치한다.

동양의 병법에는 단순한 전술을 넘어 철학적, 윤리적 차원의 지혜가 담겨 있다. 겸손, 절제, 포용과 같은 덕목은 전쟁이라는 극한의 상황에서도 결코 포기해서는 안 되는 가치다. 노자 철학의 이러한 지혜는 오늘날과 같은 경쟁과 갈등의 세계에서 새로운 통찰력을 제공한다.

진정한 승리는 외부의 적을 물리치는 것이 아니라 자기 내면을 다스리는 데서 비롯된다는 것이다. 적을 경계하되 미워하지 않고, 승리를 추구하되 교만하지 말 것, 전략을 세우되 인간성을 잃지 않는 것, 이와 같은 자기 성찰이 승리의 비결이다.

호연지기

유가사상에서 호연지기는 인간의 도덕적 완성을 향한 핵심 개념이다. 맹자가 제시한 이 개념은 단순한 감정이나 태도를 넘어선 깊은 철학적, 윤리적 함의가 있다.

호연지기는 인과 의의 실천에서 비롯된다. 인은 타인에 대한 사랑과 연민을, 의는 옳고 그름을 분별하는 정의감을 의미한다. 유가에서는 이 두 가치의 실천이 인간의 본성을 완성하는 길이라고 본다. 호연지기는 이러한 가치들을 일상에서 꾸준히 실천함으로써 형성되는 정신적 상태다.

호연지기는 수신의 결과물이다. 개인이 끊임없는 자기 성찰과 도덕적 수련을 통해 자신을 갈고닦을 때, 그 결과로 호연지기가 형성된다고 본다. 이는 단순히 외부의 가르침을 받아들이는 것이 아니라, 스스로의 노력으로 내면의 도덕성을 키우는 과정이다.

호연지기는 하늘과 하나 되는 경지를 말한다. 유가사상에서는 인간이 우주의 이치와 하나가 되는 것을 최고의 경지로 본다. 호연지기는 이러한 경지에 도달했을 때 나타나는 정신적 상태로, 개인의 의지가 우주의 질서와 조화를 이루는 상태다. 이를 한 문장으로 표현하면 이렇다.

'내 가슴속에서 일어난 의로움이 하늘 끝까지 뻗어 나가는 기상을 호연지기라고 한다.'

우리말 도덕경

남루한 옷 속에 구슬을

내 말은 아주 알기 쉽고 또 따라 행하기도 쉽다. 그런데 세상 사람들은 알지 못하고 행하지 못한다.

말에는 근원이 있고 사물에는 주재자가 있다.
대저 무지해서 나를 알아보지 못하는 것이다.

이를 아는 사람들이 많지 않기 때문에 나는 귀한 존재가 된다.
그래서 성인이 남루한 베옷 속에 구슬을 품는다.

꽃

　도의 본질은 단순하고 명료하다. 그러나 세상 사람들은 이를 이해하지 못하고 실천하지 못한다. 이는 인간의 본성과 우주의 이치 사이에 존재하는 모순을 드러낸다. 도는 근원적 진리이며, 모든 존재의 바탕이 되는 원리다. 대부분 사람은 이를 인식하지 못한 채 살아간다.

　모든 말에는 그 말이 생겨난 근원이 있으며, 모든 사물에는 그것을 주관하는 원리가 존재한다. 이는 현상과 본체의 관계를 보여 준다. 우리가 일상에서 마주하는 현상들은 모두 그 뒤에 숨겨진 본질적 원리를 가지고 있다. 대부분 사람은 표면적인 현상에만 집중하여 그 이면에 있는 진리를 보지 못한다.

　무지는 인간의 근본적인 한계다. 사람들이 도를 알아보지 못하는 이유는 그들의 무지 때문이다. 이는 단순히 지식의 부족을 의미하는 것이 아니라, 존재의 본질에 대한 이해의 결여를 뜻한다. 플라톤의 동굴의 비유가 적당한 설명이 된다.

　도의 희소성은 도를 더욱 가치 있게 만든다. 진정한 지혜는 흔하지 않기 때문에 소중하다. 이것은 지식과 지혜의 차이를 강조한다. 많은 사람이 지식을 쌓지만, 진정한 지혜를 얻는 사람은 드물다. 이러한 희소성이 도를 더욱 가치 있게 만든다.

　성인의 모습은 겸손과 내면의 충만함의 조합을 상징한다. 무명 베옷은 외적으로 검소함을, 구슬은 내적으로 풍요로움을 나타낸다. 이는 진정한 지혜는 외적으로 화려함이나 세속적인 성공과는 아무런 관련이 없음을 보여 준다. 오히려 진정한 성인은 겉으로는 평범해 보이지만 내면에는 깊이가 있는 사람이다.

　도는 모순적인 특성을 보인다. 매우 단순하면서도 심오하고, 쉽게 접근할 수 있으면서도 이해하기 어렵다. 이러한 모순은 도의 고유한 특성이며, 인간 인지의 한계를 드러낸다. 도를 언어로 완전히 표현할 수도 없고 논리적 사고만으로는 도를 이해할 수도 없다.

　도의 실천은 이론적 이해를 넘어선다. 도를 아는 것과 도를 실천하는 것은 별개의 문제다. 진정한 지혜는 단순히 개념적 이해에 그치는 것이 아니라 일상에서의 실천을 통해 완성된다. 인간의 본성과 우주의 원리는 근본적으로 하나다. 그래서 도를 이해하지 못한다는 것은 자신의 본성을 깨닫지 못한다는 의미로 통한다.

　인간은 우주 일부이며 우주의 원리는 인간 안에 존재한다. 따라서 자신에 대한 깊은 이해가 곧 우주를 이해하는 길이다. 도에는 보편성과 특수성이 공존한다. 도는 모든 존재에게 적용되는 보편적인 원리이면서 동시에 각 개인의 고유한 특성을 인정한다. 이는 획일성이 아닌 다양성 속에서 조화를 추구하는 노자 철학의 특징이다.

동굴의 비유

　　　　　　'플라톤'의 『국가론』에 실린 동굴의 비유는 인간의 무지와 지식 추구 과정을 극적으로 묘사한 우화다. 이 비유는 무지의 공포와 진리 탐구의 여정을 생생하게 보여주며, 인간의 인식과 현실에 대한 깊은 지혜를 제공한다. 동굴의 비유는 어두운 동굴 속에 갇힌 죄수들의 이야기로 시작된다.

죄수들은 태어날 때부터 동굴 안에 사슬로 묶여 있어, 동굴 벽만을 바라보며 살아간다. 죄수들의 뒤 언덕에는 불이 타오르고 있고, 그 불과 죄수들 사이로 여러 물체가 지나다닌다. 죄수들은 오직 이 물체들이 만들어 내는 그림자를 앞의 벽면에서 볼 수 있을 뿐이다. 시선이 앞으로 고정되어 있어서 뒤로 돌아볼 수도 없다.

이 상황에서 죄수들에게 그림자는 전부이자 유일한 현실이다. 그들은 이 제한된 경험을 통해 세계를 이해하고 해석한다. 그림자의 움직임, 형태, 소리 등이 그들에게는 진리로 받아들여진다. 이는 인간이 자신의 한정된 경험과 지식을 바탕으로 세계를 인식하는 방식을 나타낸다.

어쩌다 한 죄수가 사슬에서 풀려나 동굴 밖으로 기어나간다. 처음에 이 죄수는 강한 빛에 눈이 부셔 아무것도 보지 못한다. 점차 태양 빛에 적응하면서 그는 실제 사물들을 보기 시작하고, 마침내 태양을 직접 바라볼 수 있게 된다. 태양은 진리를 뜻한다.

동굴을 벗어난 죄수가 진정한 현실을 경험한 후 다시 동굴로 돌아가서 이 사실을 동료 죄수들에게 알려준다. 그는 이제 동굴 안의 삶이 얼마나 제한적이고 왜곡되어 있는지 알게 된 사람이다. 그 깨달음을 다른 죄수들에게 이해시키려고 하지만, 강한 부정과 조롱에 직면한다.

동굴의 비유는 여러 관점으로 해석할 수 있다. 교육적 관점에서는 무지에서 지식으로의 여정을, 인식론적 관점에서는 현상과 실재의 차이를, 그리고 정치적 관점에서는 철학자 왕의 필요성을 주장하는 데 사용될 수 있다.

이 비유는 또한 무지의 공포와 직접적으로 연결된다. 동굴 밖 세계는 죄수들에게 미지의 영역이며, 따라서 두려움의 대상이다. 사슬에서 풀려난 죄수가 경험하는 불편함과 고통은 기존의 안전한 믿음에서 벗어나 새로운 진리를 마주할 때 느끼는 불안과 저항을 상징한다.

알지 못함을 알면

알지 못함을 알면 최상이고, 알지 못하면서 안다고 하는 것이 병이다.

오로지 병을 병으로 알 때만 병이 아니다.

성인은 병을 앓지 않는다. 그것은 병을 병으로 알기 때문이다. 그런 까닭에 병이 되지 않는 것이다.

지식의 한계를 인정하는 겸손이야말로 지혜의 출발점이다. 진정한 지식은 자신의 무지를 깨닫는 데서 비롯된다. 이는 "나는 내가 모른다는 것을 안다"라는 소크라테스의 명언과 일맥상통한다.

반면에 자신의 한계를 인식하지 못한 채 안다고 생각하는 것은 위험한 일이다. 이는 단순한 무지를 넘어 병적인 상태로 간주된다. 이런 태도는 성장을 방해하고 오만과 편견을 낳는다. 아는 것은 안다고 알고 모르는 것은 모른다고 아는 것이 바른 지식이다.

병을 병으로 인식하는 것의 중요성은 문제 해결의 첫 단계다. 자신의 무지나 결점을 인정하는 것이 바로 그 병을 치유하는 시작점이다. 이는 불교의 '사성제'와도 연결된다. 사성제는 고통을 제대로 인지하는 것으로부터 시작한다. '고'는 고통의 존재를 인식하고, '집'은 고통의 원인을 파악하며, '멸'은 고통의 소멸 가능성을 알고, '도'는 그 방법을 실천하는 과정을 이르는 말이다.

성인은 완벽한 사람이 아니라 자신의 한계와 결점을 인식하고 이를 극복하기 위해 노력하는 사람이다. 그들은 자신의 약점을 분명히 알지만, 그것에 얽매이지 않는다. 장자는 큰 지혜는 어리석은 것 같고, 큰 변론은 말 더듬는 것과 같다고 했다. 이는 성인의 겸손과 자기 인식 능력을 잘 보여 준다.

이 장의 주제는 현대 심리학의 메타인지 개념과 연결된다. 자신의 사고 과정을 객관적으로 관찰하고 평가하는 능력은 학습과 문제 해결에 중요한 역할을 한다. 자기 인식과 성찰은 이러한 메타인지 능력을 개발하는 데 도움이 된다.

불교의 중도 사상도 이와 관련이 있다. 극단을 피하고 균형을 이루는 것은 자신과 세상에 대한 정확한 인식에서 비롯된다. 자신의 욕망과 한계를 알고 세상의 본질을 이해해야만 중용을 실천할 수 있다. 유교에서 수양은 단순한 도덕적 완성이 아니라 자신에 대한 정확한 이해와 끊임없는 성찰이다.

메타인지

'메타인지'는 인간 정신의 흥미로운 측면 중 하나다. 이는 자신의 사고 과정을 인식하고 이해하는 능력을 의미한다. 달리 말하자면, 메타인지는 '생각에 대해 생각하는 것'이라고 할 수 있다.

우리는 일상생활에서 끊임없이 사고하지만, 그 사고 과정 자체를 의식하는 경우는 드물다. 메타인지는 이러한 무의식적 사고의 흐름을 의식의 영역으로 끌어올린다. 자신이 어떻게 학습하고, 문제를 해결하며, 결정을 내리는지 관찰하고 분석하는 것이다.

메타인지의 발달은 개인의 성장과 학습에 중요한 역할을 한다. 자신의 강점과 약점을 파악하고, 효과적인 학습 전략을 수립하며, 더 나은 의사결정을 내릴 수 있게 된다. 또한 메타인지는 창의성과 비판적 사고력 향상에도 이바지한다.

위엄을 버리면

백성들이 위엄을 두려워하지 않으니 더 큰 위엄에 이르게 된다.

대신에 백성들의 생활을 억누르지 말고, 그들의 삶을 염증 내지 않게 하라. 오직 실증내지 않으면 실증낼 일이 생기지 않는다.

이에 성인은 스스로 알고 있으면서도 드러내 보이지 않고, 자신을 사랑하면서도 귀하다고 여기지 않는다. 그러므로 앞의 위엄을 버리고 뒤의 무위를 택한다.

전통적인 유교 사상이 통치자의 적극적인 교화와 개입을 강조하지만, 노자 철학은 최소한의 간섭을 옹호한다. 이는 백성들의 자연스러운 삶의 방식을 존중하고 그들의 내재된 능력과 지혜를 신뢰하는 태도에서 비롯된 것이다.

문장 중에 나오는 염증은 백성들이 통치에 불만을 품고 반란을 일으킬 수 있는 상황을 말한다. 노자는 이를 방지하는 가장 좋은 방법은 백성들이 본성대로 살도록 내버려 두는 것이라고 믿었다. 통치자가 지나치게 개입하거나 규제를 강요하면 분노와 사회적 갈등이 발생할 수 있다.

성인의 모습에 대한 설명은 노자의 철학에서 이상적인 인간상을 보여 준다. 현명하고 덕이 있는 사람일수록 더 겸손하고 낮은 자세를 취한다. 물이 아래로 흐르듯 진정으로 덕이 있는 사람은 자신을 낮추고 겸손한 태도를 보인다.

자신의 지혜를 드러내지 않는다는 생각은 무지의 개념과 연결된다. 이는 무지를 추구하라는 뜻이 아니라 자신의 지식과 능력을 과시하지 않고 겸손해지라는 의미다. 이러한 태도는 다른 사람의 지혜를 인정하고 존중하는 태도로 이어진다.

자신을 사랑하면서도 귀하게 여기지 않는다는 문장은 불가의 무아 사상을 반영한다. 무아는 자기중심적 사고에서 벗어나 만물과 하나가 되는 것이다. 자신의 존재를 인정하고 소중히 여기되, 그것에 집착하거나 자신을 다른 사람보다 우월하다고 생각하지 않는 균형 잡힌 태도다.

현대 자유계약론

현대 '자유계약론'은 미국 정치철학자 '존 롤스'의 저서 『정의론』에서 처음 주창되었으며, 사회와 정부의 정당성을 개인들 간의 자발적 합의에 근거해 설명하는 이론이다. 현대를 살아가는 자유 시민은 통치자의 위엄을 인정하지 않는다는 의미가 있다.

이 이론의 기본 전제는 다음과 같다. 첫째, 개인의 자유와 권리를 최우선으로 여긴다. 둘째, 사회 구성원들은 자발적으로 계약을 맺어 사회를 형성한다. 셋째, 정부의 권력은 시민들의 동의에서 비롯된다. 넷째, 개인의 자유는 타인의 자유를 침해하지 않는 선에서 보장되어야 한다.

하늘의 성근 그물

용기가 있어서 무모하게 행하면, 죽임을 당하고, 용기가 있어도 무모하게 행하지 않으면, 살아남는다. 이 둘 가운데 하나는 이로운 것이지만 다른 하나는 해로운 것이다.

하늘이 싫어하는바, 그 까닭을 누가 알겠는가? 그래서 성인조차 어렵게 여기는 것이다.

도는 다투지 않음을 승리로 여기고, 말하지 않음으로 대응을 삼고, 부르지 않아도 스스로 오고, 천연스레 있으면서도 잘 도모하는 것이다.
하늘의 그물망은 넓고 성글지만, 빠뜨리는 법이 없다.

무모한 행동이 죽음으로 이어질 수 있고, 반대로 신중함이 생존을 보장할 수 있다는 것이다. 이는 단순히 용기의 유무가 아니라 상황에 맞는 적절한 판단과 행동의 중요성을 강조한다. 이로움과 해로움의 구분은 결과론적 관점에서 이루어지지만, 그 판단 기준은 개인이나 사회의 가치관에 따라 달라질 수 있다.

하늘의 뜻, 즉 자연의 이치는 인간의 지혜로 완전히 이해하기 어렵다. 성인조차도 이를 어려워한다는 표현은 인간 지식의 한계와 자연에 대한 경외심을 나타낸다. 이는 노자 철학의 핵심인 자연과의 조화, 무위자연의 태도로 연결된다.

도의 특성 중 하나는 다투지 않음에서 승리를 찾는 것이다. 이는 물과 같이 유연하고 부드러운 태도로 세상에 대응하는 것을 의미한다. 말하지 않음으로써 대응한다는 것은 불필요한 논쟁을 피하고 침묵의 지혜를 활용하는 것이다.

부르지 않아도 스스로 오는 것은 자연스러운 흐름을 따르는 도의 특성이다. 이는 강제나 조작 없이 자연의 순리를 따라야 한다는 것을 강조한다. 천연스레 잘 도모한다는 것은 자연의 본성을 인식하고 이를 활용하는 지혜를 의미한다.

하늘의 그물망에 대한 비유는 도의 포괄성과 불가피성을 나타낸다. 도는 만물을 아우르는 거대한 그물이며, 어떤 것도 이에서 벗어날 수 없다. 이는 우주의 법칙이 모든 존재에 적용된다는 것을 의미한다.

'넓고 성글다'라는 표현은 도가 강제적이거나 억압적이지 않음을 나타내며, 동시에 빠뜨리는 법이 없다는 것은 그 적용의 예외 없는 보편성을 나타낸 것이다.

하늘의 성근 그물

'하늘의 그물망은 넓고 성글지만, 빠뜨리는 법이 없다'라는 말은 우주의 작동 원리를 설명한다. 하늘, 즉 자연의 법칙은 언뜻 보기에 느슨하고 허술해 보일 수 있다. 마치 구멍이 많은 그물처럼 말이다.

그러나 실제로는 아무리 작은 것도 놓치지 않는 정교한 체계를 가지고 있다. 이는 우리가 인식하지 못하는 사이에도 하늘은 정확히 있어야 할 곳에 있음을 의미한다.

때로는 악행이 처벌받지 않는 것처럼 보이고, 선행이 보상받지 못하는 것처럼 보인다. 그러나 장기적으로 보면, 모든 행동에는 그에 따른 결과가 나타난다. 성근 그물과 하늘의 법칙은 결국 모든 것을 제자리로 돌려놓는다.

아무도 보지 않는 곳에서 한 작은 행동이라도, 그것이 우주의 그물에 걸려 언젠가는 우리에게 돌아온다는 것이다. 때론 우리의 작은 행동 하나가 예상치 못한 곳에서 큰 파장을 일으킬 수 있다.

마치 브라질 나비의 날갯짓이 미국 텍사스에서 토네이도를 일으키는 것처럼, 우리의 모든 행동은 우주의 그물에 걸려 어딘가에 영향을 미칠 것이다.

죽음이 두렵지 않으면

백성들이 죽음을 두려워하지 않으면, 어찌 죽음으로 그들을 두렵게 할 수 있겠는가?

만약 백성들이 죽음을 두려워하게끔 하는, 기이한 짓을 하는 자를 내가 잡아 죽인다면, 누가 감히 그런 짓을 하겠는가?

항상 죽이는 일을 맡은 자가 사람을 죽인다. 죽이는 자를 대신해서 죽이는 것은, 큰 목수을 대신해 나무를 찍는 것과 같다. 큰 목수를 대신해 나무를 찍는 사람치고, 제 손을 다치지 않는 경우가 드물다.

죽음은 인간이 두려워하는 감정 중 하나다. 이 장에서는 그 두려움을 통치의 도구로 사용하는 것에 대해 경고한다. 사람들이 죽음을 두려워하지 않는다면 죽음의 위협을 이용해 사람들을 통제하는 것은 불가능해진다.

이 장은 단순히 공포 정치의 무익함을 지적하는 것을 넘어 인간 존재와 자유의 본질적 가치에 대한 성찰을 담고 있다. '이상한 짓'을 하는 사람들을 처벌하겠다는 선언은 겉으로 보기에는 단순하고 강력한 해결책처럼 보인다. 그러나 이는 더 많은 폭력으로 이어질 뿐 근본적인 해결책이 될 수 없다. 이는 폭력이 폭력을 낳는 악순환의 고리를 지적한 것이다.

항상 살인을 일삼는 자들에 대한 언급은 제도화된 폭력의 문제를 지적한다. 이는 현대 사회에서도 여전히 유효한 문제로, 사형제나 전쟁과 같은 국가 폭력에 대한 비판적 관점을 보여 준다. 살인자를 대신해 살인을 저지르는 것은 더 많은 폭력을 낳을 뿐, 사회의 근본적인 문제를 해결하지 못한다.

마지막으로 큰 목수를 위한 나무라는 은유는 의미심장하다. 전문 지식 없이 중요한 일을 맡으려는 것의 위험성을 경고한다. 동시에 관리의 복잡성과 책임의 중요성을 강조한다. 국가를 운영하거나 사회 문제를 해결하는 것은 단순히 무력으로 할 수 있는 일이 아니라 깊은 배려와 지혜가 필요하다.

노자는 가장 좋은 정부는 백성들이 그 존재를 의식하지 못할 정도로 자연스러운 정부라고 말한다. 이는 통치사가 백싱들의 삶에 지나치게 간섭하지 않고 사회가 자연의 법칙에 따라 운영되도록 해야 한다는 뜻이다.

또한 장자의 '제물론'에서는 생명의 평등과 죽음에 대한 존중의 태도를 강조한다. 장자는 "삶과 죽음은 낮과 밤의 순환과 같다"라고 말하며 죽음을 두려워할 필요가 없다고 한다. 이는 앞서 언급한 '백성이 죽음을 두려워하지 않는다면'이라는 문장과 일맥상통한다. 이는 불교의 '연기론'과도 연결된다.

맹자는 "백성이 가장 귀하고, 사직은 두 번째이며, 군주는 가볍다"라고 말하며 백성의 중요성을 강조한다. 이는 통치자가 권력을 남용하는 것을 경계하고 백성을 위해 통치해야 한다는 뜻이다.

불가의 연기론

'이것이 있으니 저것이 있고, 이것이 생기므로 저것이 생긴다. 이것이 없으니 저것이 없고, 이것이 사라지므로 저것이 사라진다.'

이는 불교의 핵심 교리인 연기론을 간단히 설명한 문장이다. 만물은 상호 연관되어 있으며, 독립적으로 존재하는 것은 없다는 사상이다. 이는 우주와 존재의 본질적인 상호의존성을 설명하는 심오한 철학적 개념이다.

연기론에 따르면, 모든 현상은 복잡한 인과관계의 네트워크 속에서 발생한다. 어떤 사건이나 상태도 홀로 존재할 수 없으며, 항상 다른 조건들과 연결되어 있다. 이는 마치 거미줄과 같아서, 한 부분을 건드리면 전체가 진동하는 것과 유사하다.

이러한 관점은 개인의 삶과 사회, 그리고 자연 세계를 이해하는 데 중요한 통찰을 제공한다. 예를 들어, 한 사람의 행동은 단순히 그 개인의 의지만으로 이루어지는 것이 아니라, 그의 과거 경험, 교육, 사회적 환경, 심지어 먼 조상으로부터 이어져 온 유전적 요인 등 수많은 조건의 상호작용 결과라고 볼 수 있다.

연기론은 또한 변화의 불가피성을 강조한다. 모든 것이 상호 연관되어 있으므로, 어떤 것도 영원히 같은 상태로 머물러 있을 수 없다. 이는 삶의 모든 측면이 끊임없이 변화한다는 사실을 상기시킨다.

이러한 사상은 개인의 윤리적 책임감을 높이는 데도 이바지한다. 자기 행동이 단지 자신에게만 영향을 미치는 것이 아니라, 광범위한 연쇄 반응을 일으킬 수 있다는 인식은 더 신중하고 사려 깊은 행동을 하게 만든다.

백성이 굶주리는 것은

백성들이 굶주리는 것은 위에서 세금을 지나치게 거두기 때문이다. 그러므로 굶주림에 시달리는 것이다.

백성들을 다스리기 어려운 것은 그 윗사람이 억지로 무엇인가하려 하기 때문이다. 그러므로 다스리기 어려운 것이다.

사람들이 죽음을 가벼이 여기는 것은 윗사람이 지나치게 삶에 집착하기 때문이다. 그러므로 죽음을 가벼이 여기는 것이다.

삶에 집착하지 않는 사람은 삶을 귀하게 여기는 사람보다 현명하다.

과도한 세금은 국민의 삶을 어렵게 만든다. 통치자가 자신의 탐욕을 채우기 위해 사람들의 재산을 빼앗으면 사회 전체가 빈곤에 빠진다. 이는 노자의 무위자연의 원칙에 위배되는 행위다. 통치자는 백성들의 자연스러운 삶을 간섭해서는 안 되며, 오히려 백성들이 스스로 풍요롭게 살 수 있도록 해야 한다.

백성들의 어려움은 윗사람의 강압적인 태도에서 비롯된다. 강압적인 태도는 자연의 흐름을 거스르는 행위이기 때문이다. 노자는 물의 본성을 이상적인 통치 방식으로 보았다. 물은 낮게 흐르고 만물을 포용하지만, 그 자체는 형태가 없다.

마찬가지로 통치자는 백성들의 자연스러운 흐름을 따르되 그들의 삶에 지나치게 간섭하지 말아야 한다. 물에 형태가 없다고 한 것은, 담기는 그릇의 모양에 따라 물의 형태가 다르기 때문이다. 이는 통치자가 백성의 마음을 제 마음으로 여긴다는 말의 뜻이기도 하다.

통치자가 자신의 생명만 소중히 여기고 신하의 생명을 무시하면 백성들은 역설적으로 죽음을 두려워하지 않게 된다. 이는 사회의 안정에 해롭다. 장자는 '삶과 죽음은 하나'라고 하면서, 삶과 죽음을 동등하게 보는 관점을 제시했다. 이러한 관점은 삶에 대한 과도한 집착으로부터 자유를 제공한다.

노자 철학에서는 삶에 집착하지 않는 태도를 매우 중요하게 여긴다. 이는 단순히 죽음을 두려워하지 않는 것을 넘어서는 무엇이다. 오히려 삶의 본질에 대한 깊은 이해와 자연의 법칙에 따라 살아가는 지혜를 의미한다. 불교의 열반이나 장자의 좌망과 같은 개념이 이와 관련이 있다. 이러한 태도는 개인의 작은 자아를 초월하여 우주의 큰 흐름과 하나가 되는 것을 목표로 한다.

노자는 이상적인 사회 모델로 소수의 인원으로 이루어진 작은 국가를 제안했다. 크고 복잡한 시스템보다 단순하고 자연스러운 삶의 방식을 선호한다. 이러한 사회에서는 통치자와 백성 사이의 거리가 가깝고 불필요한 규제와 간섭이 최소화된다.

공자도 비슷한 맥락에서 정명이라는 개념을 강조했다. 정명은 이름을 지키고 대의를 세운다는 뜻이다. 각자가 자신의 위치에 맞는 역할을 행할 때 사회가 가장 잘 돌아간다는 뜻이다. 통치자는 통치자답게, 백성은 백성답게 처신할 때 조화로운 사회가 가능하다는 것이다.

공자의 정명사상

정명이란 '이름을 바로잡는다'라는 뜻이다. 공자는 사회의 혼란이 명분과 실제가 일치하지 않는 데서 비롯된다고 보았다. 그는 각자의 역할과 지위에 맞는 올바른 행동을 해야 한다고 주장했다.

공자에게 있어 정명은 단순히 언어적 개념이 아니라 실천적 윤리였다. 군주는 군주답게, 신하는 신하답게, 부모는 부모답게, 자식은 자식답게 행동해야 한다는 것이다. 그래야만 개인의 도덕성 회복뿐만 아니라 사회 전체의 질서 확립으로 이어진다고 보았다.

정명사상은 개인의 책임을 강조하면서도 동시에 사회적 역할의 중요성을 부각한다. 이는 개인과 사회의 조화로운 관계를 추구하는 공자 철학의 특징이다.

산 것은 부드럽고

사람이 살아 있을 때는 부드럽고 약하지만, 죽으면 굳고 강해진다. 초목 같은 만물도 살아있을 때는 부드럽고 여리지만, 죽으면 말라서 부서지기 쉽다.

그래서 굳고 강한 것은 죽은 것이고, 부드럽고 약한 것은 살아 있는 것이다.

그런 까닭에 군대가 강하면 이기지 못하고, 나무도 강하면 부러지니, 강대한 것은 아래에 처하고, 부드럽고 연한 것은 위에 처한다.

부드러움과 유연성은 생명의 핵심이자 특징이다. 생명체는 환경에 적응하고 변화에 대응할 수 있는 능력을 갖추고 있다. 이는 인간뿐만 아니라 모든 생명체가 마찬가지다. 반면 죽음은 경직성과 딱딱함이 특징이다.

생명이 없는 물체는 더 이상 변화에 대응할 수 없고 외부의 힘에 저항하며 결국 무너진다. 그래서 자연의 법칙을 따르는 것이 가장 현명한 삶의 방식이다. 강함과 경직성을 추구하는 것은 자연의 흐름을 거스르는 것이기 때문에 실패로 이어질 수밖에 없다.

군대의 비유는 이러한 원리를 사회적 맥락에서 설명한다. 너무 강한 군대는 오히려 승리할 가능성이 작다. 유연성이 부족하고 상황에 적응할 수 없기 때문이다. 이는 노자의 『도덕경』에서 반복되는 주제이며, 강압적인 통치보다 부드러운 리더십이 더 효과적이라는 생각과도 연결된다.

나무의 비유도 심오하다. 강하고 단단한 나무는 폭풍을 견디지 못하고 부러지지만, 유연한 나무는 바람에 따라 구부러져 살아남는다. 이는 인생에서 마주치는 어려움과 도전에 대한 우리의 태도와 닮았다. 고집스럽게 자신의 의지를 고집하기보다는 유연하게 상황에 적응하는 것이 중요하다는 교훈을 준다.

'강한 것은 밑에 있고 부드러운 것은 위에 있다'는 문장은 자연의 순환과 변화를 암시한다. 또한 음양의 원리와도 연결된다. 강함과 약함, 단단함과 부드러움은 상반되는 것이 아니라 상호 보완적인 관계다. 자연의 순환 속에서 이들은 균형을 이루기 위해 끊임없이 서로의 자리를 바꾸고 있다.

이러한 아이디어는 우리의 개인적인 삶에도 적용될 수 있다. 지나친 고집과 완고함은 자신을 고립시키고 성장을 방해할 수 있다. 반면에 유연한 사고방식과 적응력은 다양한 상황에서 더 나은 결과를 끌어낼 수 있다. 이는 나약함을 옹호하는 것이 아니라 상황에 따라 강함과 부드러움을 조절하는 지혜를 강조하는 것이다.

비슷한 맥락에서 노자는 '곡즉전'이라는 개념을 제안했다. '굽히면 온전해진다'라는 뜻으로, 유연함의 중요성을 강조한다. 장자는 가장 곧은 나무가 먼저 잘리고 가장 밝은 촛불이 먼저 꺼진다며 겸손과 유연성의 미덕을 설파했다.

이런 말이 있다. "강한 놈이 살아남는 것이 아니라, 살아남는 놈이 강한 놈이다." 변화에 대한 적응력을 잘 표현한 문장이다.

엔트로피 증가 법칙

우주의 근본 법칙 중 하나인 '열역학 제2 법칙'인 '엔트로피 증가' 법칙은 우리 주변의 일상적인 현상부터 궁극의 실재까지 설명하는 강력한 원리다. 이 법칙의 핵심은 '엔트로피 증가'로, 모든 자연적 과정에서 엔트로피, 즉 '무질서도'가 증가하는 방향으로 진행한다는 것이다.

일상에서 우리는 이 법칙을 쉽게 관찰할 수 있다. 뜨거운 커피가 식어가는 것, 얼음이 녹는 것, 깨끗한 방이 시간이 지나면서 어지러워진다든지, 부드럽던 나뭇가지가 죽으면 굳어진다든지 하는 것들이 모두 엔트로피 증가의 사례다.

이 과정들은 자연스럽게 일어나지만, 그 반대 방향으로는 자발적으로 일어나지 않는다. 이 법칙은 우리에게 시간의 일방향성을 보여 준다. 엔트로피의 증가는 과거와 미래를 구분 짓고, 시간의 흐름을 정의한다. 이는 우리가 경험하는 비가역적인 시간의 흐름을 과학적으로 설명해 주는 중요한 개념이다.

77장

천도는 활 메우는 것과

하늘의 도는 활을 메우는 것과 같아서 높은 곳은 누르고, 낮은 곳은 끌어올리며, 남는 것은 덜어내고 부족한 곳에 보충한다. 하늘의 도는 남는 것을 덜어 부족한 것에 보태 준다.

그런데 사람의 도는 그렇지 않아서 부족한 곳에서 덜어내어 여유가 있는 곳에 바친다. 누가 능히 여유가 있어서 세상에 봉사할 것인가? 오직 도를 터득한 사람만이 그렇게 할 수 있다.

그래서 성인은 일을 해내고도 자랑하지 않고, 공을 세우고도 그 자리에 처하지 않으니, 그것은 자신의 현명함을 드러내고 싶지 않기 때문이다.

국궁의 활은 평소에 시위를 걸지 않은 상태로 보관한다. 사용하지 않을 때는 활의 곡선을 유지하기 위해 활대를 펴서 보관한다. 그래서 보관할 때 활은 반대편으로 완전히 뒤집힌 상태가 된다. 그리고 사용할 때는 활을 반대로 뒤집어서 시위를 걸어야 한다. 이때 힘들여서 활에 시위를 거는 것을 '활을 메운다'라고 한다. 이 장의 전반부는 활을 메우는 모습으로 비유를 삼았다.

'하늘의 도는 활을 메우는 것과 같다'라는 표현에 주목할 필요가 있다. 활을 뒤집어서 당기면 중앙이 휘어져 양 끝이 가까이 좁혀진다. 이는 자연의 법칙이 극단을 조절하고 중용을 추구한다는 의미로 해석된다. 우주의 원리는 항상 균형을 찾아가는 과정에 있다는 것이다.

'높은 곳은 누르고, 낮은 곳은 끌어올린다'라는 구절은 영락없이 활을 메우는 모습이다. 이는 균형 잡기의 구체적인 방식을 설명하는 것이다. 자연은 지나치게 높거나 낮은 것을 용인하지 않으며, 항상 중간 지점을 향해 조정한다. 이는 사회에서도 적용될 수 있는 원리로, 지나친 빈부격차나 권력의 집중이 바람직하지 않다는 면을 보여 주는 것이다.

'남는 것은 덜어내고 부족한 곳에 보충한다'라는 문장은 활을 메울 때 많이 꺾인 부분은 펴주고 덜 꺾인 부분은 구부려서 균형을 맞춘다는 의미다. 이는 한곳에 자원이 과도하게 치중하는 것을 막으려는 조치다. 예를 들어, 숲에서 큰 나무가 한 그루를 베어서 그 주변에 많은 생명이 자라날 기회를 얻게 하는 이치다.

이렇게 천지의 도는 과잉을 줄이고 결핍을 채우는 방식으로 작동한다. 단순한 재분배가 아니라 전체적인 조화와 균형을 향한 자연스러운 흐름이다. 이 과정은 강제나 인간의 개입 없이 자연스럽게 이루어지며, 이는 무위자연의 개념과도 연결된다.

반면에 인간 사회의 도는 이와는 대조적이다. 사람들은 종종 덜 가진 사람에게서 빼앗아서 더 많이 가진 사람에게 주는 경향이 있다. 이는 자연의 순리에 어긋나며 사회적 불균형과 갈등의 원인이 된다. 이러한 행동은 개인의 이기심과 물질적 욕망에서 비롯된 것으로, 도의 원칙에서 벗어난 것이다.

도를 깨달은 사람만이 자연의 균형에 따라 세상을 위해 봉사할 줄 안다. 이는 단순한 물질적 재분배를 넘어서는 지혜의 실천을 의미한다. 깨달은 사람에게는 자신의 풍요로움을 나누고 도움이 필요한 사람들을 돕는 것이 자연스럽기 마련이다. 강박이나 의무에서가 아니라 우주 원리에 대한 이해와 조화를 실천하는 것이다.

성인의 행동 방식은 이러한 실천의 좋은 예다. 성인은 일을 성취했을 때 자랑하지 않으며, 자신의 업적에 연연하지 않는다. 이것은 겸손의 표현이지만 더 근본적으로는 자신과 세상에 대한 깊은 이해에서 비롯된다. 성인은 자기 행동이 우주의 자연스러운 흐름의 일부임을 알기에 개인적 공로나 명예에 집착하지 않는다.

진정한 지혜는 언어나 개념으로 온전히 표현할 수 없으므로 자신의 지혜를 과시하거나 노골적으로 드러내려는 시도는 하지 않는다. 그래서 아는 자는 말하지 않고 말하는 자는 알지 못한다고 하는 것이다.

포식자의 방사

'옐로스톤' 국립공원의 생태계 회복 사례는 자연의 균형과 생물 다양성의 중요함을 보여 주는 흥미로운 예시다. 1995년, 공원 관리자들은 13마리의 늑대를 공원에 풀어 놓았다. 이 결정은 공원의 생태계를 놀라울 정도로 크게 변화시켰다.

늑대들이 없던 시기에 옐로스톤 국립공원에서는 북미산 사슴의 일종인 엘크를 상대로 한 육식동물이 없었다. 그래서 엘크 개체 수가 급증했고, 이로 인해 초목이 과도하게 훼손됐다. 나무와 풀의 훼손은 다른 동물들의 서식지를 파괴하고 토양 침식을 초래했다.

그러나 늑대의 재도입 후, 생태계는 점진적으로 균형을 되찾기 시작했다. 늑대들은 엘크의 개체 수를 조절했고, 이는 식물의 회복으로 이어졌다. 나무와 풀이 다시 자라나면서 비버, 조류, 물고기 등 다양한 생물의 서식지가 복원되었다.

또한 늑대의 사냥으로 인해 엘크의 행동 패턴이 변화했다. 엘크 무리는 개활지를 피하게 되었고, 이에 따라 강가의 식생이 회복되었다. 이는 강둑의 안정화와 수질 개선으로도 이어졌다.

이러한 변화는 '영양 폭포' 현상의 전형적인 예시다. 상위 포식자의 도입이 먹이 사슬 전체에 연쇄적인 영향을 미친 것이다. 옐로스톤 국립공원의 사례는 자연의 복잡성과 상호 연결성을 잘 보여 준다. 도의 순환 작용을 보여 준 사례다.

물보다 더 부드러운 것은

세상에 물보다 더 부드럽고 약한 것은 없다. 그런데도 단단하고 강한 것을 이기는데 물의 쓰임새는 어떤 것으로도 대신할 수 없다.

약한 것이 강한 것을 이기고, 부드러운 것이 단단한 것을 이긴다는 사실을 세상에 모르는 사람이 없지만, 이것을 실행하는 사람은 없다.

그러므로 성인이 말하기를 나라의 치욕을 자기 것으로 받아들이는 사람을 '사직의 주인'이라고 하고, 나라의 궂은일을 떠맡는 사람을 '천하의 왕'이라고 하니, 바른말은 반대로 들리나 보다.

물은 유연성과 순응의 상징으로, 겉보기에는 약해 보이지만 실제로는 강력한 존재다. 물의 속성은 노자 사상의 핵심 원리, 무위자연의 개념을 잘 보여 준다. 유연하게 상황에 적응하면서도 끊임없이 흐르는 물의 모습은 우리가 삶을 살아가는 데 필요한 지혜를 제공한다.

약함과 강함, 부드러움과 단단함의 관계는 노자 철학에서 자주 등장하는 주제다. 이는 음양의 원리와도 연결된다. 음과 양은 서로 상반되는 것처럼 보이지만 실제로는 상호 보완적인 관계다. 약한 것이 강한 것을 이기고, 부드러운 것이 단단한 것을 이기는 역설은 음양의 원리가 투영된 것이다.

하지만 지혜를 아는 것과 실천하는 것 사이에는 큰 차이가 있다. 많은 사람이 이 원리를 알고 있으면서도 실생활에 적용하지 못하고 있다. 이는 인간의 본성과 사회적 압력 때문이다. 우리는 종종 즉각적인 결과를 원하고 무력을 통해 문제를 해결하려는 경향이 있다. 하지만 이 장에서는 온유함과 유연함이 장기적으로 더 효과적일 수 있다고 가르친다.

성인, 즉 현자는 이 역설적인 진리를 깊이 이해하고 실천하는 사람들이다. 그들은 국가의 불명예를 자신의 불명예로 받아들이고 더러운 일을 기꺼이 한다. 이것은 단순한 자기희생이 아니라 더 큰 그림을 볼 수 있는 능력이다. 개인의 이익보다 공동체의 이익을 우선시하는 것은 농경사회의 중요한 가치다.

사직의 주인과 천하의 왕이라는 표현은 진정한 리더십의 본질을 보여 준다. 이는 자신을 수양하고 이를 바탕으로 타인과 세상을 다스린다는 공자의 말씀은 진정한 리더의 덕목이다. 남 앞에 나서려면 먼저 자기 내면을 다스릴 줄 알아야 한다는 의미다.

'바른말이 반대로 들린다'라는 말은 통념과 진실 사이의 간극을 지적한다. 우리 사회가 생각하는 성공이나 권력에 대한 개념이 진실과 거리가 있다는 뜻이다. 즉, 인위적인 행위들이 자연의 질서를 거스르고 있으며, 그것이 우리를 도로부터 멀어지게 하는 원인이라는 말이다.

나비효과

　　　　　　　부드럽고 약한 것이 굳세고 강한 것을 이긴다는 말은 쉽게 이해할 수 없다. 이를 이해하기 위해서 우리는 카오스 이론에서 유래한 '나비효과' 개념을 이해할 필요가 있다. 브라질 나비의 날갯짓이 지구 반대편 텍사스에서 토네이도를 일으킬 수 있다는 생각은, 우리의 세계관에 근본적인 변화를 요구한다.

철학적 관점에서 나비효과는 인과관계와 결정론에 대한 우리의 이해에 의문을 제기한다. 고대 그리스 철학자들부터 현대 사상가들까지, 인간의 자유의지와 운명의 관계는 끊임없는 토론의 주제였다. 나비효과는 이 오래된 논쟁에 새로운 차원을 더한다.

만약 작은 행동이 예측할 수 없는 거대한 결과를 낳을 수 있다면, 우리의 선택과 행동에 대한 책임은 어디까지일까? 우리가 내리는 사소한 결정들이 실제로는 엄청난 중요성을 지닐 수 있다는 점을 고려하면, 윤리적 행동의 중요성이 더 드러난다. 나비효과는 우리의 작은 의지가 우주 원리와 통한다는 의미도 된다.

큰 원한은 화해를 해도

큰 원한은 화해해도 반드시 원한으로 남으니, 어찌 잘했다고
하겠는가? 그래서 성인은 좌계를 흔들면서 사람을 닦달하지
않는다.

덕이 있는 사람은 계약서를 살피고, 덕이 없는 사람은 사람의 잘
못을 따진다.
하늘의 도는 편애하는 법이 없이 언제나 선한 사람 편에 설 뿐
이다.

이 장에서는 인간관계의 복잡성을 깊이 이해하고 있다. 특히 원한이 큰 경우 단순한 화해만으로는 근본적인 문제를 해결할 수 없다는 점을 말하고 있다. 이것은 인간 심리의 깊이와 복잡성, 그리고 진정한 화해와 용서가 얼마나 어려운지를 보여 준다.

바로 여기에서 성인의 역할이 중요해진다. 성인은 지혜와 통찰력이 높은 사람으로, 사람을 대할 때 직접적인 압력이나 강압을 사용하지 않는다. '좌계를 흔든다'라는 표현은 간접적이고 부드러운 방식으로 영향을 준다는 뜻이다. 상대편 자존심을 보호하면서 긍정적인 변화를 끌어내는 지혜다.

덕이 있는 사람이 계약서를 볼 때는 단순히 법률 문서를 검토하는 것 이상의 의미가 있다. 상호 간의 약속과 의무를 소중히 여기고 관계의 본질을 이해하려고 노력한다는 뜻이다. 반대로 덕이 없는 사람은 다른 사람의 잘못만 찾으며 협력과 이해보다는 비난과 책임 전가에 초점을 맞추는 태도를 보인다.

이러한 대조는 노자 철학에서 강조하는 덕의 개념을 잘 보여 준다. 덕은 단순한 도덕적 올바름을 넘어 인간관계와 사회를 조화롭게 하는 열쇠로 여겨진다. 덕의 중요성은 공자의 가르침에서 자주 언급되며, 이는 인의 개념과 밀접하게 연관된다. 인은 타인을 이해하고 배려하는 태도로, 덕이 있는 사람이 취하는 행동 방식이다.

마지막으로 하늘의 도는 선의 편에 선다는 문장은 도의 본질을 반복한다는 느낌이 든다. 여기서 하늘은 단순한 자연 현상이 아니라 우주의 근본 원리 또는 최고의 도덕적 기준을 뜻한다. 이 표현은 공평과 정의의 개념을 포함하고 있다.

하늘의 도는 편애하지 않는다는 생각은 모든 사람에게 공평한 기회와 판단이 주어진다는 말이다. 그러나 동시에 선을 편드는 것은 도덕적 행동과 올바른 삶의 방식이 궁극적으로 인정받고 보상을 받는다는 믿음을 준다. 여기에서 언급된 선의 개념은 단순한 개인의 도덕성을 넘어 사회적 조화와 전체의 선을 고려하는 의미로 해석할 수 있다.

작은 나라 적은 국민

작은 나라에 적은 백성이 살면서 많은 이로운 기구가 있어도 사용하지 못하게 하고, 생명을 중히 여겨 먼 곳까지 옮겨 살지 못하게 한다.
비록 배와 수레가 있어도 탈 일이 없고, 갑옷과 병장기가 있어도 쓸 일이 없다.

백성들이 다시 새끼줄을 묶어 사용하게 하고, 음식을 달게 여겨 먹게 하고, 의복은 아름답게 여겨 입게 하고, 사는 곳을 안식처로 여기게 하고, 그 풍속을 즐기게 한다.

그러면 서로 바라보이는 가까운 나라로, 닭과 개 소리가 서로 들릴지라도, 백성들은 늙어 죽을 때까지 서로 옮겨가며 살 일이 없다.

이 장에서는 사람이 살아가는 데 이상적인 조건으로 작은 나라와 적은 인구를 꼽았는데, 이는 현대의 대규모 도시화 경향과 대조를 이룬다. 이는 공동체 의식과 개인들 간의 유대감을 강조하는 것이다. 규모가 작을수록 구성원 간의 관계가 친밀하고 상호 이해와 협력이 쉽다.

기술의 발전과 그 사용을 제한하는 태도는 언뜻 모순적으로 보일 수 있다. 하지만 이는 물질적 풍요보다 정신적 풍요를 강조하는 노자 철학의 관점을 반영한 것이다. 기술 발전이 반드시 인간의 행복으로 이어지는 것은 아니라는 것이다. 이는 현대 사회에서 기술 발전의 부정적인 영향에 대한 경계심을 드러낸 것이다.

생명을 소중히 여기고 이주를 제한하는 것은 안정적인 삶과 공동체 유지의 중요성을 강조한 것이다. 이는 변화보다는 안정을, 개인 이동의 자유보다는 공동체의 결속을 강조하는 농경사회의 가치를 반영한다. 현대 사회에서 잦은 이주와 그로 인한 공동체 해체에 대한 우려를 선제적으로 표현한 것으로 볼 수 있다.

배, 전차, 갑옷, 무기의 불필요성에 대한 언급은 평화로운 사회에 대한 열망을 보여 준다. 이는 무위자연의 원리를 국가 운영에 적용한 것으로, 불필요한 갈등과 전쟁을 피하고 자연스러운 조화를 추구하는 의지다.

밧줄의 사용은 더 단순한 삶의 방식으로의 회귀를 상징한다. 이는 문명의 복잡성을 경계하고 본질적이고 단순한 삶의 방식을 추구하고자 하는 노자 철학의 핵심을 보여 준다. 현대 사회의 물질주의와 과도한 소비 문화에 대한 반성이다.

의식주에 대한 태도는 삶의 소박한 즐거움을 강조한다. 이는 외적인 화려함보다 내적인 만족을 강조하는 주장이다. 현대 사회의 과도한 탐욕과 경쟁을 경계하고 일상에서 찾을 수 있는 소박한 생활 속 행복의 소중함을 일깨워 준다. 민속 풍습을 즐기는 것은 지역 문화의 독특함과 다양성을 존중하고 유지하려는 마음의 일단을 보여 준다.

이웃 국가에 대한 태도는 평화로운 공존이라는 이상을 반영한다. 가까이 있으되 간섭하지 않는다는 생각은 현대 국제 관계에 시사하는 바가 있다. 이는 평화로운 교류를 유지하면서 각국의 주권을 존중하는 균형 잡힌 외교의 모델을 제시한 것이다.

세계에서 가장 행복지수가 높은 국가를 살펴보면 흥미로운 패턴이 나타난다. 덴마크, 핀란드, 노르웨이, 아이슬란드, 노르웨이, 핀란드 등 북유럽 국가들과 뉴질랜드 같은 국가들이 상위권에 랭크되어 있는데, 이들의 공통점 중 하나는 인구 규모가 상대적으로 적다는 점이다. 다음은 인구가 적은 나라의 이점이라고 할만한 것들이다.

① 자원 배분의 효율성, ② 정부와 국민 간의 긴밀한 소통, ③ 사회적 결속력과 신뢰도 상승, ④ 환경 보존의 용이성, ⑤ 개인의 자아실현 기회 상승

작고 소소한 삶

우리는 종종 거창한 성공과 화려한 업적을 통해 행복을 찾으려고 한다. 하지만 진정한 행복은 오히려 일상

속 작은 순간들에서 발견되곤 한다. 이러한 소소한 삶의 가치를 재조명해 본다.

아침에 눈을 뜨며 들리는 새소리, 따뜻한 햇살 아래 산책하는 시간, 좋아하는 음악을 들으며 즐기는 여유로운 오후. 이런 작은 순간들이 모여 우리의 삶을 풍요롭게 만든다. 소소한 일상의 기쁨을 느끼는 능력을 키우는 것이 중요하다.

물질적인 풍요보다는 마음의 풍요를 추구하는 태도 또한 중요하다. 값비싼 물건을 소유하는 것보다 소중한 사람들과 함께하는 시간, 자신의 취미를 즐기는 순간들이 더 큰 만족감을 준다. 이는 단순히 욕심을 줄이라는 말이 아니라, 진정 가치 있는 것에 집중하라는 의미다.

소소한 삶은 또한 자신과 주변을 돌아볼 여유를 준다. 바쁜 일상 속에서 잠시 멈춰 서서 자신의 감정과 생각을 들여다보는 시간, 가족이나 친구와 진솔한 대화를 나누는 순간들. 이런 작은 실천들이 삶의 균형을 잡아주고 정서적 안정을 가져다준다.

작고 소소하고 단순한 삶이란 ① 자연을 즐길 줄 알 것, ② 사랑하는 사람과 함께 할 것, ③ 남에게 필요한 사람이 될 것, ④ 감사하는 마음으로 살아갈 것, ⑤ 소박한 삶을 살 것 등이다.

신실한 말은

신실한 말은 아름답게 꾸미지 않고, 아름답게 꾸민 말에는 신실하지 않다. 선한 사람은 논쟁을 잘하지 못하고, 논쟁을 잘하는 사람은 선하지 못하다. 지혜로운 사람은 해박하지 못하고, 해박한 사람은 지혜롭지 못하다.

성인은 재물을 쌓아 두지 않고 이미 남과 나누었으니 더욱 있게 되고, 이미 남에게 베풀었으니 더욱 넉넉해진다. 하늘의 도는 이롭게 하면서도 해치지 않고, 성인의 도는 일을 하면서도 다투지 않는다.

이 장에서는 겉으로 드러나는 것과 실재하는 본질 사이의 간극, 지식과 지혜의 차이, 소유와 나눔의 역설, 자연과 인간 사회의 조화 등 다양한 주제를 다루고 있다.

동양 사상에서는 선한 사람이 굳이 말로써 증명할 필요가 없다고 여긴다. 행동으로 보여 주는 것이 더 중요하다는 관점이다. 반면 논쟁을 즐기는 사람은 자아와 욕심에 사로잡혀 있는 사람이다. 공자도 "군자는 말을 신중히 하고 행동을 민첩히 한다"라고 했다.

단순한 지식의 축적보다는 깊이 있는 사유를 중시한다. 장자는 작은 지혜는 큰 지혜를 해친다고 말했다. 수많은 정보를 알고 있다고 해서 그것이 곧 지혜로 이어지는 것은 아니다. 잡다한 지식에 얽매이지 않고 본질을 꿰뚫어 보는 능력이 지혜다.

재물을 쌓아 두지 않고 나누는 행위는 단순한 자선을 넘어선다. 이는 우주의 순환 원리를 이해하고 그에 따라 사는 것이다. 주는 것이 곧 받는 것이 되고, 베푸는 것이 더 큰 풍요로 돌아온다는 순환의 법칙을 깨달은 자의 지혜다. 자신을 뒤로하니 되레 앞서게 되고, 자신을 밖으로 하니 되레 보존된다는 주장과 통한다.

하늘의 도와 성인의 도를 비교하는 부분은 자연과 인간 사회의 이상적인 모습을 대비시킨다. 하늘의 도는 만물을 이롭게 하면서도 어느 것도 해치지 않는 완벽한 조화를 이룬다. '도는 항상 무위하면서도 하지 않음이 없다'라는 문장과 맥이 닿는다. 성인은 이러한 자연의 원리를 본받아 일을 하면서 다투지 않는다.

이러한 사상들은 과도한 경쟁과 물질 추구로 인한 갈등, 피상적인 지식의 범람, 언어의 남용 등 현대인들이 겪는 많은 문제에 대한 해답을 제시한다. 노자 철학은 개인의 내면을 가꾸고 타인과의 조화를 이루는 것이 진정한 행복과 성공의 길임을 확신한다.

특히 지식 정보화 시대를 사는 우리에게 '지혜로운 사람은 해박하지 못하다'라는 문장은 의미심장하다. 정보의 홍수 속에서 진정으로 중요한 것이 무엇인지 분별할 수 있는 능력이 더욱 중요해지고 있기 때문이다. 단순히 많이 아는 것보다는 깊이 이해하고 실천하는 것이 더 가치 있다는 메시지다.

신실한 말과 아름답게 꾸민 말의 대비는 현대 사회의 소통 문제를 되돌아보게 한다. SNS와 미디어를 통해 현란하고 자극적인 언어들이 넘쳐나는 시대에, 진실하고 소박한 표현의 가치를 재인식할 필요가 있다. 꾸밈없는 진실이 갖는 힘을 믿고, 불필요한 수식을 걷어내는 용기가 필요하다.

선한 사람과 논쟁 잘하는 사람의 구분은 현대 사회의 토론 문화에 대해 생각해 보게 한다. 상대를 이기려는 논쟁보다는 서로를 이해하고 공동의 이익을 찾아가는 대화가 더 가치 있다. 이는 공자가 말한 '화이부동'의 정신과도 통한다. 화이부동은 서로 다름을 인정하면서도 조화를 이루는 것을 말한다.

성인이 재물을 쌓아 두지 않고 나누는 행위는 쉽게 따라 할 수 있는 일이 아니다. 성장만을 고집할 것이 아니라, 순환과 나눔의 경제를 고민해 볼 필요가 있다. 이는 개인의 도덕적 차원을 넘어, 지속 가능한 사회와 환경을 위한 새로운 경제 패러다임이다.

하늘의 도는 이롭게 하면서도 간섭하지 않고, 일을 하면서도 다투지 않는 방식은 현대 사회의 갈등 해결에 중요한 지침이 된다. 이는 작위함이 없이 이룬다는 무위 정신으로 이어진다.

도의 동일성과 독립성

노자 철학의 핵심인 도의 개념은 현대의 환경 철학과 일맥상통한다. 특히 노르웨이 철학자 '아르네 네스'가 제창한 '딥 에콜로지', 즉 '근본적 생태주의'와 연결 지어 생각해 볼 수 있다.

노자 철학에서는 모든 존재가 도에서 비롯되었으며, 결국 도로 돌아간다고 주장한다. 이는 딥 에콜로지가 주장하는 인간은 자연 일부분이라는 개념이 도의 순환 개념과 일맥상통한다는 뜻이다. 두 개념 모두 인간과 자연을 하나의 거대한 생태계 안에서 상호작용하는 구성요소로 인식한다.

노자의 무위자연 개념은 딥 에콜로지가 소비주의를 비판하는 태도와 연결된다. 노자는 인위적인 행위를 최소화하고 자연의 흐름에 순응하며 살 것을 강조하는데, 이는 현대 사회의 무분별한 소비와 개발을 비판하는 딥 에콜로지의 입장과 연결된다.

'제임스 러브록'의 '가이아 이론'은 지구를 하나의 거대한 생명체로 보며, 모든 생물과 무생물이 복잡하게 연결된 시스템으로 작동한다고 주장한다. 이는 도와 딥 에콜로지의 상호 연결성을 과학적으로 뒷받침하는 연구들이다.

그러나 이러한 동일성에 대한 논의는 필연적으로 독립성에 관한 질문으로 이어진다. 만약 만물이 연결되어 있다면, 개별 존재의 독립성은 어떻게 보장될 수 있는가?

독립은 단순한 고립이 아닌, 자신의 위치와 본질을 깨닫고 따르면서 충실히 사는 상태다. '하이데거'는 '세계 속의 내 존재'라는 개념을 통해 인간의 존재가 세계와 분리될 수 없음을 주장하면서도, 각 개인이 고유한 실존을 가진다고 설명한다. 이는 노자의 화이부동 개념과 다르지 않다. 이는 전체와 연결되어 있으면서도, 동시에 고유한 존재로서의 독립성을 가진다는 의미다.

'사르트르'의 실존주의 철학 또한 이 점을 강조한다. 사르트르는 "실존은 본질에 앞선다"라고 주장하며, 인간은 자신의 선택과 행동을 통해 자신의 본질을 만들어 가야 한다고 했다. 진정한 독립은 타인과의 관계 속에서 자신의 고유성을 유지하는 능력이다. 우리의 정체성은 타인과의 관계 속에서 형성된다.

이러한 관점은 현대 사회가 직면한 많은 문제에 대한 해답이 된다. 환경 문제, 개인주의와 집단주의의 갈등, 정체성의 위기 등은 모두 연결성과 독립성 사이의 균형을 잃은 데서 비롯된 것이다. 노자의 철학적 통찰은 현대 사회의 많은 문제에 해답을 제시할 수 있으며, 우리 각자가 더 의미 있고 만족스러운 삶을 살아가는 데 도움을 줄 수 있을 것이다.

노자
지략

도덕경에 주석을 달았던
왕필이 사상적 주제들을
다시 요약 정리한 글

사물이 생겨나고 일을 이루는 것은 반드시 형태가 없는 곳에 서 시작되며, 이름 없는 것에서 비롯된다. 형체도 없고 이름도 없 는 것이 바로 만물의 근원이다. 그것은 따뜻하지도 차갑지도 않고, '궁상각치우' 오음계 중에 궁음도 아니고 상음도 아니다. 들으려 해도 들리지 않고, 보려 해도 보이지 않으며, 만지려 해도 느낄 수 없고, 맛보려 해도 맛을 알 수 없다.

그러므로 그것의 형체는 혼돈되게 이루어져 있고, 그것의 형상 은 형태가 없고, 그것의 소리는 들을 수 없고, 그것의 맛은 드러나 지 않는다. 그래서 그것은 만물의 근본이 되며, 천지를 포용하고 만물을 관통하니 그것을 경유하지 않는 것이 없다.

만약 따뜻하다고 하면 차갑지 못할 것이고, 궁음이라고 하면 상 음이 될 수 없는 것이다. 형체는 반드시 구분하는 바가 있고, 소리 는 반드시 속하는 곳이 있다. 그러므로 형태가 있는 형상은 크나큰 형상이 아니며, 소리가 있는 음은 크나큰 음이 아니다.

사물은 형태가 없으면 큰 형상을 드러낼 수 없고, 소리가 없으면 위대한 음악에 이를 수 없다. 그래서 사물이 형태를 갖추되 그것에 얽매이지 않으면 큰 형상이 드러나고, 음악이 울리되 마음이 거기 에 집착하지 않으면 큰 음에 이른다. 그러므로 큰 형상인 도를 잡 고 있으면 천하가 따르고, 위대한 음악을 사용하면 풍속이 바뀐다.

형태 없는 것이 드러나면 천하가 따르되 그것에서 벗어나지 못하고, 소리 없음에 이르면 풍속이 바뀌되 그 변화를 분별하지 못한다. 그래서 하늘이 오물로는 금, 목, 수, 화, 토 등을 만들었으나 어느 것도 쓰임새가 없고, 성인이 오륜을 행하였으되 말로 교화하지 않았다. 이에 말할 수 있는 도는 영원한 도가 아니며, 이름 지을 수 있는 이름은 영원한 이름이 아니다.

오물의 근원은 뜨겁지도 차갑지도, 부드럽지도 단단하지도 않다. 오륜의 근원은 밝지도 어둡지도, 은혜롭지도 상하게 하지도 않는다. 비록 시대와 풍속이 변해도 이는 변하지 않는다. 이것이 예로부터 지금까지 그 이름이 사라지지 않는 이유다.

하늘이 이를 쓰지 않으면 만물이 생겨나지 않고, 다스림이 이를 쓰지 않으면 공이 이루어지지 않는다. 그러므로 옛날과 지금이 통하고 처음과 끝이 같다. 옛것을 잡으면 지금을 다스릴 수 있고, 지금을 증명하면 옛 시작을 알 수 있다.

이것이 이른바 항상됨이라고 한다. 밝음과 어둠의 모습, 따뜻함과 서늘함의 형상이 없기 때문에 변하지 않는다는 것을 아는 것이 밝음이다. 만물이 생겨나고 공이 이루어짐이 이로 말미암지 않음이 없으니, 이로써 만물의 시작을 살펴볼 수 있다.

번개를 타고, 달릴지라도 한순간에 세상을 돌기에 부족하고, 바람을 타고 날아가도 한순간에 도착하기에는 부족하다. 진정한 빠름은 서두르지 않는 데 있고, 진정한 도착은 가지 않는 데 있다. 그래서 도의 위대함은 천지를 다스리기에 부족함이 없고, 형체의 극치는 만물을 아우르기에 부족함이 없다.

따라서 이를 감탄하는 자도 그 아름다움을 다 표현할 수 없고,

이를 노래하는 자도 그 광대함을 다 펼칠 수 없다. 이름 짓기에도 부족하고, 일컫는 것도 불완전하다. 이름을 지으면 반드시 구분이 생기고, 일컬으면 반드시 근거가 필요하다. 구분이 있으면 만물을 아우르지 못하고, 근거가 있으면 만물을 다 담지 못한다. 만물을 아우르지 못하면 그 참됨과 크게 달라지고, 만물을 다 담지 못하면 이름 지을 수 없다. 이에 대한 것은 미루어 밝힐 수 있다.

도란 만물의 근원에서 취한 것이고, 가물함이란 깊고 어둠에서 드러나는 것을 취한 것이다. 깊음이란 깊이 탐구해도 끝을 알 수 없음을 취한 것이고, 큼이란 만물을 포괄함에 그 끝을 알 수 없음을 취한 것이다. 멂이란 아득히 멀어 닿을 수 없음을 취한 것이고, 미세함이란 아주 작아 볼 수 없음을 취한 것이다.

그러므로 도, 가물함, 깊음, 큼, 미세함, 멂이라는 말은 각각 그 뜻이 있지만, 그 극치를 다 표현하지는 못한다. 모든 것을 포괄하여 끝이 없으니 작다고 할 수 없고, 미세하여 형체가 없으니 크다고 할 수 없다. 그래서 경전에서는 글자로 쓰면 '도'라 하고, 말로 하면 '가물하다'고 하여 이름 짓지 않았다.

그러므로 말하는 자는 그 항상됨을 잃는 것이고, 이름 짓는 것은 그 참됨을 떠나는 것이며, 작위하는 것은 그 본성을 해치는 것이고, 집착하는 것은 그 근원을 잃는 것이다. 그래서 성인은 말을 위주로 하지 않아서 항상됨을 어기지 않고, 이름을 항상된 것으로 삼지 않아 참됨을 떠나지 않으며, 작위로 일을 삼지 않아 본성을 해치지 않고, 집착으로 제어하지 않으니 그 근원을 잃지 않는다.

그러므로 노자의 글은 변론하고 따지려고 하면 그 취지를 잃게 되고, 이름을 붙여 확정하려고 하면 그 의미를 벗어나게 된다. 그래서 그 큰 귀결점은 태초의 근원을 논하여 자연의 본성을 밝히고, 깊고 어두운 극한을 펼쳐 혼란스러운 미혹을 정리하는 것이다. 의지를 따르면서도 작위하지 않고, 손해를 보면서도 지모를 시행하지 않으며, 근본을 숭상하여 말단을 그치게 하고, 어머니를 지켜 자식을 보존하며, 교묘한 기술을 천하게 여기고, 아직 조짐이 없을 때 행하고, 남에게 책임을 묻지 않고 반드시 자신에게서 구하는 것, 이런 것들이 진정한 의미다.

법가는 획일성을 숭상하여 형벌로 단속하고, 명가는 진리 확정을 숭상하여 말로써 바로잡으며, 유가는 온전한 사랑을 숭상하여 칭찬으로 권장하고, 묵가는 검소와 절약을 숭상하여 교정으로 세우며, 잡가는 여러 좋은 점들을 숭상하여 모두 실행한다.

그러나 형벌로 사물을 단속하면 교묘한 거짓이 반드시 생기고, 이름으로 사물을 정하면 이치와 동정심을 반드시 잃게 되며, 칭찬으로 사물을 권장하면 다툼과 숭상함이 반드시 일어나고, 교정으로 사물을 세우면 어긋남과 위반이 반드시 생기며, 여러 방법을 섞어 사물을 행하면 더러움과 혼란이 반드시 일어난다. 이는 모두 말단을 쓰임으로 쓰면서 본질을 버리는 것이니, 사물이 의지할 바를 잃어 지킬 만한 것이 못 된다.

그러나 같은 길을 가면서도 다르고, 극히 합치되는 듯하면서도 취지가 어긋나니, 학자들은 그 이르는 바에 혼란스러워하고 그 취지에 미혹된다. 그 획일성을 보면 법가라 하고, 그 진리 확정을 보면 명가라 하며, 그 순수한 자애를 살피면 유가라 하고, 그 검소와 절약을 살피면 묵가라 하며, 그 구애받지 않음을 보면 잡가라 한다. 각자 자신이 보는 바에 따라 이름 짓고, 각자 좋아하는 바를 따라 의견을 고수하니, 이에 따라 혼란스럽고 뒤섞인 논의와 서로 다른 취지의 변론과 분석의 다툼이 생기게 된 것이다.

또한 그 글쓰기에 있어서는 끝을 들어 시작을 증명하고, 시작을 근본 삼아 끝을 다하며, 열어 주되 끝까지 이르지 않고, 인도하되 끌어당기지 않는다. 탐구한 뒤에야 그 뜻을 완성하고, 추론한 뒤에야 그 이치를 다한다. 사물의 시작을 잘 드러내는 것으로 논의를 시작하고, 귀결점을 밝히는 것으로 글을 마무리한다. 그래서 같은 취지로 꾸짖는 자는 그 말의 시작을 아름답게 여겨 그에 따라 펼치고, 취지를 달리해서 홀로 구상하는 자는 그 귀결의 명백함을 좋아하여 이를 증거로 삼게 한다.

길은 비록 다르나 반드시 그 귀결은 같고, 생각은 비록 백 가지라도 반드시 그 이르는 바는 균등하다. 그 귀결과 도달점을 들어 지극한 이치를 밝히니, 유사한 것들을 접하고 생각하는 자들이 그 생각이 응하는 바를 기뻐하여 그 뜻을 얻었다고 여기게 한다.

사물의 존재 이유는 그 형태와 반대되며, 모든 일이 성취되는 근원은 그 이름과 상반된다. 진정으로 존재하는 자는 존재함을 존재로 여기지 않으니, 이는 소멸을 잊지 않기 때문이다. 진정으로 안전한 자는 안전함을 안전으로 여기지 않으니, 이는 위험을 잊지 않기 때문이다. 그러므로 자신의 존재만을 지키려는 자는 소멸하고, 소멸을 잊지 않는 자는 존재한다. 자신의 지위만을 안전하게 여기는 자는 위험에 처하고, 위험을 잊지 않는 자는 안전하다.

가벼운 털을 들어 올릴 만큼 큰 힘을 가진 자, 천둥소리를 들을 수 있을 만큼 예민한 청각을 가진 자, 이런 역설적인 비유는 도와 형상이 반대됨을 보여 준다. 진정으로 안전한 자는 실제로 안전하지만, 그 안전함이 안전의 근원이 아니라고 말한다. 진정으로 존재하는 자는 실제로 존재하지만, 그 존재함이 존재의 근원이 아니라고 말한다.

제왕은 실제로 존귀하지만, 그 존귀함이 존귀의 근원이 아니라고 말한다. 천지는 실제로 크지만, 그 크기가 크기의 근원이 아니라고 말한다. 성인의 공덕은 실제로 존재하지만, 성인의 지혜를 끊어버림으로써 그 공덕이 세워졌다고 말한다. 인의 덕은 실제로 드러나지만, 인을 버림으로써 그 덕이 존재한다고 말한다.

따라서 형상만을 볼 뿐, 도에 이르지 못한 자들은 모두 이런 말에 분노한다. 사물의 본질을 정하고자 하는 자는 비록 가까이 있더라도 반드시 멀리서부터 그 시작을 증명해야 한다. 사물의 유래를 밝히고자 하는 자는 비록 명백하더라도 반드시 은밀한 곳에서부터 그 근본을 서술해야 한다. 그러므로 천지 밖을 취하여 형체 내부를 밝히고, 제왕과 고아의 의미를 밝혀 도의 하나됨으로부터 그 시작을 선포한다.

따라서 가까운 것을 살피되 그 근원의 흐름에 이르지 못하는 자는 모두 그 말을 허황되다고 여긴다. 이에 여러 사람이 각자의 설을 펼치니, 어떤 이는 그 혼란을 아름답다고 하고, 어떤 이는 그 말이 우회적이라 혼란스러워하며, 어떤 이는 그 논리를 비난한다. 마치 밝은 듯하면서도 어둡고, 구분된 듯하면서도 혼란스러운 것은 이 때문이다.

이름이란 대상이 되는 것을 정하는 것이고, 일컬음이란 말하는 사람의 의도를 따라서 말하는 것이다. 이름은 상대에게서 생기고, 칭함은 나에게서 나오는 것이다. 그러므로 어떤 사물도 이것에서 유래하지 않음이 없으니, 이를 도라 칭하고, 그것은 묘에서 나오지 않는 것이 없다고 했으니, 이를 일러 현이라고 한다. 묘는 현에서 나오고, 모든 것은 도에서 유래한다.

그러므로 낳아주고 길러준다는 것은 이를 가로막지 않아서, 사물의 본성을 통하게 하는 것이니, 이를 도라고 한다. 생겨나게 하되 소유하지 않고, 길러주었으되 자랑하지 않으며, 장성하게 했으되 주재하지 않고, 덕은 있으되 주인되지 않는다는 것이니, 이를 일러 가물한 덕, 즉 현덕이라고 한다. 현은 깊다고 이르는 것이고, 도는 크다고 일컫는 것이다.

이름을 붙여 부르는 것은 형상에서 생겨나고, 일컬어서 말하는 것은 경험과 탐구에서 나온다. 이름과 호칭은 헛되이 생기지 않고, 칭함과 말함은 헛되이 나오지 않는다. 그러므로 이름을 붙여 부르는 것은 그 뜻을 크게 잃는 것이고, 일컬어 말하는 것은 극치에 이르지 못하게 되는 것이다. 이에 현이라 하면 가물하고 또 가물함이 도를 일컫는 것이라면 세상에 네 개의 큰 것이 있다고 하겠다.

노자 『도덕경』은 거의 한마디로 요약할 수 있다. 아! 근본을 숭상하고 말단을 그치게 하는 것일 뿐이다. 그 유래를 살펴보고 귀결점을 찾아보면, 말은 근본에서 멀어지지 않고 일은 주된 뜻을 잃지 않는다. 문장은 오천 자나 되지만 관통하는 것은 하나고, 의미는 넓게 바라보지만 모두 같은 부류다. 그 한마디를 이해하면 모르는 것이 없게 되고, 매사를 각각의 뜻으로 해석하면 설명할수록 더 혼란스러워진다.

한 번 더 논해 본다면 다음과 같다. 사악함이 일어나는 것이 어찌 사악한 자의 소행이겠는가? 음란함이 생기는 것이 어찌 음란한 자의 조작이겠는가? 그러므로 사악함을 막는 것은 진실함을 지키는 데 있지, 잘 감시하는 데 있지 않다. 음란함을 그치게 하는 것은 화려함을 제거하는 데 있지, 규제를 더하는 데 있지 않다. 도둑질을 끊는 것은 욕심을 없애는 데 있지, 형벌을 엄하게 하는 데 있지 않다. 송사를 멈추는 것은 재화를 숭상하지 않는 데 있지, 재판을 잘하는 데 있지 않다. 그러므로 백성들의 행위를 다스리지 않고, 그들 행위에 마음을 두지 않게 하는 것이다. 그 욕망을 나무라지 않고 욕망에 마음을 두지 않게 해야 한다. 조짐이 나타나기 전에 대비하고, 시작되기 전에 행동하면 그뿐이다.

그러므로 성스러움과 지혜를 다 동원해서 교묘한 속임수로 다스리는 것보다, 질박함을 보여 백성의 욕망을 가라앉히는 것이 낫다. 인의를 일으켜 야박한 풍속을 돈독하게 하는 것보다, 순박함을 간직하여 진실함을 온전히 하는 것이 낫다. 많은 기교와 이로운 일을 일으키는 것보다, 사사로운 욕심을 줄여서 화려함과 경쟁을 그치는 것이 낫다.

그러므로 감시와 사찰을 없애고, 총명함을 숨기며, 권면과 진보를 그만두고, 화려한 명예를 잘라내며, 교묘한 쓰임을 버리고, 보배로운 물건을 천하게 여기게 한다. 오직 백성들의 애욕이 생기지 않게 하는 데 있지, 그들의 사악한 행위를 다스리는 데 있지 않다. 그러므로 질박함을 보여 성인의 지혜를 끊고, 사사로운 욕심을 줄여서 교묘한 이익을 버리게 하는 것, 이 모든 문제를 그치게 하는 것은 근본을 숭상하여 말단을 그치게 한다는 말의 뜻이다.

질박한 도는 드러나지 않고, 좋아하고 욕망하는 아름다움은 숨겨지지 않는다. 비록 지극한 성인의 밝음으로 살피고 지혜와 사려를 다해 공격한다 해도, 교묘함은 더욱 정교해지고 거짓은 더욱 변화무쌍해진다. 공격이 심해질수록 피하는 것도 더욱 바빠져서, 결국 지혜로운 자와 어리석은 자가 서로 속이고 가족 간에도 서로 의심하게 된다. 순박함은 흩어지고 진실함은 멀어져 일마다 간사함이 생겨난다. 이는 근본을 버리고 말단을 공격하는 것으로, 비록 지극한 성인의 지혜라 해도 이러한 재앙을 더욱 초래할 뿐이다. 하물며 이보다 못한 방법은 어떻겠는가?

질박함으로 다스리면 무위로도 저절로 바르게 되지만, 성인의 지혜로 공격하면 백성은 궁핍해지고 교묘함만 번성해진다. 그러므로 질박함은 간직할 만하고 성인의 지혜는 버릴 만하다. 감시와 사찰이 간단하면 피하는 것도 간단해지고, 총명함을 다하면 도망가는 것도 치밀해진다. 간단하면 순박함을 해치는 일이 적어지지만, 치밀하면 교묘한 거짓이 깊어진다. 지극히 치밀하게 숨은 것을 탐지하는 술수를 행할 수 있는 자는 성인과 지혜로운 자들 아닌가? 그 해악은 이루 말할 수 없다. 그러므로 성스러움과 지혜를 끊어버리면 백 배로 이롭다는 것이 과장된 말은 아니다.

이름을 제대로 분별하지 못하는 사람과는 이치를 논할 수 없고, 이름을 확실히 정의하지 못하면 실체를 논할 수 없다. 모든 이름은 형태에서 생기는 것이지, 형태가 이름에서 생기는 법은 없다. 그러므로 이 이름이 있으면 반드시 이 형태가 있고, 이 형태가 있으면 반드시 그 구분이 있다. 어진 사람을 성인이라 할 수 없고, 지혜로운 사람을 어진 사람이라 할 수 없으니, 이는 이름에 실체가 있음을 보여 준다.

아주 미세한 것까지 볼 수 있는 것이 밝음의 극치이고, 숨겨진 것을 찾아내는 것이 사려 깊음의 극치다. 밝음을 극한까지 다할 수 있는 자는 성인이 아니겠는가? 사려 깊음을 극한까지 다할 수 있는 자는 지혜로운 사람이 아니겠는가? 실체를 검증하고 이름을 정함으로써 성인의 경지를 관찰할 수 있으니 의혹이 없을 것이다.

순박한 덕은 드러나지 않지만, 이름과 행동의 아름다움은 현저히 드러난다. 그래서 사람들은 그들이 숭상하는 것을 닦으며 명예를 바라고, 사람들이 말하는 바를 따라하면서 이롭기를 기대한다. 명예를 바라고 이익을 기대하며 행동에 힘쓰니, 이름이 더욱 아름다워지고 진실은 더욱 멀어진다. 이익이 더욱 중요해지면 마음은 더욱 경쟁적으로 된다. 부자와 형제 간에 정을 품고도 정직하지 못하니, 효도에는 진실성이 사라지고, 자식 사랑하는 마음에는 그 실체를 찾을 수 없다. 이는 명예와 행동을 드러내려는 것에서 비롯된 것이다.

세상의 풍속이 얇아져서 받드는 명예와 권하는 행동이 일어나니, 인의를 숭상할수록 거짓됨이 더해진다. 하물며 질 낮은 기술은 어떠하겠는가? 그러므로 인과 의를 끊고 버려야만 효도와 자애를 회복할 수 있다는 것이, 그리 과장된 말은 아니다.

성벽을 높이면 성을 공격하는 무기가 생겨나고, 이익이 일어나면 하고자 하는 욕구가 간절해진다. 진정 욕심이 없다면 상을 준다 해도 훔치지 않을 것이다. 사사로운 욕심이 행해지면 교묘한 이익을 추구하느라 마음이 더욱 혼란스러울 것이다. 그러므로 교묘한 마음과 사욕을 버리면 도둑이 없어질 것이나, 이는 아직 칭찬할 만한 일이 아니다.

성스러움과 지혜는 재능 중에서 뛰어난 것이고, 인과 의는 행동 중에서 훌륭한 것이며, 교묘함과 이익은 쓰임의 좋은 것이다. 근본이 없다면 이 세 가지 훌륭한 것을 일으켜도 해로움이 따르는데, 하물며 술수를 이롭다고 여겨서 소박함을 잊는다면 어떠하겠는가?

그래서 옛사람들은 탄식하며 말했다. "심하구나, 무엇이 그리 깨닫기 어려운가?" "성스럽지 않음이 성스럽지 않음은 알면서, 성스러움이 성스럽지 않음을 모르고, 이미 어질지 않음이 어질지 않음을 알면서, 어짊이 어질지 않음을 모르는구나." 그러므로 성스러움을 끊어버린 이후에 성스러움이 완전해지고, 인을 버린 이후에 인의 덕스러움이 두터워진다.

강함을 싫어한다고 해서 강하지 않으려는 것이 아니다. 강해지려 하면 오히려 강함을 잃게 되기 때문이다. 인자함을 끊는다고 해서 인자하지 않으려는 것이 아니다. 인자해지려고 하면 오히려 거짓됨이 이루어지기 때문이다. 다스림이 있어야 비로소 어지러워지고, 안전함을 지키려 하면 비로소 위험해진다. 자신을 뒤에 두면 오히려 자신이 앞서게 되고, 자신을 밖으로 두면 오히려 자신이 보존된다.

그러므로 공을 취해서도 아니 되고 아름다움을 사용해서도 아니 된다. 반드시 공을 이루는 근원만을 취해야 한다. 글에서 말하기를, '이미 그 자식을 알았다면 반드시 그 어미를 지켜야 한다'라고 했다. 이 이치를 알고 잘 따른다면 어디 간들 통하지 않겠는가?